悪党 ㊤

稲田幸久

時代小説文庫

角川春樹事務所

悪党（上）　目次

本書は、ハルキ文庫（時代小説文庫）の書き下ろし作品です。

我が名は

一

山が吠《ほ》えている。

ぶつかる枝と枝、木々の間を抜ける風。音は重なり、絡み合い、咆哮《ほうこう》へと変わる。

（この国は山の国だ）

男は踏《ふ》ん張った足に力を込め、そう思う。

見渡す限りの緑が、まるで内にため込んだものを吐き出すように、激しく、狂おしく鳴動している。

（来た）

緑の揺れが近づいてきた。ゴォゴォという叫《さけ》びと共に。

断崖《だんがい》に突き出た岩場に立つ男は腕を組んで足許《あしもと》を見下ろした。

（風が見える）

四囲に連なる山が全身を震わせている。山肌を走り、一度谷へと下った風は、男が立つ岩場へと真《ま》っ直《す》ぐ駆け上がって来た。

「ぐっ……」

男は奥歯を噛《か》みしめた。

(引きずり込まれそうだ)

一瞬、思う。

次の瞬間、全身に衝撃を覚えた。濁流《だくりゅう》に襲われたような激しいなにかがぶつかってくる。

身動きが取れない。後《うし》ろに倒れそうになる。

片目を閉じ、足を前後に開いて、男は耐《た》えた。

湿った匂《にお》い。夏の熱気。直垂《ひたたれ》の袖《そで》が音を立ててはためく。

(吠えている)

なにかを渇望《かつぼう》するように、今、山は吠えている。

やがて風は通り過ぎていった。不意に全身が自由を取り戻す。

目を開けた男は呆然《ぼうぜん》と立ち尽《つ》くした。

再びの静寂《せいじゃく》。雄大で、堂々としていて、底がないほど静かな山。

虫の鳴き声と鳥のさえずりが蘇《よみがえ》ってきた。土と木のくぐもった匂い。立ち昇る山の息吹《いぶき》が意識をうつつに連れ戻してくれる。

（乱れ、落ち着く）

その繰り返しだ、男は親指で鼻を擦《こす》る。万物の営《いとな》みは、その宿命に縛《しば》られている。人の世もその宿命には抗《あらが》えない。

（今は乱れる時だ……）

己がそんな時代を生きなければならないことを喜ぶべきか、悲しむべきか、男には分からなかった。ただ、生まれたからには、己にもなにか使命があるはずだ、そう思う。男にとって、それは守ることである。

そうだ。

己には守るべきものがある。

彼等の暮らしを守るためなら、時代の荒波にも立ち向かっていける。

「うぉおおお！」

男は叫んだ。叫ばずにはいられなかった。

この叫びこそ、俺《おれ》そのもの。命の限り、この時代と、そこで正義と思われているものと、戦ってやる。

「おぉ……、おぉ……、おぉ……」

渓谷《けいこく》に木霊《こだま》した声が、遠くへ霞《かす》んでいく。聞いて、男は昂《たかぶ》っていた気持ちを落ち着かせた。やはり山は静かだ。己の雄叫《おたけ》びだけでは微動もしない。

「うぉおおお！」

隣に並んだ誰《だれ》かが、口許に手を当てて叫んだ。顔を見なくても分かる。幼い頃《ころ》からずっと一緒に育ってきた弟の七郎《しちろう》だ。

「七郎」

声をかけたが、弟は耳に手を当てながら木霊に頷《うなず》き、

「ふむふむ」

と言うだけだった。続いて、いたずらを誇る子どものようにニッと犬歯を覗《のぞ》かせる。

「兄者、そろそろ行こう」

七郎が後方を親指で示す。男は口許を引き締めながら、七郎の背後に目を向けた。兵が並んでいた。三百人だ。一列に並び、己の口から指示が発せられるのを待っている。

男は兵たちを見渡し、口を開いた。

「出陣だ！」

「おぉ！」

一斉に拳《こぶし》が上がる。

男は駆け出した。兵の群れが割れ、その真中に道ができる。兵たちが己を見つめている。こいつらの命を俺は預かっている。共に時代を駆け抜けることを誓《ちか》った仲間たちだ。

「一気に進むぞ」

男の言葉に、七郎が、

「そう来なくちゃ」

と拳を掌《てのひら》に叩《たた》きつける。弟の声は、背中から聞こえてくる男たちの足音に、すぐにかき消されてしまう。

兵たちの息遣い。前へ駆けようとする意志。

それらに押されながら、男は山道を駆けた。一丸となった兵たちが目指すのは、紀《き》伊《い》安田荘《やすだしょう》。男の本拠、河内《かわち》の南に位置する山間《やまあい》の地だ。

そこを奪う。

男は鋭い眼差《まなざ》しを前方に向け、木漏《こも》れ日を飛び越えた。

二

山の急斜面を一気に駆け下りる。

まるで飛んでいるようだ。大地に足がついた瞬間離れ、転がり落ちるように次の一歩を踏み出す。

普通の兵であればそのまま倒れてしまうことだろう。だが、男の兵は違う。本拠である河内の村は山に囲まれた地だ。そこを調練の場とし、厳しく鍛《きた》えてきた。

山の戦は敵の裏を突くには適している。木々を利用した奇襲も仕掛けやすい。そうした戦い方を徹底的に叩き込んできたのが男の兵だ。武士の戦のように平地で堂々となど悠長な戦いは決してしない。

男たちは前に倒れそうになりながらも足を踏ん張り、駆け下りた。獣が斜面を走る姿に似ている。そうだ。今、男たちは狼《おおかみ》の群れとなって安田荘を襲おうとしているのだ。

「あれか」

山の下に田園が広がっている。薄緑の稲穂が風に靡《なび》き、南の大きな川が煌《きら》めきを浮かべている。その川から水を引いているらしい。田は畦道《あぜみち》に区切られながら、帯のように一列に並んでいる。青々と茂《しげ》る稲田の間に散らばるいくつもの家屋。色褪《いろあ》せて灰色になった屋根と染みの浮いた壁。男が目指す安田荘だ。

男がこの村を襲うのは幕府の命によるものだった。地頭《じとう》の安田《やすだ》孫八《まごはち》の圧政は目に余る、それが理由だ。

安田孫八。

悪地頭として評判になっている御家人《ごけにん》である。己の利を求め、そのために村の民を虐《しいた》げる。土地の所有者である荘園《しょうえん》領主にも逆《さか》らい、年貢《ねんぐ》のほとんどを己の懐《ふところ》に入れて財を膨《ふく》らませている、そう聞いている。

鎌倉《かまくら》幕府が全国に設置した地頭（悪人の捕縛《ほばく》、年貢の徴収《ちょうしゅう》を担《にな》う御家人）は、その特権を利用して傍若無人《ぼうじゃくぶじん》に振る舞う輩《やから》が数多《あまた》いる。幕府創設以降、武士機構という枠組みの中で受け継《つ》がれてきた権力は、武士は他の者よりも上位だという考えを育み、民を人とも思わない連中を生みだした。その典型とも言えるのが安田孫八である。

（我が領地を守るため、俺は戦わねばならない）

男は体勢を低くする。耳の横をかすめる風が強くなる。

男は悪党《あくとう》であった。幕府の支配に組み込まれずに幕府や荘園領主に歯向かいながら生きている。そうした者たちを世間では悪党と呼んでいた。旧来の価値観や正しさに従わぬから、「悪」だ。

ただ、男は表面上、幕府と良好な関係を築いていた。それでも警戒されているのは間違いない。悪党と呼ばれる者たちのほとんどが、武士と対立姿勢を取っている。ならず者の集まりだ。

借金などで落ちぶれた御家人を襲い、土地を占領する。占領した土地に住み着き、独自に軍を鍛えて他の者の介入を阻む。

鎌倉に幕府が開かれて百年余り。長い武士政権の中で少しずつ生まれてきた社会のひずみは蒙古《もうこ》が日本を襲った後一気に深まった。そこに現われたのが悪党である。幕府の統治が弱まっている地域で力を蓄《たくわ》え、己の才覚で土地を切り取り、成り上がっていく。武士にも荘園領主にも従わない「新しい」彼等《かれら》は、幕府にとってまさに「悪」以外の何ものでもなかった。

悪党である男にとって、幕府に従って安田荘を襲うことは当然本意ではなかった。しかし、今は従わなければならない時なのであった。従わなければすぐに潰《つぶ》されてしまう。畿内《きない》で勢力を伸ばしている男は今、幕府から警戒の目を向けられているのだ。

男が勢力を拡大するようになってからというもの、無理難題を突き付けられることが多くなった。理由は簡単である。幕府は男を従わせようとしているのだ。同時に、男が反抗的な態度を示せば、それを口実に滅ぼそうという魂胆《こんたん》なのである。もし男が命令を拒《こば》めば、幕府は正規軍を送り込んでくるだろう。十万を超える軍を動かす力が幕府にはある。いくら幕府に従わない悪党とはいえ、幕府正規軍を相手にすればひとたまりもない。幕府が見逃さざるを得ないギリギリのところで土地を領有し、独自の統治を行う。そうしたやり方しかできないところが悪党である男の限界であった。

だからこそ今の状況が歯がゆく思える。男が安田荘への遠征に失敗したところで幕府は痛くも痒《かゆ》くもないはずだった。だからこそ男を紀伊に送ったともいえる。幕府と主従関係を結ばない悪党たちを次々と紀伊に送り込むことで、紀伊一円の支配者である湯浅《ゆあさ》一族と戦わせる。そうして湯浅の力を削《そ》ぎ、湯浅が疲弊《ひへい》したところで、滅ぼすか懐柔《かいじゅう》するかを考えようというのである。幕府にとって紀伊に一大勢力を築きつつある湯浅は放置できない存在になりつつある。湯浅に圧力をかけることは、幕府の中で優先度の高い事項になっているようであった。そこに悪党である男が巻き込まれている。

（だが、好機でもあるな）

男は山肌から突き出た岩から宙へ飛んだ。空に一瞬吸い込まれ、次の瞬間、地面に引っ張られる感覚を覚える。斜面に両足で着地した男は、身を低くしながら、速度を上げて安田荘へと向かう。

「そうだ」

男は唇《くちびる》を舌で濡《ぬ》らす。いわば捨て駒だが、好機なのである。

幕府は、もし安田孫八を倒すことができたら安田荘を与える、と言ってきている。それだけ湯浅一族の安田孫八の力量を高く見ているということだが、一度言葉にしたからには知らぬ存ぜぬは通用しなくなる。武士というものはなによりも外聞を気にするものだ。約束を違《たが》えることは恥《は》ずべき行いの一つに挙げられている。男が安田を倒せば、なにがなんでも男に安田荘を与えなければならなくなるだろう。それが武士の世の仕組みであった。

男からしても紀伊に勢力を広げることには利があった。南からの脅威《きょうい》に備えることができる。湯浅の勢力が増した今、隣接する男の本拠、河内に触手を伸ばしてくることは充分考えられることだった。湯浅の動向を探るという意味でも、紀伊内部に領地を得ることは意味が大きい。

「ぶつかるぞ！」

横を駆ける七郎が声を上げた。

前方に敵兵が迫って来た。麓《ふもと》から広がる平野に固まるようにして布陣している。敵は皆、山側ではなく平野側に目を向けていた。街道を見張っているのだ。敵兵もまさか背後の山から襲い掛かってくるとは思ってもいないらしい。

山を駆け下りた男は、そのまま敵陣に飛び込んだ。どうやら食事中だったようである。手に椀《わん》を持ったまま、目を丸くして振り返っている。男は一番手前の兵の懐に潜《もぐ》り込んだ。起き上がりざま首を刎《は》ねる。

「うわぁあああ！」

悲鳴が上がった。背を向ける兵に、尻餅《しりもち》をつく兵。慌てふためいている。

混乱を鎮めさせるわけにはいかなかった。

続いて躍《おど》り込んだ弟の七郎が刀を柳のように振りながら、安田兵の間を駆け抜ける。七郎が通った後、しばらくして血飛沫《ちしぶき》が舞い始めた。

（安田軍がどれほどのものであろうと……）

俺たちの方が強い。

その自信があった。厳しい調練を課してきた兵だ。武士が相手でも決して敗《ま》けることはない。

いや、

「武士を超えるためにこそ鍛えて来たのだ」

先に放った忍《しの》びからの報《しら》せを思い出す。安田軍の兵力はおよそ二千。三百人を引き連れた男の軍勢をはるかに超える数である。それでも敗ける気は微塵《みじん》もしなかった。武士の想像を超えた新しい策を巡らせれば二千の敵でも倒すことができる、そう信じている。

平野の先で敵兵が陣形を整え始めた。中心には馬に乗った武者が見える。兜《かぶと》は付けていないが、大鎧《おおよろい》を着込み、周囲に旗が立っているところからして、大将であることは間違いない。

「あれが安田か」

男は足に力を込めた。地面を蹴《け》る度《たび》、頬《ほお》を風が叩く。この戦は勝つことだけを求められている。勝たなければ己等の村は幕府に潰される。であれば、勝利を目指して突き進む以外に選択肢《せんたくし》はない。

敵兵をなぎ倒しながら第一陣を抜けると、初めて安田軍の全貌《ぜんぼう》を目に捉《とら》えることができた。慌てて整えたのであろうが、それでも布陣はしっかりしている。安田もそれなりに戦は巧《たく》みなのかもしれない、そう思う。

安田がいる本陣を守る兵の群れが二つ、前に進み出てきた。本陣目指して進む男たちを左右から挟撃するつもりだ。兵力で勝っている分、兵を分ける戦い方は理に適《かな》っている。守備側が陣を二つに割けば、こちらも二つに分かれざるを得ない。一つに固まったままでは、それこそ包み込まれるからだ。

「七郎！」

男が安田陣に顎《あご》をしゃくると、七郎は兄の考えを理解したらしく後続の兵に手を挙げて合図を出した。兵が半分に割れ、七郎と男の後ろそれぞれに着く。陣形の変更は何度も訓練してきている。兵の動きに無駄はない。

敵軍に向かって駆ける男の後ろに百五十ほどの兵が並んだ。背中を押される感覚がすぐに伝わって来る。兵たちの高揚《こうよう》が、それを感じさせているのだ。

（頼もしい奴等《やつら》だ）

男は唇を舐《な》めた。

己を慕《した》ってくれる仲間たち。そのために、村の仕事で最も過酷《かこく》な兵役《へいえき》に就《つ》くことを志願してくれた。厳しい調練の中、兵たちの間に家族のような固い絆《きずな》が生まれていることを男は知っている。その絆が更に強い兵を育てることに繋《つな》がった。率先《そっせん》して自らを鍛えるようになり、切磋《せっさ》琢磨《たくま》も増えた。その兵が今、背後に従ってくれているのだ。

敵は鍛えることを忘れ、権力のぬるま湯に浸《つ》かった御家人だ。決して敗けることはない。

男たちは乾いた空気の中を疾風《しっぷう》の如《ごと》く進んだ。降り注ぐ陽射《ひざ》しが焼けるように痛い。真夏の熱気が地面をいびつな形に歪《ゆが》ませている。男たちは本陣目指して砂埃《すなぼこり》を蹴上げる。その時だった。男は、ふと右側から近づいてくる者を見て、そちらを振り返った。

「あれが使えるぞ」

胴丸《どうまる》を着けただけの軽装の兵が隣に現われて話しかけて来た。今が今まで安田軍に紛《まぎ》れていた兵だ。幕府からの依頼が届いてすぐ、安田荘を探らせるために潜入させていた忍びだ。

「藤助《とうすけ》か！」

男は軽装の兵に目を細める。藤助は久しぶりに会った男に対して口許を緩めたが、すぐに真顔に戻った。

「どうする？」

男は藤助が示している方角に目をこらした。広場で黒い塊《かたまり》が群がっている。同時に、燻《くす》ぶったような匂いが鼻奥に流れ込んできた。

「なるほどな」

男は唇を摘《つ》まんだ後、ニヤリと笑った。

「使え。兵は何人要《い》る？」

男が聞くと、藤助は顎を撫《な》で、

「二十だ」

「足《た》りるか？」

「お前の兵が指示通りに動いてくれるならな」

「安心しろ。藤助にはいかなる場合も従えと言い聞かせている。連れて行け」

男が背中を叩くと藤助はすぐに兵の群れに紛れていった。男の兵二十人を引き連れて、広場の方へ離れていく。

遠ざかる背中を見届けた男は、

「突撃だ！」

声を張り上げる。

「おぉ！」

兵たちの大音声《だいおんじょう》。敵を飲み込んでやろうという気概《きがい》が全身から放たれている。

迫ってきた。

敵。

胴丸を着けた安田兵が刀を構えている。が、浮足立ってもいる。男たちの進撃の速さに驚愕《きょうがく》しているのだ。

男は、またも、躊躇《ちゅうちょ》なく敵の真ん中へ飛び込んだ。覚悟を決めたらしい安田兵が前のめりになって襲いかかってくる。それでも刀を振る度、肉を裂《さ》き、骨を断つ感触が伝わってくる。舞い上がる砂埃に血飛沫が混ざり、生臭さが一面に漂う。通り過ぎる敵は男がすれ違う度、地面にバタバタと倒れていく。

男たちの怒濤《どとう》の斬《き》り込みを受け、敵兵が退《しりぞ》き始めた。明らかに手ごたえがなくなっている。

（一度、下がるか）

男は前線を任せることを考えた。十分に勢いはついている。後は兵に任せておけば勝手に進んでいくに違いない。そう思ったが、男は敵の中に甲冑《かっちゅう》姿の武将を見つけて考えを改めた。

「侍《さむらい》大将だ！」

刀を向ける。

目指す先の侍大将。他の兵より高く見えるのは、馬にまたがっているためだ。得物は薙刀《なぎなた》である。柄は長く、刃先は青い光を跳《は》ね返している。目を鋭くして男を睨《にら》みつける侍大将は、覚悟を決めたのか、

「はっ」

　一声発して、馬をこちらに向けた。

　敵兵が割れ始める。男と侍大将の間に一本の道が生まれた。敵が薙刀をくるくると回し、頭上高くに掲げる。

「我こそは紀伊国安田荘の地頭、安田孫八が家臣……」

　低くて太い声。聞いた男は地面を蹴り、滑るように敵の下へ駆けつける。そして、敵の眼前で宙に飛び、刀を下から振るった。

「なっ……」

　侍大将が顔の前で男の攻撃を受け止める。薙刀の向こうで目を丸くしているのがすぐに分かった。

「名乗りの途中で斬り結ぶなど卑怯千万《ひきょうせんばん》！」

　相手が唾《つば》を飛ばす。

「名と戦ってはおらぬ」

　男は着地と同時に突きを見舞った。敵の胴に白刃が伸びる。

　薙刀の柄で防がれた。さすがは侍大将だ。なかなかできる。

「貴様、それでも男か！」

　馬上の敵は巨軀《きょく》の持ち主だ。その大きな躰《からだ》をさらに膨らませて、顔を仁王《におう》のように赤く染めている。

「もちろんだ」

男は刀を構えながら、後ろに飛び退《の》いた。間合いを空け、もう一度斬り掛かる。

「男であると同時に悪党だ！」

声を上げると同時に跳躍《ちょうやく》した。敵の顔が眼前に迫って来る。男が刀を振り下ろすと、馬上の侍大将は薙刀で受けながら馬から落ちた。

「おう！」

背中から落下した侍大将だったが、すぐに飛び起きて体勢を整えた。悠長にしていれば首を飛ばすつもりでいたが、その機会を得ることはできなかった。やはり、相手はそれなりに武術の心得があるらしい。

「この下郎が！」

敵が口角に泡を溢《あふ》れさせる。武士にとって男たち悪党は格下も格下。武士の威容を示せば慄《おのの》くと信じている。それが鎌倉武士の常識だ。

「うあぁあああ！」

その時、後方から悲鳴が上がった。男の仲間が安田軍に襲いかかったのだ。一対一は決着がつくまで見守るもの。そう信じて侍大将の戦いを見定めようとしていた敵兵は刀を振り回す男の兵に戸惑《とまど》い、逃げ始めている。

力の差は歴然だった。味方は見るからに躍動している。一方の安田軍は、集団としてのまとまりを失い、算を乱すばかりだ。

「卑怯……、卑怯だぞ！」

薙刀の武士が喚《わめ》く。喚き終わった途端《とたん》、駆けて来た。猪《いのしし》のような猛進だ。薙刀を肩の上に掲げ、地面を踏み鳴らしながら渾身《こんしん》の一撃を振り落としてくる。

受けた。

重い。刀を落としそうだ。

次から次に、振ってくる。

すべて受ける。悉《ことごと》く骨に響く。

剛力こそ、この侍大将の自慢なのかもしれない。

それでも……。

男は薙刀の一振りを刀の峰で流すと、体勢を崩した敵の懐に潜り込んだ。恐怖に顔を引きつらせる相手の首に刀の切っ先を近づける。

「古い。そして、俺の敵ではない」

そのまま喉《のど》に突き刺す。

しばらくして侍大将が膝《ひざ》をついた。男が刀を抜くと、血を盛大に吹き出しながら前のめりに倒れ込む。

血を払った男は、敵を見返ることもせずに、再び兵たちと共に前方へ駆け始めた。

三

安田軍の兵は散り散りになっている。侍大将を殺されたのだから当然だ。見ると、二手に分かれた七郎も己等と同じ状況になっていた。撤退《てったい》する兵を追っている。安田軍の兵は中央の本陣に合流しようと我先に駆けている。

「七郎！」

男が怒鳴《どな》ると、弟は率《ひき》いる兵を紡錘《ぼうすい》状に並べた。敵の本陣は、退却《たいきゃく》した兵の収容で手いっぱいだ。その隙《すき》を逃さず一気に崩す。

指示を出しながら男も同じことをする。兵力を一点に集めることで破壊力を上げる。数的な不利を勢いで打ち消すのだ。

本陣とぶつかった。串《くし》を肉に刺し込むように安田軍を貫いていく。やはり敵は混乱から立ち直れていない。陣としての固さがまるでなかった。このままであれば簡単に突き崩すことができそうだ。

「むっ……」
が、しばらく進んだところで止まった。
中央だ。
さすがに守りは堅固である。左に目を向ければ、七郎もまた勢いが鈍《にぶ》っていること
が分かった。顔は相変わらず涼《すず》しいままだが、それでも戦い方が力任せになりつつあ
る。
（ここが正念場だ）
男は歯を喰《く》いしばる。
「横に展開！」
戦いながら指示を出す。男の声を聞いて、味方が横に並んだ。ここからは一人の兵
がそれぞれの敵を倒していく。皮を剥《は》いでいくように敵の壁を崩していくのだ。兵の
強さならこちらに分がある。少しずつでも大将に近づくことで、突破口を見出すのだ。
そう考えた時だった。
「来たか！」
男は汗で霞みかけていた目を、一杯に開いた。
地面が震えている。いや、震えているのではない。猛《たけ》っている。大地が盛り上がる

ほどの巨大な猛りが近づいてくる。

一群の黒い塊。敵兵の向こうで揺れている。地面を掘り起こしてしまうのではないかと思えるほどの怒濤の唸《うな》り。間断なく湧《わ》き上がる高らかな吠え声が辺りに轟《とどろ》く。

「ブォーッ！」

声が迫った瞬間、敵が跳ね飛ばされた。角で引っ掛けられ、宙に放《ほう》り上げられる。まるで鞠《まり》のようだ。圧倒的な力にぶつかり、人としての存在を失っている。

瞬間、黒い塊の正体が判明する。

牛だ。

十数頭の牛の群れが敵兵の真中を突き進んでいる。

「今だ！　突き破れ！」

男は手を上げた。待ち望んだ突破口が現われた。すぐに周りに兵が集まって来る。

再び一つの塊になった男たちは、そのまま、安田がいる中央まで攻め込んでいった。

牛たちの後ろを駆けるのは騎馬兵だ。先頭を藤助が駆けている。どこかで馬を手に入れたのだろう、巧みに手綱《たづな》を操って牛を追っている。

先程見つけた牛を敵の本陣に向かわせた藤助は、男が目を向けていることに気づくと、鼻を親指で擦った。

「さすがだ」

男は藤助に頷くと、集めた兵たちと共に安田軍本陣へ躍りかかった。

本陣からは既に先程までの堅牢《けんろう》さが失われている。牛の襲来に驚き、戦意を失っているのだ。

「狙《ねら》うは大将安田孫八の首、ただ一つ！」

男の声に、兵たちが呼応した。七郎軍からも声が上がっている。

（これぞ、悪党の戦いだ）

使えるものはなんでも使う。たとえ牛であろうと使えるのならなんでもだ。人と人との戦にこだわる必要など一《ひと》つもない。武士らしい振る舞いを求める必要もない。泥《どろ》臭くても、格好悪くても、とにかく勝つ。それが――。

「悪党の生き方だ」

安田軍の中央が騒がしくなる。大将の安田を始めとした騎馬隊が、兵たちを押しのけて逃げようとしているのだ。しかし、それも上手《うま》くはいかない。逃げ惑う他の安田兵が進路を塞《ふさ》いで邪魔をしているからだ。

味方の兵が身を沈めた。安田孫八目指して、敵の足を薙《な》ぎながら一気に進む。

これもまた、敵を驚かせる。足を斬るという卑怯な攻撃は、武士の戦ではありえないのだろう。防ぐ手立てが見つからないでいる。その中を男たちは進む。進撃を緩める者は一人もいない。

「逃がすな！　追え！」

男は安田の背中だけを見据《みす》えている。最早、安田軍に戦う気力はない。男たちに立ち向かおうとする者はほとんどおらず、皆、退却に必死だ。男は抵抗らしい抵抗を受けないまま、本陣を崩すことに成功した。

その勢いのまま、しばらく駆けた。

だが、辿り着いた先に安田の姿はなかった。それどころか、陣を離れて、何人かの兵とみるみる遠ざかっていく者がいる。安田だとすぐに気づいた。

すんでのところで逃げられた。兵を置き去りにし、ひたすら逃げている。安田の背中は遠く、最早《もはや》、人の足で追いつくことは叶《かな》わない。

「多門《たもん》！」

蹄《ひづめ》の音を聞いて、男は振り返った。藤助が騎馬を引き連れて駆けて来ている。預けた二十の兵も一緒だ。男が刀を鞘《さや》に納めると、藤助は横に並んで馬を止めた。

「牛はどうした？」

男は下馬した兵から手綱を受け取りながら、藤助に尋《たず》ねる。

「東へ走らせた。原野に出ればやがて止まるだろう」

「七郎にも馬を与えろ。俺は安田を追う」

鐙《あぶみ》に足をかけ、跨《また》がる。近づく空。獣《けもの》臭。黒光りする馬の皮膚《ひふ》から湯気が昇っている。男は馬の腹を蹴ると、たちまち風の中に飛び込んだ。

「待て、安田！」

叫んだ。振り返った安田がギョッとした表情をし、さらに馬を駆る動作を激しくする。振り向いた時に見た安田の顔は鼠《ねずみ》に似ていた。突き出た歯に細い目。安田荘を支配してきた地頭は今、意地も外聞も捨てて逃げに徹している。

しばらくして集落に入った。安田荘でもひと際《きわ》大きい集落だ。吹けば飛ぶような粗末な家が並んでいる。

（なんだ？）

安田にもう少しで追いつきそうになった時であった。男は眉《まゆ》をひそめて馬を駆る手を止めた。安田と一緒に逃げていた何人かが大将から離れて、馬から降りる姿を目にしている。下馬した安田兵は慌てた様子で家に駆けこみ、しばらくして手になにかを持って出てきた。いぶかしんだ男は、ハッとなって背筋を凍《こお》らせる。兵たちが手にしているのは、火を灯《とも》した松明《たいまつ》だった。

「貴様等、なにをするつもりだ……」

男のこめかみを汗が伝う。途端に全身に寒気が走る。安田兵の醜《みにく》く歪んだ顔が通りに並んでいる。敵兵は傍《かたわ》らの家に近づくと、下卑《げび》た笑みを浮かべながら壁に松明を近づけた。

たちまち壁に火が燃え移る。

他の安田兵も、それに続いた。次々と火を移しては集落内を移動していく。粗末な家だけに、燃えるのも早い。家という家が火焔《かえん》に包まれるまで、時はいくらもかからなかった。

「いやぁあああ！」

家の中から女が転がり出て来た。最初に火をつけた家だ。髪を振り乱し、踊るように手足をばたつかせている。女は背中に炎を背負《せお》っていた。その炎が激しく燃えている。

「待て！　止まれ！」

男は馬から飛び降り、女の腕を摑《つか》んだ。が、女は狂乱したように暴れ回るばかりだ。

「止まれ！」

男は女を背中から抱きしめた。胸で火を抱き、皮膚の焦《こ》げる匂いが鼻をつく。それでも放さない。力の限り女を抱きすくめる。

やがて女は動かなくなった。背中の炎も消えている。それでもしばらく抱き続けた男は、女の手がだらりと垂れたのを見てようやく躰を離した。腕にぐったりともたれかかってくる女の躰。焼けただれた背中から昇天する魂《たましい》のように白い煙が立ち昇っている。

「七郎、水だ！　水を持って来い！」

弟を呼んだ。同時に、味方があちこちの家に駆けこんでいく。しばらくして、民を肩に担《かつ》ぎながら兵たちが家々から出てきた。口を押さえる老人、子どもを抱いた娘。燃え盛る炎の中、真っ黒になって転げ出る。

「急げ！　一人でも多く救え！」

どこからか出てきた来た少年が目の前でつまずいた。八《やっ》つぐらいの童《わらべ》だ。

「母様ぁ！」

起き上がった少年は泣き喚きながら母を呼ぶ。探し、咆哮し、村の中を彷徨《さまよ》い続ける。

激しく咳込《せきこ》む老爺《ろうや》。手を合わせて経を唱《とな》える老女。集落は一瞬にして、地獄絵図そのものに変わってしまう。

「兄者、水だ」

差し出された桶《おけ》をつかむ。勢いよく女にかぶせた。女の背中からジュッと音がし、女が水浸《みずびた》しになる。

「七郎、もう一度だ。早く！」

男は叫んだ。腕の中の女は動かない。動かないくせに重みだけがある。動かないからこその重みがある。息は、もう、していない。

「兄者……」

七郎が目を閉じる。口を真一文字に結んだまま首を振る。

「七郎、水を……」

肩に手を置かれた。

「もう死んでる」

男は女を見下ろした。女は物体に変わっている。音もなければ熱もない。ヒンヤリとして静かな、ただの肉塊《にくかい》に変わっている。

「これが……」

女は殺された。安田兵にいともあっさりと殺された。

男は唇を噛みしめる。全身がワナワナと震え始める。

「これが人間のすることかっ……」

女を地面に横たえる。煤《すす》で真っ黒になった女の顔は、最早どのような顔をしていたのかさえ判別がつかない。

「己の村だろう？」

男は腰を落として拳を握り締めた。安田は集落が燃えている間にどこかへ去っていた。それがなにを意味するか、考えなくとも分かる。追って来る男を足止めするために安田は火を放ったのだ。己が支配する村の民を、己が逃げるために切り捨てた。己の戦いでは正々堂々などと言う癖《くせ》に、民を囮《おとり》に使う卑劣《ひれつ》な行いをしてもなにも感じないのだ。

「武士めっ！」

地面を殴《なぐ》った男は、そのままの姿勢で動きを止めた。拳に痛みが滲《にじ》んでくる。

「おのれっ……」

唇からも血が滴《したた》る。全身の筋肉が盛り上がる。頭が熱くなり、目の奥で白い光が明滅し始める。

男はぐったりと動かない女に目を落とした。続いて、呆然とした眼差しを安田荘に向ける。焼き尽くされた村。民は力なく腰を落とし、

「母様ぁ！　母様ぁ！」

と彷徨《ほうこう》する子どもに手を差し伸べる気力さえ持ち合わせていない。

廃墟《はいきょ》だった。村も民の心も破壊し尽くされている。

「兄者？」

七郎が歩み寄って来る。男は弟を振り返ることはせず、

「弔《とむら》ってやれ」

そう言い残し、重たく感じる足を伸ばして立ち上がった。

そのままフラフラと歩き続ける。村の端まで進んだ男は、街道の先に広がる山を見て足を止めた。まるで己の前に立ちはだかろうとでもしているように、緑を纏《まと》った山は峻厳《しゅんげん》だ。

己たちはなんともちっぽけだ、ふと、そんなことを思う。

どうしようもなくちっぽけで無力な存在だ。

（だが、生きている）

そう思い直す。どれだけ小さかろうと、皆、等しく生きている。人の命に上下の区別が付けられていいはずがないのだ。

男が全身をわななかせ始めると、

「どうした？」

後ろから声が響いた。耳の奥を震わすようなしわがれ声だ。慌てて振り返った男は、途端に目を見開いて固まる。

「鈴丸《すずまる》……？」

裾《すそ》の短い柿《かき》色の衣を着た男が立っている。顔の下半分を髭で覆《おお》われた大男は山の民の頭領鈴丸だ。鈴丸は配下の山の民を従えてこちらに歩を進めている。先頭の鈴丸だけ、面白そうに顎を上げ、

「ガッハッハ」

と勝ち誇ったような笑いを上げている。

鈴丸たち山の民は、それぞれ武士を引き連れていた。躰中に短い矢が刺さった武士は、ぐったりと頭《こうべ》を垂れ、腕を背中に回されている。捕らえられたことは明らかだった。男の前まで来た鈴丸が、捕らえた武士の髪を掴んで顔を上向けた。苦悶《くもん》に歪んだ顔に男は見覚えがあった。

「安田……」

安田孫八だ。突き出た歯に細い目。怯《おび》えて瞳《ひとみ》を泳がせる様子はいかにも卑屈そのものだ。どうやら鈴丸たちは逃げた安田一味を捕らえてきてくれたようである。

「どうして山の民が？」

男は驚きの表情で鈴丸を見つめる。

「お前たちが紀伊に遠征すると聞いてな。興味があって、こっそり後をつけてきた。山の中から一部始終を見させてもらったぞ」

鈴丸が安田の髪を引っ張りながらガクガクと揺する。安田は目を怒らせながら、

「や、やめろ！」

と甲高《かんだか》い声を上げた。鈴丸が拳骨《げんこつ》を入れてすぐに黙らせる。

「興味があった？　それで紀伊まで来たのか？」

男は安田から鈴丸に視線を戻した。

「紀伊の山は俺たちの縄張りだ。縄張りの内で戦が起ころうとしている。放っておくわけにはいかぬ」

満足げに髭を撫《な》でる鈴丸は、和泉《いずみ》から河内、それから紀伊にかけての山を支配する山の王だ。河内の悪党である男とは取引などで接することが多い。男は鈴丸から山菜などを受け取り、代わりに鈴丸は米や塩など里でしか手に入らない品を持って帰る。そうしたやり取りが五年以上続いている。

「なぜ安田を？」

男は再び安田に目を落とした。

「こいつらは、山のすぐそばを馬で駆けていた。山と里との境界を馬の蹄で荒らしたのだ。だから弓で射た」

「境界を荒らした？」

「俺たちは山を守るのが務《つと》め。山を乱す奴は何人たりとも許さぬ」

言うと鈴丸は安田を地面に放り投げた。頬を地面にぶつけた安田はおずおずと男を見上げ、媚《こ》びたような笑みを顔中に張り付かせる。

「俺たちに、こいつは必要ない。お前に預けるぞ」

鈴丸が安田の背中を踏みつける。地頭が呻《うめ》き、口の端から涎《よだれ》を垂らす。

「俺たちのためか？」

「山の民の誇りを守っただけだ。ま、感謝されてやってもいいぞ、多門丸《たもんまる》。敵の大将を捕らえてやったのだからな。捕らえたのは、俺たち山の民だ」

（多門丸か……）

不意に、男の胸に懐《なつ》かしさが込み上げてきた。鈴丸は己を未《いま》だに幼少時の名で呼ぶ。その名を聞く度、飽《あ》きもせず山の中を駆け回った日々が思い出されてくる。あの頃が幻ではなかったと実感することができる。

「助かったぞ、鈴丸」

男は元気を取り戻して顔を上げた。

「であれば、取引する米と塩の量を増やせ。少しぐらい味噌《みそ》をつけてくれてもよいぞ」

鈴丸が後頭部を掻《か》きむしりながら言う。

「考えておく」

「相変わらず損得には厳しいのだな。戦は柔軟なくせにな。見ていて胸がすく思いがした。まぁそこがお前らしいところでもあるがな」

一人納得顔で頷く鈴丸に、

「安田を捕らえてくれたこと、感謝いたす」

男はもう一度言って、膝に両手をついた。山の民の王が、首を捻《ひね》ってフンと鼻を鳴らす。

「俺たちは俺たちの為《な》すべきことをしたまでだ。それ以上でも、それ以下でもない」

地面に武士が放り投げられ始める。安田と同じように地面に転がって呻き始める。

「では、俺たちは行くとするか」

鈴丸が首を回して骨を鳴らし、続いて男に顔を近づけてジッと覗き込んできた。突如、鈴丸が拳で胸を突いてくる。唇の端を持ち上げた鈴丸は、そのまま背中を向け山へと去っていった。柿色の衣を着た配下がそれに続く。

「鈴丸！　また、河内で会おう」

胸をさすりながら、男は去り行く山の民に声をかけた。鈴丸は振り返ることはせず、代わりに、

「ガッハッハ」

と笑いながら右手を上げた。それを下げると同時に、配下を引き連れて駆け始める。鈴丸たちは一丸となって街道を越え、すぐに山裾の藪《やぶ》に飛び込んでいった。

辺りに静けさだけが残された。

「こいつは安田か？」

不意に別の声がした。人が近づく気配はあるのに、足音は聞こえない。忍びの藤助で間違いない。

「山の民が連れて来てくれた。山を守るため、捕らえたのだそうだ」

男が背中を向けたまま答える。

「鈴丸か……」

「鈴丸だ」

「そうか、あいつらしいな……」

藤助の声が少しだけ柔《やわ》らかくなった。冷たさは消え、情のある人間らしい声に変わる。

「藤助、村はどうなった？」

男は忍びに村の状況を尋ねた。

「火は消した。怪我《けが》をした者が結構いる。死者は三人だ」

「三人か……」

理由もなく三つの命が消えた。あの女を含めて三つの命が、ただ安田たちの通り道にいたというだけで奪われたのだ。

「村の者を集めるよう兵たちに伝えてくれ。できる限り多く集まってもらうのだ」

込み上げてきた怒りをどうにか抑えた男は、努《つと》めて冷静に藤助に伝えた。

「分かった」

藤助が去っていく。男は顔を背《そむ》けたままだ。どのような顔をすればよいのか、藤助の声を聞いた途端、分からなくなってしまっていた。

男は大きく息を吐き出すと、視線を足許に移した。うつぶせに倒れた地頭が息を殺して這《は》いつくばっている。それを見た男は、安田の下にしゃがみ込んだ。

「安田孫八。覚悟せよ。幕府の命令だ」

声は冷たい。己ではない誰かの声のように聞こえる。

「俺を殺せば……」

不意に安田が顔を上げる。先程とは打って変わって鼻に皺《しわ》を刻《きざ》んだ強情な表情になっている。

「湯浅が動くぞ。一族である俺が他所者《よそもの》に殺されたとあれば、さすがの湯浅も黙っていまい」

「言いたいのはそれだけか？」

男が刀の柄《つか》に手をかけると、安田は目を見開き、慌てたように言葉を継ぎ足した。

「ま、待て。助けてくれれば湯浅に取りなしてやる。紀伊の内の、ここよりずっと豊かな土地を得させてやるぞ。湯浅も親類である俺の願いであれば、きっと……」

男は刀を鞘から抜き放ちながら立ち上がった。安田の首が胴体から離れ、石ころのようにコロコロと転がる。

刀を納めた男は血溜《ちだ》まりの中に手を伸ばした。安田はなにが起こったのか分からないといった様子で口を開けたままでいる。その地頭の髪を掴んで、

「罪無き民三人が殺された。それがすべてだ」

力なく呟《つぶや》き、その場を後にした。

少し歩いた男は、村の中央に人が集まっているのを見つけた。若い者もいれば、老人もいる。先程、母を探して彷徨っていた子どもも交ざっている。皆、魂が抜けたように呆然と立ちすくんだままだ。それらの前まで来た男は安田の首を掲げ、腹の底から声を張り上げた。

「安田荘の者、見ろ！　お主等を支配してきた地頭安田孫八は、たった今、俺が討《う》ち果《は》たした！」

民は静かだ。首を傾《かし》げる者。口をぽっかりと開ける者。皆、ぼんやりとした目つきで男を眺めている。

「お主等は、これからも生きなければならぬ。人として人らしく生きるのだ。この俺が命じる」

いくら訴えても反応は返ってこなかった。

（届いていないのかもしれない）

男は思う。

耳に入っていても、頭の中にまで男の声は届いていないのだ。安田から虐げられ、挙句《あげく》の果てに村ごと焼き捨てられた痛みは民から考える力を奪っているようであった。

（それでも声を張らねばならぬ）

この者共の未来に、己の声を届けるため。

俺は叫ばなければならないのだ。

いつか思い出す日がきっと来るだろう。何年後かに、語りかけてくる男がいたことを、村人たちはきっと思い出すに違いない。その時、聞こえる声は力強くなければならないのだ。ここからまた始めよう、また一歩ずつ踏み出していこう。そう思えるように、なんとしても、今発している己の声は力に満ち溢れたものでなければならないのだ。

「この村は、これより俺が支配する！　我が名は楠木《くすのき》！　河内の悪党、楠木多門兵衛《たもんひようえ》正成《まさしげ》だ！」

正成の声は蒼《あお》い空に向かって駆け上った。上空から吹き降りて来た風が民たちの衣を靡かせながらゴォゴォと音をたてる。正成たちの間を走り抜けた風は、熱を大量に孕《はら》んだ真夏の乾いた風であった。

王家の血

一

青葉が揺れる。風にあおられた葉桜が地上に零《こぼ》す木漏れ日の形を変えている。空は透き通るほどの青で、膨れ上がる白雲は輪郭が際立っている。陽射しは鋭い。なにもしていなくても汗が滴るほどだ。もっとも、それは村中を満たしている熱気が関係しているのかもしれない。通りのあちこちで品物を売る声が上がり、人々を呼び止めている。村の民もここらでは見かけない品物に興味津々だ。並べられた品を前にして目を輝かせている。

「これはなに？」

通りを歩く正成の横で声が上がった。浮き立つ気持ちを抑えられないのか声は高い。

「アジです。堺《さかい》で獲《と》れたのを開いて干してます。貴重な海の幸《さち》ですよ。さぁ、買うなら今の内だ」

村中に活気が漲《みなぎ》っているのは今日が市《いち》の立つ日だからだ。河内だけではなく、摂津や和泉など畿内のあちこちから商人が荷を積んで訪れている。自然、村の中は賑《にぎ》やかさで満たされる。村人が心浮き立つのも無理はない。

赤坂荘《あかさかしょう》では定期的に市が催《もよお》されていた。赤坂より大きな村でも月に一度か二度の開催程度なのに、赤坂は五日に一度、開いている。各地から訪れる商人は声を張り上げて品物を売り、赤坂の民だけではなく近隣からも人々が集まって筵《むしろ》の上に並べられた商品を眺める。市を見て廻る人々の表情はあたたかく、着ているものも小ぎれいだ。市で定期的に品物を買うことができているからであろう。赤坂の民は、市で物を買えるほどの財力を持っている。そうなるように仕向けたのは正成である。

「どうだ、兄者。一本食うか？」

目の前に串に差された豆腐が差し出されてきた。香ばしい匂いが鼻を突く。隣で串を揺らしているのは弟の七郎だ。頬に味噌をつけ、口をモグモグと動かしている。

「うまいぞ。驚くぐらいにな」

胸に押し付けられた串を正成は受け取った。手にした途端、口中に唾が溢《あふ》れた。そういえば、朝から調練のし通しでなにも食べていない。もう、陽は中天を越え、陽射しは強まるばかりだ。

「うむ。うまいな」

一口齧《かじ》った正成は目を見開いた。調練の後だからかもしれなかったが、味噌のしょっぱさが全身に沁《し》みていくような気がした。

「やっぱり、味噌は紀伊ものに限るな」

七郎が食べ終わった串を放りながら言う。

「そうだな。紀伊の商人もだいぶ増えてきたようだ」

正成は串を片手に往来を見渡した。人々の顔に笑みがある。皆、日ごろの疲れを忘れたみたいに浮かれている。今のご時世、これほど活気に満ちた表情を浮かべる民など、そう見かけることはない。先年制圧した安田荘のように、疲れきって、魂の抜けた目を漂わせている民が世間には溢れている。

「兄者の言う通りだ。俺が見ただけでも紀伊者が五人はいた。豆腐やら酢やらを売っていたな。ここらとは少し品物が違うから、眺めているだけでも面白いぞ」

「それだけ赤坂荘では儲《もう》けられると考えられているのだ」

正成は答える。赤坂荘は他の村よりも裕福だった。その自信がある。そして、そのことを実感するために正成は好んで市の中を歩き回っているのだった。

「すみませぬ、お館《やかた》様。気づかず前を横切ってしまいました」

正成の前を横切ろうとして、ふと顔を見てきた女房が慌てて頭を下げてくる。そんな女房に向かって正成は首を振る。

「よい。今日は市の日だ。俺のことなど気にすることなく、存分に楽しんでくれ」

正成が言っても女房は頭を下げたままだ。正成は溜息《ためいき》を漏らすと、女の腕を取った。

「お主は赤坂荘に来てどのぐらいになる？」

優しい声音に、女房が少しずつ顔を上げ始める。

「三月《みつき》になります」

「そうか。それなら、この赤坂荘のしきたりに、まだ慣れておらぬのも理解できる。赤坂荘では、村の中で俺に会っても頭を下げてはならぬことになっている。生まれも育ちも、それから立場も関係ない。それが、俺の目指す村の姿だ」

正成が言っても、女房はよく分かっていないようだった。難しそうに眉を寄せて、正成を見つめ続けている。

「よいな。これからは、村で俺を見かけてもけっして頭を下げるなよ。別に挨拶《あいさつ》してくるのは構わぬのだ。よくよく心得るように」

正成が念を押すと、女房はもう一度、頭を下げて人ごみの中へ小走りに戻っていった。それを見た正成は苦笑交じりに頬を掻く。赤坂荘の暮らしに慣れるにはもう少し時がかかるだろうな、そう思っている。

「市も随分《ずいぶん》、大きくなってきたな」

女房の背中が見えなくなるのを見届けて、七郎が声をかけてきた。

「兄者が赤坂荘を統治するようになって、十年か」

七郎はどこで買ったのか、今度は饅頭《まんじゆう》を手にしている。右手の饅頭を口に入れると、指についた餡《あん》を吸い始めた。

「市が開かれるようになってからだと、七年だな？」

七郎が欠伸《あくび》をしながら言う。

「兄者の最大の功績だ」

「市がか？」

「うむ。俺は市が好きだ。これほどのものを作った兄者は本当に凄い」

「他にも幾らか成してきたことはあるがな。少なくとも俺はそう思っている」

「そりゃ、幾らでもあるさ。だが、俺は市が最も評価されるべきだと思っている。村全体が盛り上がる。民も楽しそうだ」

「それは俺も自慢できる。民の喜ぶ姿は俺の励《はげ》みだ」

「戦に出ればほとんど敗けなしだ。戦があった日は、楠木軍を作ったことこそ兄者の最大の功績だと思ったがな」

「その時その時で変わるのだな。まるで適当だ。それに俺が統治を始めたのは十八の頃。今から十八年前だ。市は今年で十三年目。お前の言うことはすべてでたらめだ」

正成が指摘すると、七郎は腰に手を当て、

「俺は数が苦手なのだ。戦なら誰にも敗けぬがな」

どういうわけかふんぞり返る。

「まったく」

正成は首を振った。首を振りながら己が統治を始めた頃を思い返す。

正成は十八になった頃、父が流行《はや》り病で没したのを機に赤坂荘の統治を継いだのだった。その時、正成はある思いを秘めて統治を始めたのである。

(武士の支配とは異なる新しい村を創《つく》る)

搾取《さくしゅ》する者も、搾取される者もいない、誰もが等しく暮らせる村を実現させてみせる。

齢《よわい》十八の正成は理想に燃えていた。

そう正成が考えるようになったのにはそれなりの理由があった。幼少期の学びもその一つに含まれている。

正成は八つの頃から赤坂荘に隣接する観心寺《かんしんじ》に預けられて育った。その時、山中で隠遁《いんとん》生活を送る毛利《もうり》時親《ときちか》と出会ったのだ。幕府内で高い地位を得ていた毛利は、官職を辞して、学問に専念するため山に引っ込んだ変わり種の男である。人を介して毛利と出会い、その人となりに興味を抱いて足しげく通うようになった正成は、そこで兵法書や宋学《そうがく》の書物を読むようになった。毛利から直接指導を受けながら知識を詰め込んだこともある。そこで己の理想を育んでいったのである。

折しも世は荒れていた。蒙古襲来による恩賞問題で躓《つまず》いた幕府は天下を支配する力に陰《かげ》りを見せ始め、各地の御家人や武士はそんな幕府に不満を抱くようになっていた。蒙古との戦のために自腹を割いて参陣した御家人は、恩賞を貰《もら》えなければすべて抱え損ということになる。それは多額に上る借金へと姿を変えた。ちょうど貨幣《かへい》経済が浸《しん》透《とう》し始めた時期ということも影響した。年貢など民から搾取することで暮らしを成り立たせていた武士は貨幣経済の広まりについていくことに苦労した。新しいもの、暮らしに必要なものを手に入れたくても、貨幣を得る手段が分からないのだ。結局、商人に年貢米を安く買い叩かれ、よく分からないまま借金を拵《こしら》えることになった武士たちは恩賞が貰えなかったことに端を発して困窮《こんきゅう》に追い込まれることになる。

こうして追い詰められた武士たちだったが、彼等は領民を絞り上げることで己の暮らしを成り立たせようと努め始めた。民に対する接し方が、今まで以上に厳しくなったのである。当然、それに反発する者も現われた。それらが寄り集まって誕生したのが悪党である。悪党は没落した武士に立ち向かい、中にはどさくさに紛れて民から略奪を行う者も現われた。こうして小さな争いが各地で頻発《ひんぱつ》するようになったのである。

乱れた世で苦しむのはいつも民であった。領主から虐《しいた》げられたかと思えば、今度は悪党とは名ばかりの賊の略奪にあう。特に畿内ではそのような状況が多く見られていた。そうした世の乱れに苦しむ民の姿を、正成は実際にその目で見て来たのである。観心寺の住持である滝覚《りゅうかく》があえてそう仕向けてくれたのだった。滝覚は、

「世の中を広く知らねばならぬ」

と、自身が出かける度、正成を連れ出しては近隣の村々を見せて回っていた。滝覚は他の小僧より利発な正成に人一倍強い関心を寄せていたのである。いずれはひとかどの男になる、そう考えた滝覚は、毛利に正成を引き合わせるなどその教育に尽力した。広く世を知らせると共に博識な毛利の下で学ばせることで正成の才を開花させようとしたのであった。

こうして折に触れて民の暮らしを見て回った正成だったが、そこには想像を絶するほどの過酷さがあった。安田荘のような荒《すさ》んだ暮らしがどこの村でも当たり前に営まれていたのだ。

武士が村の頂点に立ち、民を物のように扱う。歯向かう者は殺され、武士の怒気に触れた者もやはり殺された。村の決まりを破った者もまた殺されたし、知人が破っていることを知っていながら黙っていた者も殺された。民は恐怖に竦《すく》み上がり、怯えて縮こまる日々を過ごしていた。人間としての尊厳などまるでなかった。家畜のような扱い方をされていた。

正成は民の暮らしを見る度、胸を締め付けられる思いを抱いた。このような理不尽《りふじん》がまかり通っていいはずがない、若き正成はそう思った。同時に、いつしか民を苦しめずに統治できる方法はないかと考えるようになった。それを見つけることこそ己の務めだと、そう信じた。実は、正成の父が支配する赤坂荘でも、程度の差こそあれ武士と同じような統治が行われていたのである。そのことを正成は深く恥じていた。己が領主になったら、すべてを新しくしよう、そう誓わずにはいられなくなっていた。

正成の考えには毛利の下で学んだ宋学も影響していたようである。書物で読んだ限り、大陸の大国、宋は、銭による統治を行うことで栄えたとのことだった。身分に関係なく有能な人材は登用され、その報酬《ほうしゅう》は銭によって支払われたという。当然、実際に大陸を訪れたことがない正成だから、宋の実態は違っているかもしれなかったが、それでも正成は書物の中に理想を見たのである。書物を読み、想像を働かせれば働かせるほど、宋という国の仕組みはよくできていると思った。

民は己の裁量で富を増やし、それが国全体の豊かさに繋がっていく。

正成はそのような世の中を夢想し、胸を躍らせた。

（そうだ。武士だけが得をするのではなく、皆が等しく豊かになるべきだ）

そう考えた正成は、さらに勉学に没頭するようになる。

（俺の手で、自由で隔《へだ》たりのない村を創る）

いつしか正成は、そう己の夢を抱くようになっていった。

ちなみに、この頃、七郎も兄と共に毛利の下で学んでいる。ただ、七歳の七郎には毛利の教えは難しすぎたらしく、七郎は観心寺を訪れる僧兵を師匠と決めて武芸を磨くことに専念するようになった。どうやら七郎のその選択は間違っていなかったようである。七郎はみるみる武芸を身につけていき、近隣では無双を誇るようになった。

こうして、二人はそれぞれの道を見つけて幼少期を過ごしたのだったが、同じ頃、正成は鈴丸と藤助にも出会っているのである。山の民の鈴丸と猿楽師《さるがくし》の藤助だ。

定住をせずに各地を流れて暮らす彼等だったが、年に一度河内を訪れ、そこに一定期間逗留《とうりゅう》することを常としていた。その時、一緒になって遊んだのがきっかけで仲良くなったのである。河内以外を知っている鈴丸と藤助の存在は正成に多くの刺激を与えた。正成は二人と一緒の時を過ごし、友情を育んでいく中で多くの知見を得ていった。その時築いた関係が、大人になった今も続いている。ひょっとすると彼等と親しくなったことも、正成が身分による差のない村を目指すきっかけに影響を与えていたのかもしれない。山の民も猿楽師も、世間では蔑《さげす》まれる存在だった。

（武士に虐げられる民が、山の民や猿楽師を蔑む。そんなのは、もう沢山だ）

正成は鈴丸と藤助と過ごしながら、そうした思いを強くしていった。

正成は十八で赤坂荘を継いだ後、試行錯誤《さくご》を繰り返しながら統治を進めてきた。正成が目指したのは銭が流通し、あらゆるものと交換できる村である。作物も銭に換算され、労役も銭に換算される。身分の差はなく、銭の前で人々は皆等しくなることが理想だった。

初め、正成の理想は民に受け入れられなかった。年貢を差し出すことこそ当たり前だと思っていた民は、労役や兵役も領民としての義務だと思い込んでいたのだ。それらすべてが銭に代わるという。その仕組みを理解することは民にとって難しいことらしかった。

己等が損をするのではないか。

そういぶかる者が幾人も出た。幾つも反発が起こった。正成も命を狙われたことがある。それでも正成は辛抱《しんぼう》強く村人に説《と》き続け、己が目指す統治に対する理解を広めていったのである。

そうして一年が経過した頃だった。民の中から味方してくれる者が一人二人現われるようになる。正成と歳《とし》が近い若者たちだ。そこからはすぐに広まっていった。そして、五年が過ぎた頃には今の赤坂荘とほとんど変わらない仕組みが、出来上がることになる。

今の赤坂荘と変わらない仕組み。それはつまり、すべてが銭で交換される村を意味する。

正成が目指した、誰もが自由で対等に暮らせる村は、銭を流通させることで実現されたのだった。一部の者が搾取するそれまでの統治とは真っ向から対立する理想の統治が、ここに成立したのである。

「さて、市もあらかた見て回ったし、家に帰って昼寝でもするか」

七郎が欠伸をするふりをしながら腕を伸ばす。言葉とは裏腹に顔には緊迫したものが浮かんでいた。正成は七郎を横目で見て、次いで市を振り返る。強い陽差しが降り注ぐ通りにはいくつもの人垣ができている。その中にコソコソと動き回る明らかに異質な風貌をした男たちがいた。それを見つめた正成は自嘲《じちょう》気味な笑みを浮かべて頬を人差し指で掻いた。

「残念ながら休む前に片づけなければならないことがあるようだ」

柔らかい表情のまま弟に告げる。

「確かに。妙な客が紛れ込んでいるな」

七郎が山に目を向けた。つられて、正成もそちらに視線を向ける。

山にも人が潜んでいた。木の陰《かげ》に隠れてはいるが、張り詰めた気配と静かな息遣《いきづか》いがどこにいるかを知らせてくれている。

「十人ぐらいか？　あそこに二人で、こっちに一人……」

七郎が指をさしながら敵を数え始める。

「俺たちとやりあうつもりかな？」

数え終わった七郎が耳の穴を人差し指でほじりながら言った。

「そうなのであろうな」

正成は鯉口《こいぐち》を切って刀を親指で押し、再び鞘に納めた。カチリと音が辺りに響く。

それをもう一度繰り返した正成は息を潜めて、しばし待った。

合図を出したのである。

市には多くの人が出入りする。当然、よからぬ考えを持った輩が紛れ込むこともあった。そうした者を取り締まるため、正成は楠木兵に見張りと巡回《じゅんかい》を行わせているのである。そして今、見張りの兵に、すぐに集まるよう知らせたのであった。

楠木兵が市のあちこちから姿を現わすようになった。めいめいこちらに向かって歩き始める。その中の隊長格にあたる、虎髭《とらひげ》を生やした大柄な男に正成は山に向かって目配せした。指示を受けた男は頷き、兵を散らして山の中へと分け入っていった。

「もう少し進むか」

正成は七郎に告げた。市のすぐ近くであるこの場所で争うのは得策ではなかった。せっかく楽しんでいる民を驚かせることになる。

「そうだな」

七郎が速足になって先を進む。正成は七郎が遠ざかるまで立ち止まって山を窺《うかが》っていたが、どうやらここで襲ってくるつもりはないらしいと悟《さと》り、小走りに駆けて七郎の隣に並んだ。そのまましばらく歩き、村外れに出て、正成の館へと続く山道へと曲がる。

その間に、楠木兵は山のあちこちに姿をくらましていた。侵入者は七郎の見立てでは十名。山に潜んでいたのが六名で、市の中をつけ回っていたのが四名とのことだ。それらは、今、山の中で合流している。一方の楠木兵は二十名だ。数の上ではこちらが有利である。山道で己等が襲われたとしても、楠木兵が抑えてくれるのは間違いない。

正成たちは山の中腹まで止まらずに上った。左手に小川が流れ、右側には木立が続いている。その木立を縫うように侵入者はついてきている。既に正成に気づかれていることを知っているようだ。気配を消そうとさえしていない。代わりに、覆いかぶさるような殺気を放ち始めている。

正成は山道の途中にある広場に差しかかると、溜息を漏らして、足を止めた。

「わざわざ山に潜み、後をつけてくるなど、なにが目的だ？」

両手を垂らして言うと、木の後ろから男が一人出て来た。

黒い法衣に、頭を白い袈裟《けさ》で覆って目だけを出し、手には薙刀を携えている。

僧兵だった。

薙刀の柄を地面に突き立てた僧兵は正成を見てニヤリと笑った。次いで右手を高く掲げる。どうやらそれが合図だったらしい。僧兵たちが一斉に跳躍した。四人がこちらに向かい、後ろの六人が山の中の楠木兵に向かって走り始める。

地面すれすれを駆けて来る僧兵は想像を超えて敏捷《びんしょう》だった。気づいた時には正成の目の前に迫っていた。

二

「はっ」

刀を抜いて薙刀を弾《はじ》く。

重い。

(できるな)

すぐに理解する。

すかさず、もう一人が迫ってきた。声を上げながら横から振り抜いてくる。刀を立てて受ける。これもまた腕が痺《しび》れるほどの鋭さだ。躰に受けていれば、あばらの数本は折れていただろう。

(倒したいのか、倒したくないのかどちらだ)

思いながら、正成は僧兵たちに素早く目を走らせた。

僧兵たちは薙刀の鞘を抜いていなかった。正成たちを殺そうとは思っていないことは明らかだ。それでも一撃には重さがある。振る薙刀は風を切り裂くように唸り、まともに受ければ相当な深手となるはずだった。

山の中の楠木兵も苦戦しているようだった。たった六人を相手に、逆に押し返されている。柄の長い薙刀を自在に操る僧兵たちに楠木兵は間合いを詰め切れないでいるのだ。ここまで速い薙刀を見たことがないからである。やはり僧兵たちは只者《ただもの》ではない。

隣に目を向けると、七郎は涼しい顔をして僧兵と戦っていた。七郎と正成が二名ずつを受け持っている。七郎は鼻歌を口ずさみながら薙刀を半身になって躱《かわ》し、その時出来た隙をついて反撃の一手を繰り出す、と見せかけて、すんでのところでやめた。相手を舐めきっている。七郎からすると、どれほど鍛えられた僧兵であっても、相手ではないらしい。

その七郎の余裕も、直《じき》、終わる。正成が敵の薙刀を飛ばしたのを見て、七郎は一瞬残念そうな顔を浮かべた後、刀を上段に構えた。当然、七郎も刃《やいば》を返している。殺意のない相手をわざわざ殺す必要はないのだ。

音もなく間合いを詰められ驚愕する僧兵に七郎は刀を振り下ろそうとした。まさにその時だった。

「待て」

藪から何者かが飛び出してきた。その者は地面を滑り、みるみる正成たちとの距離を縮めて来た。

（速い）

思わず目を見開く。

一歩ごとが大きかった。そのくせ足の回転が常人より速い。

「俺が相手する」

七郎が僧兵を蹴飛ばし、刀をかざしたまま新手の敵に向かった。手ごたえのありそうな敵の出現に躰が勝手に反応したといった具合だ。

身を低くした何者かが顔を上げる。若い男だった。若者は七郎が眼前に迫ってくると、得物の薙刀を勢いよく横に薙いだ。

「おっ！」

七郎が飛び退《すさ》りながら、薙刀を避ける。敵の攻撃は俊敏《しゅんびん》だった。七郎ほどの男でも避けるのが精一杯で、反撃の一撃を繰り出すことができなかった。だが、若者の攻撃はそれで終わったわけではない。薙刀が燕《つばめ》のように地面すれすれで撥《は》ね返り、再び七郎に迫って来た。

「なかなか！」

顔の前で受けた七郎は歯を食いしばりながら刀を押し返した。目は輝いている。己に匹敵《ひってき》する使い手だと認めたのだ。

「その言葉、そのままお前に返す！」

若者も若者で唇の端を上げている。若者も七郎の実力を認め、立ち合いを楽しもうとしているらしい。

「どうする、七郎？」

正成は僧兵四人と向かい合いながら弟に声をかけた。

「助太刀《すけだち》するか？」

「要《い》らぬ」

案の定《じょう》、七郎は一人で戦うことを選んだ。これほどの相手には、滅多《めった》に出会えるものではない。己の力を解き放つことができるかもしれない好機を、戦好きの弟がみすみす逃すはずがなかった。

正成は鼻で笑うと、取り囲む僧兵たちの真中に飛び込んだ。低い姿勢のまま刀を走らせ、僧兵の腰を打つ。続けて、ヒラリヒラリと刀を翻《ひるがえ》し、一人の手、もう一人の足を打った。三人が同時に倒れる。残る一人と対峙《たいじ》した正成は、相手を刀で制しながら七郎と若者の対決を見つめた。

正成の視線の先では七郎が若者に問うていた。

「兄者が気になるか？」

「さすがだ。余の僧兵をあっという間に倒した」

若者が口だけを動かして答える。

「兄者であれば当然だ。十人が相手であろうと、決して敗けはせぬ」

「お前も同じだろう？　十人どころか、二十人差し向けたところで敵《かな》う気がせぬ」

「ん？　まぁ、そうかもしれぬな」

七郎は急に背中を伸ばして、首の後ろをポリポリと掻いた。隙だらけになる。それを見て、若者が目尻《めじり》に皺を寄せた。

「参ってもよいか？」

笑みを含んだ声だった。隙をつくつもりはないらしい。真っ向勝負を望んでいるのだ。

「おう」

七郎が気合を入れ直す。若者も表情を引き締め、腰を沈めた。サッと地面を蹴る。

正成は二人の戦いに目を奪われた。若者が弦《つる》から放たれた矢のように風を切って七郎に迫る。

ギン。

刃がぶつかった。

七郎は若者の攻撃を胴の横で防いでいる。

すぐに反撃の太刀を見舞う。

「むっ」

半身になって躱される。

態勢を整えさせない。七郎が次の太刀を見舞う。刀を縦横無尽《じゅうおうむじん》に操り、前へ前へと押していく。

そのことごとくを若者は受け、さらに薙刀を返してくる。

目まぐるしく攻防が入れ替わる。

まるで龍虎《りゅうこ》の争いだ。二人の立ち合いは気魄《きはく》が迸《ほとばし》り、辺りの空気を引き締めていくように感じられた。

（七郎がやや押しているな）

しかし正成は冷静に状況を読んでいた。正成の目の前の僧兵は動きたくても動けない状態になっている。少しでも躰を動かせば、正成が刀の切っ先を喉元に突き付けてくることを知っているからだ。

「七郎のやつ」

正成は苦虫を噛《か》み潰したような顔をした。

（手を抜いていやがる）

何度か決定的な隙が若者に生まれていた。それらを七郎は悉く見逃している。まるで、斬ることを勿体《もったい》ないとでも思っているように、振り上げた刀を途中で止めている。

やがて――。

「ぐっ……」

膝をついた。

「七郎！」

七郎の方だった。

正成は目の前の僧兵を睨みつけながら離れると、七郎に向かって駆け出した。僧兵は固まったまま動かない。汗を顔中に溢れさせ、正成がある程度離れると膝から崩れ落ちた。

「お前！　なぜ手を抜いた！」

若者が薙刀の先を七郎に向けている。

駆けつけた正成が若者の背後で刀を構えると、膝をついたままの七郎が後頭部をグシャグシャと掻きむしった。

「あぁ、くそぉ！」

七郎が顔を歪める。

「それが分からないんだ。俺は本気だった。だが、心のどこかで、お前を傷つけてはならないという気がしてしまったんだ。不思議だなぁ。僧兵だからかなぁ。やりづらくてしょうがなかったのだ」

七郎は、己が僧兵の師匠について武術を習ったことを思い出しているのかもしれなかった。それで懐かしくなって、つい手加減をしてしまったと考えているようだ。

「そうではあるまい」

正成は七郎に言った。二人の立ち合いを眺めながら正成も感じていたことがある。若者の動きにはなんとも言えない華があった。侵《おか》しがたい気品が漂っているように見えた。

それが七郎に本気を出すことを躊躇させたのであろう。傷つけてはいけない存在だ。七郎も、そして正成も、どういうわけか、そう感じずにはいられなかったのである。

「まるで天女を相手にしているような気がしたな。薙刀は力強かったのだがな……。でも、やっぱり天女だなぁ。斬ろうとは思えなかった」

「天女？」

首を傾げる七郎を見て、若者が眉を持ち上げた。そして、すぐに腹を押さえて笑い始めた。

「余が天女とはな。これは面白い」

若者は堰《せき》を切ったように笑った。目尻に溜まった涙を拭《ぬぐ》い、高笑いを続ける。

「それではお前の言う天女の正体を明かしてやろう」

やがて、若者は薙刀を地面に突き立てた。

「その前に……」

振り返って山で戦っている僧兵たちに呼びかける。

「お前たち、争いをやめろ。もう戦わずともよいぞ」

正成も声を張り上げた。

「楠木軍も戦いを中止せよ」

兵たちが動きを止める。どうやら戦闘は楠木兵が優位に進めていたようである。やはり数の差が出たのであろう。四人の僧兵を楠木兵が捕らえている。二人だけが残り、楠木軍に薙刀を振っていたが、若者の命令で攻撃を止めた。楠木兵も楠木兵で正成の声を聞いて、刀を鞘に納め始める。

山中の兵たちを見て、若者は一度咳払いをした。

「改めて……」

そう言うと、正成と七郎を交互に見交わす。

「余の名は尊雲《そんうん》。大塔宮《おおとうのみや》 尊雲法親王《ほうしんのう》だ。今上《きんじょう》の帝《みかど》の第三皇子である」

「大塔宮……、尊雲……？」

正成は眉をひそめる。

「お前等を見定めに来た。楠木多門兵衛正成。それから、七郎正季《まさすえ》」

男が唇の端でニヤリと笑う。青葉を茂らせた枝が男の後方で大きく揺れた。強く吹く風が、正成の、唾を飲み込む音を掻き消してくれた。

三

「大塔宮？　それを、どうして信じられる？」

正成は若者に向き直り、そう聞いた。

だが、問いかけながらも正成の胸は若者の名乗りを聞いた瞬間から激しく鳴動しているのである。

（この高鳴りはなんだ？）

そのことを考える。

（法親王殿下がこのような田舎に来ることはない）

そう思っているのに、うかつに信じてはならぬという意志とは正反対に胸は強く打つばかりだ。正成はそっと息を吐き出しながら、平静を取り戻そうと努めた。

正成を見た男が下を向いてクックックと笑い始める。

「証《あかし》が必要か？　残念ながら、余が何者であるかを示す証は持ち合わせておらぬぞ」

顎を撫でながら正成を窺う。正成は背筋を伸ばして瞳を受けた。いくらか鳶《とび》色がかった瞳だ。

（澄《す》んでいる）

まず、そのことに気づいた。透徹した池のような瞳だ。

（なんて瞳をしておる……）

途端に得体の知れないなにかが己の中に流れ込んできた気がした。とてつもなく清らかななにかだ。その正体がはっきりとは分からない。はっきりとはしないくせに、気圧《けお》されたような心持ちに侵されている己を正成は感じ始めてしまった。

（ひょっとすると、これが……）

これが神代より日本の頂点に君臨してきた王家の血の為せる業なのかもしれない、正成は目を伏せながらそんな事を思う。

「会って話したいと思っていた、楠木多門兵衛正成」

正成の思いを知ってか知らずか、男は正成との間合いを無造作に詰めてきて、そう言った。驚いた正成は、一歩退き、なぜか直立の姿勢になる。

「大和、摂津、紀伊と兵を出し、いずれも勝利している。一筋縄ではいかない連中を相手にしてだ」

男が言っているのは、楠木軍の遠征についてだ。幕府からの命を受けて横暴を繰り返す地頭を討伐《とうばつ》した。その功の一つとして正成は紀伊に領地を与えられたのである。そこは正成の家臣に統治させているのだが、民の暮らしぶりも幾らかよくなってきたと最近、報告を受けている。

「幕府は楠木党を怖れている。赤坂荘にはうかつに手を出せぬ、六波羅《ろくはら》ではそう噂《うわさ》されていると聞く」

「まだまだです。楠木党は河内の一勢力に過ぎませぬ」

「であろうな。幕府が本気を出せば、赤坂などすぐに潰れる」

男が口の端を持ち上げると、地面から別の声が湧き上がってきた。

「そんなことないぞ。敵がどれだけ強かろうと、俺たちに敵うはずがない」

七郎だ。両足で飛び上がった七郎は着地するなり男に指を突き付けた。

「もう一度やろう。大塔宮と言ったか？　素性《すじよう》が知れれば、遠慮《えんりよ》はいらぬ」

普通は法親王と聞けば萎縮《いしゅく》しそうなものだったが、七郎にはそのあたりがどうも分からないらしかった。尊雲が神の権化《ごんげ》、もしくは妖怪のたぐいではないと分かった途端、元気を取り戻したようである。もう何も怖れるものはない。改めて仕切り直しをしよう、そういう腹積もりのようだ。

「すみませぬ、法親王殿下」

弟の耳を引っ張り、正成は頭を下げた。

無意識のうちに呼んでいた。

法親王殿下。

七郎の無作法に、大塔宮と認めることを押さえ込もうとしていた気持ちが外れてしまったのかもしれなかった。

「尊雲と呼べ」

男が首を振る。

「申し訳ございませぬ、尊雲様」

正成は自然な調子で、そう答える。

「よい。それにしても、これぞ楠木七郎正季《まさすえ》だな」

尊雲は顎を摘まむと、耳を押さえる七郎をシゲシゲと眺めた。

「多門兵衛同様、鬼のように強い男がいると聞いていた。だが想像以上だったな。畿内でも一、二を争うと余は理解したぞ」

言われた途端、七郎は表情を輝かせた。

「調練用の木剣であれば、打っても問題ないだろう？　すぐに持ってくる、待っていてくれ」

駆け出そうとする七郎を尊雲が制す。

「やめておく。お前と戦うのは疲れそうだ。戦うことがなんとも楽しくなって、つい本気の先の力を出そうとしてしまう。それはそれでよいのかもしれぬが、今日のところはやはりやめておくことにしよう。別の目的があって、余はこの赤坂に参ったのだからな」

尊雲は七郎に近づき腰を叩いた。七郎は叩かれたところを訝《いぶか》しそうに眺めたが、尊雲が真っ直ぐ見上げてくるのを見て、

「であれば、仕方ない」

満足そうに腕を組んだ。

「ところで法親王殿下」

正成が横から割込む。

「そうだ。楠木多門兵衛正成という男を見れば、楠木党の強さが分かる、そう思った」

「尊雲様。私に会いたかったと言われましたが……」

「尊雲だ」

「ほう、なるほど」

正成は顎鬚《あごひげ》を撫でた。尊雲と名乗る男がなにを考えているのか確かめてみたい、咄嗟《とっさ》にそう思ったのである。

「それでいかがでしたか？　我が軍は」

「楠木党が強いのは、楠木多門兵衛正成の人となりによるところが大きい、そう感じた。武士とは違う戦い方を意識している。武士が手こずるのも無理はない。今までの戦い方が通用しないのだからな。刃《やいば》を交《まじ》えて、そのことが分かった。もっとも、それを知ったところで新たに知りたいことも出てきたがな」

「なんでしょうか？」

「お前の目的だ。武士と争うことだけが目的のはずがなかろう？　もっと大きなものをお前は目指している。……楠木多門兵衛正成、お前はなにを見ている？」

「……多門兵衛とお呼びください」

正成が話を逸らすように言うと、尊雲は、

「そうか」

一度だけ頷いた。

「だが、それではまだ距離があると余は感じる。余は多門と呼びたい。よいな？」

「ありがたき幸せにございます」

瞬間、躰の中を言い知れぬ喜びが走り抜けた。

（喜んでいる？）

この俺が？

疑ったが、どうやらそれは事実のようだった。尊雲との距離が近づいたことに、正成は無意識のうちに興奮を感じてしまったのだ。

（会ったばかりなのに）

そう思う。目の前の小柄な男に心惹《ひ》かれつつある。

意志の強さ、堂々とした立ち居振る舞い、端的な物言い。なにより全身から放たれる気高さに圧倒される。そこに包まれていると、なぜか心地よさを感じずにはいられなくなる。

（これが王家の血か）

そう思う。正成は尊雲を真正面から見据えた。

「それで、多門」

尊雲が鳶色の目を鋭くする。

「赤坂荘、案内してくれるか？」

「かしこまりました」

正成は頭を下げた。どちらにせよこのまま立ち話を続けるわけにはいかないのだ。案内をしながら本当に尊雲法親王かどうかを確かめればよい。

「楽しみだ」

正成が顔を上げると尊雲の満面の笑みが待ち受けていた。本当に楽しみで仕方がないといった様子だ。面食らった正成は、そっと視線を外して驚きで固まった表情を隠した。

「楽しみなのは俺も一緒だ、尊雲様」

七郎が割り込んでくる。正成は七郎の無礼な物言いをたしなめようとしたが、思い直して、そのままにしておくことにした。

「お前もついてくるのだろう、七郎？」

尊雲に問われ、七郎は拳を掌に打ち付けた。

「当たり前だ。これだけの僧兵が控《ひか》えているのに、兄者を一人行かせるわけにはいかぬ」

そう気を吐く。

「僧兵か……」

尊雲は周囲を見回し、すぐに苦笑を漏らした。僧兵たちは尊雲と正成たちの動きにいちいち反応し、少しでも妙な動きがあれば飛びかかってこようと身構えている。

「こいつらは余から離れることができぬのだ。忠実な輩だ。許してやれ」

「許す。放せ」

七郎が言うと、楠木兵がサッと退いて山中に整列した。それを見て、捕らえられていた四人の僧兵が立ち上がる。そんな楠木兵の様子に、尊雲は目を丸くした後、声を立てて笑い始めた。雪のように白い頬が赤く色づく。どうやら尊雲は、捕らえた兵を簡単に手放した七郎の大胆《だいたん》さが気にいったようだった。

「それでは」

正成は手を差し伸べた。

「うむ」

尊雲は笑みを引っ込め、正成に頷いた。

　正成は尊雲と並んで、来た道を戻った。僧兵と楠木兵がその後に続く。正成が市を通る間、尊雲は左右を確かめながら、興味深そうな目をあちこちに投げかけていた。

四

「これだけの暑さだ。採掘の作業は辛《つら》かろう？」

　尊雲に話しかけられた男は訝しそうに目を細めた後、瓢簞《ひょうたん》を口に当てて中の水をゴクゴクと飲んだ。しばらくして口を離すと、顎に滴る水滴を手の甲で拭って、ヘッ、と毒づいた。

「こんな物騒な輩を連れてオメェは何様だ。一体、おいらになんの用だってんだ」

　男は尊雲の後ろに並ぶ僧兵たちを眺め回しながら唾を吐き捨てた。僧兵たちの後ろには楠木兵が控えている。尊雲が危害を加えてくることはないだろうと思ってはいたが、それでも僧兵の方は分からなかった。尊雲に突発的になにか起これば、すぐにでも薙刀を抜くかもしれない。その抑えのために楠木兵を配している。

　辺りは日陰のほとんどない岩場であった。照り付ける陽射しが地面で跳ね返り、その眩《まばゆ》い光の中で埃まみれの着物を着た男たちが石につるはしを振り下ろしている。薙刀を持った兵を背後に連ねる尊雲の姿は、この場では確かに異様な存在だった。

「こら、このお方をどなたと心得る」

男の乱暴な物言いに背後の僧兵が一歩踏み出す。

「よい。下がれ」

すぐに尊雲に制されて、不承不承といった様子で列に戻った。

「男よ、答えろ。採掘は辛くないか、と余は問うている」

尊雲の気迫に押されたのか、男は助けを求めるような眼差しを正成に向けてきた。

尊雲の隣で腰を屈《かが》めた正成は、

「耕吉《こうきち》、答えよ。お前の思ったままを話せばいいのだ」

優しく語りかけた。耕吉は正成が普段通りの様子でいるのを見て安心したようだった。もう一度瓢箪の水を飲むと、前歯の欠けた口を開けた。

「確かに辛いと思う時はある。特に夏と冬だ。夏の暑さの中での作業は躰が干上《ひあ》がってしまうんでねぇかと思うし、冬の寒風の中での作業は手足が凍えちまう。採掘は決して楽な仕事ではねぇ」

耕吉が話す度、尊雲は相槌《あいづち》で応じている。隣の正成も同じだ。耕吉は赤坂に来て、まだ二年ほどの男である。その耕吉がどのような思いを抱いているのか、正成も興味があった。

「でも……」

少しの間地面を見つめた耕吉は幾らか柔らかい笑みを浮かべて、そう続けた。

「ここでは誰からも蔑まれることがねぇ。採掘は辛いが、皆、俺を同じ村の住人として扱ってくれる。倅《せがれ》も、百姓《ひゃくしょう》や商人、大工《だいく》の子と仲良くなったようだ。今までは考えられなかったことだ。嬉しそうに毎日なにがあったかを聞かせてくれる。そんな倅を見ていると、おいらは胸の辺りが温かくなるような気がするんだ。かかぁも味噌や塩の貸し借りをしたりと女房連中とうまくやっているそうだ。以前の暮らしからは想像がつかないことだ。昔は、穢《けが》れた者として、おいらたちはどこに行っても蔑まれてきたからな」

耕吉の話を聞いて尊雲は眉毛をピクリと動かした。正成をそっと振り返り、頷かれるのを見てすぐに唇を引き締める。尊雲は、耕吉がどのような出自かを理解したようであった。息を飲みながら向き直り、耕吉をジッと見つめる。

耕吉は播磨《はりま》の明石《あかし》で暮らす河原者《かわらもの》だった。牛馬を殺し、その皮で細工物を作ることで生計を立てる輩だ。彼等は川の中洲に家を建て、そこに共同で住み、村や町の民からは隔離された暮らしを送っていた。生業《なりわい》が死に関《かか》わるものである以上、穢れを招くと嫌われていたのだ。

耕吉が赤坂に来たのは、息子が武士の子を傷つけたからである。河原者をからかいに来た武士の子に息子が飛びかかって怪我を負《お》わせてしまった。大人であればいくら蔑まれようと耐《た》えられたかもしれなかったが、子どもは時に感情を抑えられなくなることがある。武士の子を傷つけた息子は、家で仕事をする耕吉に事の顚末《てんまつ》を泣きながら語った。聞き終えた耕吉はみるみる青くなった。見つかれば、一家惨殺《ざんさつ》されることは間違いない。耕吉は、その日のうちに家族を連れて明石を出た。それから、当てもない流浪の日々が始まったのである。そうして半年を彷徨の中で過ごした耕吉たちは、ある日、河内のとある村で赤坂荘の噂を耳にすることになる。なんでも、赤坂荘は戦で家族を失った者、貧困に耐えかねて村を逃げ出した者、そうした者まで受け入れているという。耕吉は最後の頼みとばかりに一家で赤坂を目指したのであった。

「耕吉はよく働いてくれている。同じ作業場の仲間からも信頼されていると聞くぞ」

正成が言うと、耕吉は顔を赤らめた後、頭を乱暴に振って唇を突き出した。

「だったら、貰う銭を増やしてくださいよ。お館様であれば、それぐらいたやすいことでしょう？」

「お前が採掘場でそれなりの地位に就くようになれば自然と増える。俺が見たところ、そうなるのも遠くはないようだ。それまでの辛抱だな、耕吉」

「チェッ、人使いの荒いお館様だ」

耕吉は舌を鳴らして横を向いたが、その顔は満足そうだ。正成から昇進をほのめかされたことが嬉しかったようである。

「ま、辰砂《しんしゃ》掘りは他の仕事より、実入りは多いですからね。別に不満はねぇですよ。ただ、愚痴《ぐち》の一つぐらい言ってみたいと思っただけでさぁ」

数本抜けた歯を見せる耕吉に正成は笑みを返した。

「辰砂は赤坂の富の源だ。耕吉、お前たちの働きがあってこそ赤坂の民は赤坂の民らしく暮らしていけるのだぞ。お前たちには心から感謝している」

「お館様から直接言われちゃうんだから、たまったもんじゃゃねぇよなぁ。がんばらないわけにはいかなくなっちまうじゃねぇか」

耕吉は脛《すね》を掻きながら乾いた笑いを零した。

「辰砂、か……」

呟いたのは尊雲だ。顎に人差し指を当てながら、岩だらけの採掘場を見渡している。

そんな尊雲に気づいた正成は、

「耕吉、辰砂の原石を持っておらぬか？」

声をかけた。耕吉は頷くと、

「今日取れたばかりのとっておきがあります」

腰にぶら下げている袋を開き、こぶし大ほどの赤い石を取り出した。

「ほう」

正成は感嘆《かんたん》を漏らす。

「これは見事だ」

受け取った正成は手の上で何度か宙に放った。ずっしりとした重みが腕全体に伝わって来る。色は深紅《しんく》だった。隣から覗き込む尊雲の顔に赤い光が跳ね返りクルクルと回っている。まるで石の奥深くから光が放たれているようだ。

「これが辰砂か。実物を見るのは初めてだな」

尊雲は正成から受け取ると、魂を奪われたように見入った。鳶色の瞳が大きく見開かれていく。

「左様。これを砕《くだ》いて顔料とします」

正成が説明すると、尊雲は急にうつつに戻されたように、正成を振り返った。

「知っている。寺院、神社の建築に辰砂は欠かせぬ。他にも漆器《しっき》や仏画に使われていると聞く。辰砂は我等の暮らしに深くかかわっておる」

尊雲は辰砂を空にかざして眺めると、それを耕吉に返した。耕吉が両手で恭《うやうや》しく受け取り、もったいぶった様子で袋にしまう。どうやら耕吉も尊雲が普通の人ではないことに気づいたらしい。態度から刺々《とげとげ》しさが消えている。

「多門、この辰砂が赤坂に富をもたらしているのだな」

辰砂採掘場に来る前、正成は尊雲と共に赤坂荘を回った。村は活気が満ち、民の表情には明るさが溢れていた。暮らしに疲れたといった様子は微塵もない。

「先程、村で童がお前に話しかけていた。女共も気さくに声をかけてきていたな。お前は、ここの領主だろう？」

市から離れて集落を回る途中、子どもたちが数人やって来て正成を取り囲んできた。子どもたちは嬉しそうに顔をほころばせて、

「おらたち、これから相撲《すもう》を取ろうとしてたところだ。楠木様も一緒にどうだ」

と腕を掴んで来た。正成は子どもたちの頭を撫でてやりながら、

「今日は大事な客を迎えている。また、別の日に声をかけてくれ」

その後も二言三言、笑みを交えながらやり取りをした。正成の話を聞いた子どもたちは納得して再び相撲に戻っていった。正成たちは子どもたちのはしゃぐ声を聞きながらその場を去ったのであった。その様子を尊雲は興味深そうに眺めていたのである。

「民がお前によくなつくのは、辰砂の販売で富を得ているからか？」

尊雲が、そう正成に聞いて来た。

「それは違うぞ」

反論したのは耕吉だ。耕吉は尊雲を見上げると、幾分怒気を含んだ声でまくし立てた。

「おいらたちが楠木様を慕《した》っているのは楠木様が威張《いば》らないからだ。おいらたちのことを一生懸命考えてくださる。こんな優しい領主様は他にはいねぇ。おいらたち、採掘場で働く者も、それから田畑を耕《たがや》す者も、楠木軍の兵たちも、それからそれから、女も子どもも年寄りも……。楠木様はみんなを分け隔てることをしねぇ。……別に、暮らしが豊かだというわけではねぇぞ。今も、その日を暮らすので精いっぱいだ。それでも赤坂で暮らせておいらたちは幸せだと思っている。楠木様が領主だからだ」

「知っている」

尊雲は答えた。

「知っていて、敢《あ》えて、富が理由だと考えようとしたのだ。どうやら余は多門を羨《うらや》ましく思っていたらしい。余は民と触れ合うことなどほとんどないからな」

尊雲は表情を崩すことなく、幾分厳しい口調でそう答えた。気圧された様子で耕吉が膝を抱く。尊雲からは近寄りがたい雰囲気が放たれているように見えた。

「富が原因というのは確かでしょう」

場を取りなすように正成が告げる。

「辰砂の他にもざくろ石というものが取れます。これは研磨に使うものですが、こうした産物の交易《こうえき》で赤坂は潤《うるお》い、民に銭に変えて返してやることができているのです。働いてもなにも与えられぬ領主であれば、いくら民から気安く接せられることを認めていたとしても、やはり嫌われるだけでしょう。産物に恵まれた赤坂という土地のおかげで、私は民から慕ってもらうことができているのです」

「謙遜《けんそん》だな。別に面白くもなんともないぞ」

尊雲は手を払いながら踵《きびす》を返すと、そのまま採掘場の出口へと歩き始めた。白い岩場の上で埃っぽい風がクルクルと躍っている。

「余は、少しくたびれた。多門、どこぞで水でも飲ませぬか」

尊雲はツカツカと歩みを進めていく。それでも別段怒っているわけではなさそうだった。気配に禍々《まがまが》しいものが感じられない。

（あるいは……）

正成は頬を緩めて尊雲の背中を見守った。

己と同じように、尊雲もまた、この楠木正成に対して親しみを抱き始めてくれたのかもしれない。それを悟られまいとして、わざと高慢な態度を取っているのだ、そんな風にも見えた。

「耕吉、すまなかったな」

正成は耕吉の肩を叩いて、そう告げた。耕吉は顔を上げ、

「あの方は一体どなた様なのですか？」

尊雲に顎を向けながら囁《ささや》いてくる。

「尊雲法親王だ」

「尊雲？」

「今上帝の皇子だ」

「ひえ？」

仰天《ぎょうてん》する耕吉の肩を正成はもう一度叩いた。固まったまま動かない耕吉に笑みを残し、尊雲の後を追いかける。

「七郎。行くぞ」

走りながら、薙刀を振り回している弟を呼ぶ。普通より長い薙刀だった。独自に工《く》夫《ふう》を凝《こ》らして拵えたものらしい。七郎はそれを使ってみたくて仕方なかったようだ。僧兵から貸してもらった七郎は、薙刀で風を切って遊ぶことを話の間中ずっと続けて

いた。薙刀を振り回す姿は嬉々《きき》としたもので満ちていて、まるで玩具《おもちゃ》を与えられた子どものようであった。

「もう行くのか？」

ぞろぞろと尊雲の後に続く僧兵を眺めながら、七郎が叫んでくる。

「屋敷に向かわれるそうだ」

正成が応じると、七郎は兄の下に駆け寄って来た。

「僧兵と薙刀で立ち合いたい。いいかな？」

七郎が、真顔で聞いてくる。

「無理だろう。そういう目的で来られてはいない。尊雲様は、少しばかり俺と語り合いたいみたいだ。……かくいう俺も同じだ。あのお方と語り合いたい」

「なにを語るのだ？」

「分からぬ。ただ、あの方と一緒にいると、力が内側からほとばしり出てくるような気がしてしようがなくなるのだ。胸の高鳴りもどういうわけか感じてしまう。もっと、あの方のことを知りたい。なにを考え、なにを見ているのか。語り、確かめてみたい、そんな事を思ってしまう」

「ふぅん。力がねぇ……」

興味なさそうに言う七郎の背中を叩いた正成は、口の端を持ち上げながら尊雲目指して小走りに駆けた。

五

縁側から庭に下りて少し歩く。土の地面は昼間の熱を逃がしたらしく、草鞋《わらじ》越しに柔らかい冷気が伝わって来た。山からは虫の声が聞こえ、その合間合間に交ざるのは狼の遠吠えだ。高く長い鳴き声は、どことなく寂《さび》しそうに響き、胸の奥をざわつかせる。月は煌々《こうこう》と輝き、地面には己の青い影が伸びている。

(尊雲様は赤坂荘に興味を持っておられる)

歩きながら正成はそのことを考えた。昼間、村の中を回り、夜、正成の屋敷で宴を催すまで、尊雲は赤坂荘の統治の仕方を事細かに聞いてきた。中には辰砂の取引をしている相手は誰か、といった事柄まで含まれている。正成は聞かれたことはすべて包み隠さずに答えることにした。なぜか隠し立てすることに後ろめたさを感じてしまうようになっていた。尊雲は正成の答えを聞いては、しばしの間、考えに沈み、また別の質問をするということを繰り返してきた。

(吉と出るか凶と出るか)

正成は思う。興味を持たれたことで、今後、尊雲が赤坂荘になにかしら関わって来るようになることは明らかだった。帝の皇子と繋がりができることが己たちにとって益になるのか、正成には、まだ判断がつかないでいる。

「多門」

庭先にある楠《くす》の大木まで進んだ時だった。突然、頭上から声が降ってきた。振り仰《あお》いだ正成は楠の枝に尊雲が腰かけているのを見て眉を持ち上げた。

「どうなされたのです？　こんな夜更《よふ》けに」

正成が尋ねると、尊雲はフッと鼻息を漏らして、視線を遠くに向けた。

「なかなか寝付かれなくてな。少し興奮していたのかもしれぬ。今日は余にとって特別な日になった。知らないことを知れた。多くのことを考えた。いつか、人生を振り返った時、今日赤坂に来たことを転機だと言うようになる、そう思っている」

尊雲は手に持った瓢簞を口に当て顔を仰《あおむ》向けた。白い肌が月明りを浴びて、幻想的なまでに青白く光る。楠の枝に腰かけた尊雲はまさに神の権化が降臨してきたような神々しさを放っていた。

「お供の方たちは？」

正成が尋ねると、尊雲は興味なさそうに、

「どこぞに潜んででもおるのだろう」

そう口を拭う。

(確かに尊雲様の言う通りだ)

正成は思う。庭のあちこちから人の気配が感じられた。遠巻きにしながらも、尊雲を見張り続けているのだろう。

「来い、多門」

枝から手が伸びてきた。正成は尊雲を見上げ、その目がなにかを訴えるように己に注がれているのを見て、意に従うことを決めた。

尊雲に引っ張られて楠の幹に足をかけ、枝に移る。瞬間、煌めく星の中に飛び込んだような感覚に襲われた。少し視点を変えただけなのに、空がグッと近くなる。昔からこの感覚が好きだった。

(よくこの枝に上って過ごしたな)

若かりし日のことを思い出す。楠の大木からなら赤坂荘全体を見渡すことができた。齢十八で赤坂の統治を任された正成は、当時、七郎と二人して村を眺めることを、毎夜のように繰り返していたのだ。

その赤坂荘は、今、夜闇《よやみ》の中に沈んでいる。灯《あか》り一つ灯《とも》らない家々はあまりに静かで、まるで自然の一部に同化しているように見えた。

「よい村だな、赤坂は」

瓢箪を持ち上げた尊雲は正成が首を振るのを見て、己で口をつけて喉を鳴らした。目は、闇の中の赤坂荘に注がれている。

「あのような民を余は初めて見た。この荒んだ世にあって、あれほど満ち足りた表情をしている民は、そういまい。余は赤坂の民を羨ましく思うぞ」

「羨ましい？　そんなことはございますまい。皆、尊雲様とは比べ物にならないほど貧しい暮らしを送っております」

「貧しくはない。決して貧しくはないぞ、赤坂の民は」

尊雲の語気が強くなる。正成は尊雲を見返すと、ハッと息を飲んだ。尊雲は肩に力を込め、呼吸を荒らげていたのだ。

「赤坂の民は自由だ。己のことを己で決めることができる」

しばらくして尊雲はそう呟き、溜息を漏らして全身の力を抜いた。

「余とは大違いだ。余は常に帝の意のままに動かねばならぬ」

「帝の？」

正成が聞く。尊雲は正成をチラリと見た後、小さく頷いた。

「余は齢六で天台宗《てんだいしゅう》の梶井《かじい》門跡《もんぜき》に預けられた。比叡山延暦寺《ひえいざんえんりゃくじ》を朝廷《ちょうてい》側に引き入れるための細工だ。その梶井門跡で余は仏典やら学問やらを学ばされた」

尊雲が語り始める。一度大きく息を吸い、伏し目になって長々と吐き出した。

「他の小僧と戯《たわむ》れる暇《ひま》もなかった。学問漬けの毎日だ。もっとも、戯れることを禁じられていたようでもあるがな。周りの者は余を珠《たま》のように扱い、同じ人としては見てくれなかった。うっかり傷をつければ取り返しのつかないことになる。高価な、そして厄介《やっかい》な預かり物として余は見られていたのだ」

自嘲気味に笑う。そんな尊雲に正成は、

「それで？」

先を促《うなが》した。尊雲は正成を横目で見た後、うむ、と腕を組んだ。

「比叡山で僧兵と出会ったのは九つになった頃だ。その僧兵の姿に余は惹きつけられた。力が溢れているように見えた。そして、余は思った。僧兵のような荒々しい力を身につければ、大切な預かり物として余を扱う者の目を変えることができる、とな。飽いていたのだ、へりくだった態度にも、丁寧な物言いにも。強くなることで裏切ってやりたいという気持ちが芽生えてしまった。余は僧兵に頼み、修行をつけてもらうことにした。もっとも、裏では色々とやり取りがあったようだがな。寺からは朝廷に何度も使いを出し、帝も加わって話し合いがもたれた。結果、武芸を身につけることは心身の成長にとってよろしい、との理由で認められたのだ。なんとも馬鹿馬鹿しい理由だ」

尊雲が鼻で笑う。

「余の成長などどうでもよいことだと最初から気づいておったわ。帝は、僧兵たちを味方につけられることに魅力を感じたのだ。余が僧兵との仲を深めれば、武士に敗けない戦力を手にすることができる。比叡山の僧兵といえば武士もうかつに手を出せぬほどの存在だからな」

尊雲は言葉を切ると、気づいたように瓢箪を耳元で振って中身を確かめた。まだ十分残っていることに満足したのだろう、腕を垂らして再び語り始める。

「僧兵と修行を積んでもよいとの許しが出たのは、余が願ってから半年も後のことだった。熱も冷めつつある時期だ。それから間もなく、僧兵が大挙して押し寄せてきた。余に武芸を教えるという名目でな。修行はなかなかに過酷なものだった。余が皇子だということは、修行の最中は忘れられているようだった。……いや、決して忘れられてはいなかったのだろう。そのことはなんとなく分かった。遠慮や気遣いが垣間《かいま》見えることが度々あった。しかしな多門」

尊雲は言葉を切った後、顔を空に上向けた。

「余の方は忘れていられたのだ。修行に励んでいる間、余は不思議と己が誰なのかを考えなくて済んだ。ただ、強くなりたい、その思いで頭の中を満たすことができた。それが気持ちよかったのだな。余は武芸にどんどんのめり込んでいった」

尊雲は己の掌を見つめて、少しだけ微笑《ほほえ》んだ。葉の間を通った月の光が尊雲の掌にこぼれている。尊雲は青白い光を握りしめると、急に表情を変えた。

「修行を続けるうち、余は僧兵たちの間でも抜きん出た存在になっていった。手加減されずとも、ほとんどの僧兵を討ち倒すことができるようになった。僧兵たちの中にもいくらか心を通わせられる者が現われ始めたのはこの頃だ。余にとって初めてできた友と呼べる存在だった。そ奴等は、常に余の周りに付き従うようになった。いつも一人だと思っていた余は、そのことが嬉しかったのだ。奴等と過ごす毎日が楽しくてしようがなかった。満たされた時を過ごせそうだと、そんな気がしていた。……だがそれも長くは続かなかった。十四になった頃だ。余は僧兵たちと交わることを突如《とつじょ》断たれた。再び学問に精を出すよう、朝廷から達しが届けられたのだ」

尊雲は目を下げ、短く吐息を漏らした。

「余があまりに力を持ち過ぎることに怖れを抱く人間がいたのだろう、そう余は解釈している。言わずとも分かるな？　帝だ。余が僧兵たちを従わせるようになれば、余そのものが武力を持つことになる。それは帝の望みではなかったのだ。帝は余を利用しはするが、力を持たせたいとは思っていなかったようだ。余に帝位を継がせたくないとも考えられていたのだろう。余の母は出自が高くないからな。帝にするには差しさわりがある、そう思われている。余は他の兄弟より目立ってはならぬ定めを背負っている」

「今上帝は賢帝だとの噂を耳にしております。ですが、尊雲様の話を聞いた限り……」

正成は胸の辺りが重くなるのを感じた。尊雲が嘘《うそ》をついているとは思えなかった。今日、一日付き合ってみて、尊雲が己の身の上を誇張して話すような男ではないことは身に沁みていた。

尊雲は、あまりに誠実であり、純粋《じゅんすい》だ。

汚れのない真水のような心の持ち主である。

そのことに気づいているからこそ、尊雲の話は正成の胸に迫るものを覚えさせた。

そんな正成を見て尊雲はフッと頬を緩めた。次いで、首を掻き、自嘲気味な笑みを浮かべる。

「別に帝が自分勝手というのではないぞ、多門。むしろ、歴代の帝の中でも一、二を争うほど英邁《えいまい》な資質を持ち合わせている、と余は考えている。ただ、そのように動くことこそ王家の常識だというだけだ。己の意志の通り操れる人間を幾人も作る。そうして己の帝位を盤石なものにする。帝が安定して政治を行うことこそ日本をよい国にする最良の方策だ。そのためには駒となる人間が必要だ。操られる側も操られる側で、己の立場を受け入れながら、その中で地位を得ようとする。そうした仕組みが王家と、それから朝廷の中には出来上がっているのだ」

「僧兵から離されて、尊雲様はどうされたのですか？」

正成は真顔のまま、そう尋ねた。

「当然、学問に励んだぞ。帝からの指示だからな」

尊雲は胸を張り、不敵に口の端を持ち上げた。

「だが、密《ひそ》かに修行は続けていたのだ。余と心を通わせてくれる僧兵が護衛として残っていてくれたからな。その者たちに頼んで稽古《けいこ》をつけてもらっていた。学問の間に……。あるいは夜も更けてからか。あの頃は、寝る暇もなかったな」

「そこであの強さを身につけられたのですね」

「うむ、そういうことになるだろうな。その後、余は、天台座主《ざす》にされ、一度下ろされ、また座主にされた。帝の中でなにかしらの思惑《おもわく》があったのかもしれぬ。指示はいつも朝廷から届いた。そのような経緯を経て、今、余は尊雲法親王として多門の前に立っている。余のこれまでは、ざっと、そういったものだ」

「私のところに来られたのも帝のご指示ですか？」

「帝がどういうお方か教えてやろうか、多門？」

言うと、尊雲が面白そうに目を細めた。

「この世のすべてを手に入れたいと思っておられる、そういうお方だ。帝になられただけでは、まだ足りぬ。ありとあらゆるものを統《す》べる力を手にしてこそ初めて満たされると考えるお方だ。歴代の帝の中でもそういった面では突出しておられるのではないかな。人間らしいといえば人間らしい。己の欲に正直なお方だ」

言った後、尊雲は顔の前で人差し指を立てた。

「人間らしいからこそ、幾らか付け入る隙もできる。余はそこをついて、今ここにいるのだ。この世を手に入れたいと思っておられる帝にとって、最も邪魔な存在は鎌倉幕府だ。鎌倉に幕府がある限り、真の意味で帝は日本の統治者にはなれぬ。そして、鎌倉を倒すには戦以外には方法がない。それは誰の目にも明らかだろう？　だが朝廷は軍を持たぬし、かといって武士を味方につけるわけにもいかぬ。武士は基本的にすべて鎌倉に押さえられていると考えて間違いはないからな。だが今、それ以外の力が現われてきた。今、朝廷は、いや、帝は、どうにかしてその新しい力を組み入れたいと考えるようになっている。その力とはお前たちのことだ。幕府の支配下に組み込まれていない悪党、独自に領地を持つ豪族。それらを兵力として朝廷側に組み入れることで幕府に対抗する力を持つ。それこそが帝の望みだ。余はそうした悪党たちを説得したいと自ら帝に申し出たのだ」

尊雲は正成をジッと見つめた。だが、正成がなにも反応しないのを見て、鼻を鳴らして頬を緩めた。

「皇子の余が説いて回れば必ずや味方になってくれる、そう告げた。かつて、日野資朝《ひのすけとも》という公家《くげ》が仲間を募《つの》ったことがあったのだがな、その時はあまりうまくいかなかったようだ。公家ということで諸勢力との間に壁《かべ》ができてしまっていたらしい。公家に従いたいと申し出る者は少なかったそうだ。だが、帝の皇子であれば話が違う。言葉に重みをもたせることができるし、親王がへりくだったという事実が相手の閉ざされた心を開かせることにも繋がる。そこに期待したのであろう。帝は余が各地を回ることを許可してくれた。それにな、ほら」

尊雲は懐から一通の書簡を取り出した。

「帝からの書付だ。余を尊雲法親王と認め、同時に余の話をよく聞き、余の考えを吟《ぎん》味《み》するよう検討を願う、そうしたためられている」

スルスルと書簡をほどいていく。

「もし皇子である尊雲の考えに同調するのであれば、帝として貴公を粗略に扱うことはないであろう、書簡はそう結ばれておるな」

「昼間、法親王殿下であることを示す証は持たぬと申されましたが？」

「多門がどう出るか試したのだ」

尊雲は書簡を巻きなおした。懐に収め、笑みを含んだ目で正成を見る。

「証もなく余を法親王と認めるのであれば信用できる、そう思った。特に理由はないのだがな。そう信じようとお前を見た時、余の中で決めてしまった。一種の賭《か》けだ」

「もし、信じなければ？」

「ただの兵だ、そう思っただろう。朝廷軍に加わってもらい、戦場で働いてもらう。それだけの関係で終わり、それ以上に発展することはない」

聞いて正成は顎を摘まんだ。尊雲の無邪気《むじゃき》とも取れる行いが魅力的に映る。尊雲が法親王であろうとなかろうと、己は尊雲を一人の人間として好いていたのかもしれない、そんなことを思う。

「それで、私に色々と語ってくれたのですね」

正成が言うと、尊雲は驚いたように目を丸くした後、今度は恥ずかしそうに頭を振った。

「それもあるが、それだけでもない。……なんというのかな、お前には胸の内を明かしたいと思ってしまった。余を信じてくれたからではなく、ただ単純に余を知ってもらいたい、お前と一緒にいるとそう思わずにはいられなくなってしまった」

「恐悦至極《きょうえつしごく》にござります」

素直に嬉しかった。尊雲に信頼されているらしいことが、己という人間を高めてくれるような気がする。

そんな正成から視線を外し、再び人差し指を立てた。

「とにかく、余は帝の命で畿内を回ることになった。余にとっては、願ってもないことだ。世の中を見て回れるのだからな。余は朝廷と寺以外を知らぬ。畿内を歩き、実際に人々がどのような暮らしをしているのかを見てみたかった。それが一つ。それから……」

尊雲は再び正成を見て、人差し指を突きつけた。

「旅の中で面白い者に出会えた。お前のような男にな、多門。余の周りは帝の息のかかった者ばかりだ。そいつらと一緒にいると、気持ちが塞いでくる。己をさらけ出せるのは数人の僧兵だけだが、こいつらも元が僧だからか、頭の堅い連中ばかりだ。広い世の中であれば、余と真の意味で心を通い合わせてくれる者がいるかもしれぬ、そう思った。法親王としての余ではなく、人間としての余とな。そうした者が待っていると信じて旅を続けてきたのだ」

　言った後、尊雲は正成の肩越しに庭を見渡した。

「こいつらも本当に余を守ろうとしているのかは定かではない。十人のうち四人だ、余のことを真剣に考えてくれているのは。寺で密かに修業をつけてくれた者たちがそれだ。他の者はなにを企《たくら》んでいるのか分からぬ。おそらくは余が勝手な行動を起こさぬよう見張っているのだろう。そのための護衛だ。遣わしたのは、父である帝か、はたまた余の台頭を嫌う兄や弟たちか」

「聞かれてはおりませぬか？」

　正成は庭に視線を走らせた。人の気配が強くなっている。正成が尊雲と語り合っていることで警戒を強めているのだろう。庭を窺う正成に、尊雲は白けたような目を向けて瓢簞に口をつけた。グビグビと中身を飲んで、どうでもいいといった口調で言う。

「聞かれても構わぬ」

尊雲は乱暴に口を拭った。

「父や兄弟が余を警戒しているのは周知の事実。その一方で、余が彼等に歯向かえぬことも知られている。抗《あらが》うことはできぬのだ。それが王家の血を継ぐ者の宿命。王家に生まれた以上、帝の意志は絶対だ。兄弟間で足を引っ張り合うことも、また、決められたことなのかもしれぬ。母の身分が低い余は駒になる以外の生き方は許されぬ。受け入れねばならぬのだ、なにもかもな」

正成は黙したまま尊雲を見つめた。尊雲は正成を見返した後、瓢箪を突き付けてきた。それを見て、正成は首を振った。尊雲は寂しそうな目をした後、二、三度小さく頷いた。

「少し語りすぎた。誰かに過去を語ったのは初めてのことでのぼせてしまったのかもしれぬ。少しばかり酒に酔っていたことも関係あるだろう。それとも赤坂の民に触れたからか。どちらにしろ、己のことを話したいと思った。……語る必要のない話だったのだ。多門、忘れてくれ」

尊雲は瓢箪に再び口をつけた。正成は瓢箪の中身が水であることを知っている。酒の甘い香気が漂ってこないのはそのためだ。尊雲に腕を引かれた時からそのことに気づいていたが、正成は敢えて口に出さないでいた。尊雲もまた、正成が気づいていることを知っていたようである。だが、知っていながらも尊雲は、酒の力を借りたと思われたいらしかった。そうまでして己の生い立ちを語りたかったのだ。その思いを受け止めなければならない、そう正成は思う。

「余は赤坂を気に入ったぞ」

尊雲が、突然、声に力を込めて言った。

「このような村がもっと増えればよい、そう思っている。そのためには武士の支配を取り除かねばならぬな」

正成の肩がピクリと動く。正成は横目で尊雲を窺った。尊雲は赤坂荘を見つめたまま表情一つ変えていない。

風が吹き、楠の葉がサワサワと揺れた。夏の夜風は温かさの中にも、針のような冷たさを隠し持っている。風を正面から浴びた正成は、なぜかこれまでの己を思い出さずにはいられなくなった。夜風の冷気に、ふと、懐かしさを呼び覚《さ》まされたのかもしれない。あるいは過去を語った尊雲の影響が己の側にも現われているのかもしれなかった。

（理想を掲げて赤坂に立ったのは十八の頃だった）

と正成は思う。民からなかなか理解を得られず孤立したこともある。その中でも手を差し伸べてくれた者がいた。その者たちのおかげで、少しずつ理想へと進めるようになったのである。辰砂の採掘と流通を幅広く行うようになってからは、理想を形にしていけるようになった。他勢力からの侵略を民と一緒に撃退したこともある。そのように、その時その時を乗り越えながら赤坂荘は発展してきたのだ。今、民は満面の笑みを浮かべて正成と接してくれている。

(俺が作り上げた村だ)

己が思い描いたとおりの理想の村に赤坂荘は育っている。

その思いが正成には確かにある。

正成は口を堅く結んで赤坂荘を見渡した。隣の尊雲もなにも言わず、赤坂荘に視線を注いでいる。星明りの中、二人は楠の枝の上で、まるで陽が昇って来るのを待ちわびるかのように赤坂荘を見つめ続けた。

六

朝の光が漂っている。鳥のさえずりは間断なく聞こえ、木々の間を吹く風の音が耳の奥まで流れ込んでくる。露を纏った足許の草が緑を誇りながら背中を伸ばしている姿が、目に眩《まぶ》しい。

木剣を振り終わった正成は、上気する躰を冷まそうと深い呼吸を繰り返した。そのまま山の静けさの中に身を溶かす。

「ふぅ」

やがて心の臓が落ち着き、全身の筋肉が弛緩《しかん》し始める。木剣を振った後、こうして無心の時を持つことが正成は好きだった。一度すべてを空っぽにすることで、また新たな活力が生まれてくるような気がしている。

しばらく立ち尽くした正成だったが、

「どうされましたか？」

人の気配を感じて、後ろに聞いた。

「発《た》つ前にもう一度、二人で話してみたくなってな」

落ち葉を踏みながら姿を現わしたのは尊雲だ。尊雲は正成の背後で止まると、そこで大きく息を吸い込んだ。

「河内の山の空気は比叡山のそれとはまた違うな。河内の方が柔らかい。場所によって空気が違う。これも旅をして初めて気づいたことだ」

そう告げる尊雲を正成は振り返った。尊雲は正成が己の方を向いても、まだ、手を広げて空気を吸い込むことを続けている。

「支《し》度《たく》は終えられたのですか？」

「終わった」

昼前に尊雲は京に帰ることになっていた。元々、河内に来るのは一日だけの予定だったのである。正成に会い、京に戻って帝に謁見《えっけん》した後は、今度は近江《おうみ》へ向かうという。世が乱れている今、尊雲は慌ただしい日々の中にいるようだった。

「昨日、伝えようと思ったが、結局伝えられなかったことがある」

尊雲は上に向けていた顔を正成に戻して、そう切り出した。

「一晩考えて、やはり伝えなければならぬと思った。それで、ここに来た」

瞬間、正成は姿勢を正した。尊雲のただならぬ雰囲気に、なにやら重大なことが伝えられるらしいことが伝わって来た。

「どのようなことでしょう？」

正成が口許を引き締めると、

「お前は挑んでいる」

尊雲はそう切り出した。

「私が挑む？　一体なにに？」

正成はそらとぼけてみせた。

「世の仕組みだ」

尊雲が微動もせずに答える。

「世の理不尽さに挑もうとしている。武士とは異なる統治を行うのはそのためだ」

正成は息を止めて尊雲を見つめた。尊雲が己になにを求めようとしているのかを測ろうとする。尊雲は正成から視線を逸らさなかった。澄んだ瞳で見つめてくるばかりだ。

正成は小さく息を漏らした。

(隠せぬな)

そう思う。いや、隠そうとしたところで、尊雲は既に気づいているのだ。昨日、一緒にいて分かった。気づいたうえで、楠木党を見定めようとしてきた。

「その通りです」

正成は毅然《きぜん》と答えた。

尊雲が気づいたのは赤坂荘が目指す理想である。

赤坂荘は、辰砂販売によって得られた利益によって銭による統治を実現させている。百姓は穫《と》れた作物を一旦、領主である正成に納め、受け取った正成はそこから幾らか税を引き、銭に替えて百姓に返す。それは、辰砂採掘に従事する者や楠木軍の兵も同じだった。労役、兵役に対して正成から銭が支払われることで赤坂の民は暮らしを成り立たせることができている。そうした仕組みが出来上がっているからこそ、赤坂荘では武士の統治とは異なる独自の統治を行うことができるのだ。赤坂の民は己の得意なもの、好きなことを職として選ぶことができた。また、市が活況を呈するのも必要な物を銭で買うことができるからだ。赤坂の民は銭の下で皆が等しく暮らせるような形を築いているのである。

（武士は支配するだけだ）

それは民を苦しめることにほかならない。

正成はそう信じていた。

民が困窮しても武士は手を差し伸べることはしない。むしろ、民が困窮すれば年貢収入が減り、その減った分だけ武士は民から搾取しようと試みる。民は虐げられるばかりだった。そうした、あまりに理不尽な仕組みの上に今の世は成り立っているのである。

「よく考えられているな、多門。銭が急速に行き渡りつつある今だからこそ、お前の統治は理に適っている」

幕府が鎌倉に成立してから百年余り。畿内を中心に、銭による取引が盛んに行われるようになった。一方で、その浸透は貨幣の流通についていけない者を出現させた。自らの力ではなにも生み出すことのできない御家人だ。支配者側である御家人の多くは銭勘定が苦手で、なにもかもが銭で取引される状況に混乱し、自らの土地を担保として銭を借りる者が出始めている。土地を手放した御家人は年貢収入が減り、瞬《また》く間に暮らしが成り立たなくなった。それを救済するために幕府は借金を帳消しにする徳政令を発令したのだったが、それも新たな混乱を招くだけで結局は御家人を救うことには結びつかなかった。御家人は民から搾《しぼ》り取ることに注力するようになり、世は益々《ますます》荒れる方向へと進んでいった。

「私は、今の世の在《あ》り方に納得がいかぬのです」

正成は答える。自然と言葉に力が籠《こも》ってしまう。

「一部の者のみが利益を得、民の嘆《なげ》きに耳を傾ける者はどこにもおりませぬ。かくいう、この赤坂も領主の権限が絶対の土地でした。民は領主である父の持ち物として扱われ続けてきたのです。それは間違っていると思いました。民あってこその領主です。民中心の統治を行う。それこそが領主の務めだと私は信じています」

「民中心の統治、か。よい言葉だな」

尊雲が口許を緩める。それを見た瞬間、正成の中でなにかが弾けた。目の前の男に己が理想とする政治をぶつけたい、そうした思いが湧き上がって抑えることができなくなってしまった。

だが、正成は開きかけた口を閉じたのである。尊雲が眉を寄せて考え込んでいたからだ。口を閉ざした尊雲には妙な迫力があった。なにかを思案していることはすぐに分かったが、それは、こちらから聞き出してはならない事柄のようにも思えた。そうした威厳が尊雲からは放たれている気がした。

しばらく腕を組んで考えに耽った尊雲は、ようやく意を決したように顔を上げ、正成を見つめてきた。

「武士による支配は行き詰まる。余もそう考えている」

聞いた正成は遠くに目を向け、そっと瞼《まぶた》を閉じた。次になにを言われるかだいたいの想像がついたからだ。聞けば後には退《ひ》けなくなる。だが、聞かないわけにはいかないことも同時に分かっていた。

「余に味方せよ、楠木多門兵衛正成。帝でも朝廷でもない、この大塔宮尊雲に味方するのだ」

正成は鼻から息を吸い込んだだけで、それ以上の反応を示さなかった。

だが、胸の内では、

（やはりな）

そう思っている。

山中で尊雲と会った時から分かっていた。尊雲を見た瞬間、敵ではない、と直感した。同時に、この先、長い付き合いになるだろうことも感じてしまった。理屈ではなかった。己の心がそう受け取ったのだ。それ以上のものはなにもない。

（魅了《みりょう》されてしまったのだ）

少し言葉を交わしただけなのに、尊雲という人間に魅かれている己に気づいた。そのことが不思議でもあり、心地よくもあった。

（だが、それとこれとは話が別だ）

そう思い直す。尊雲の味方をすれば、自然と朝廷側として戦わなければならなくなる。朝廷が目指しているのは天皇中心の世の実現だ。

後に後醍醐《ごだいご》帝《てい》と諡《おくりな》されることになる今の帝は、幕府打倒を悲願にしていた。それは、何年か前に起こった政変を見ても明らかだ。無礼講《ぶれいこう》という集まりを開き、倒幕の密談を重ねた後醍醐帝は、幕府にその陰謀が見つかると同時に側近の日野資朝を捕縛されている。後醍醐はなんとか言い繕《つくろ》って自身の潔白を認めさせたが、しかし、それからというもの幕府の後醍醐帝に対する監視の目は厳しくなった。後醍醐は帝としての権力を行使する機会が少なくなり、幕府を気にしながら動かなければならなくなってしまった。後醍醐帝がそのような状況に満足するはずがない。密かに幕府打倒の志《こころざし》を抱き続けた後醍醐帝は、それを、今、実行に移そうとしている。尊雲が各地を回っているのは、そのためだ。

（幕府と戦うことになれば、赤坂の民が巻き込まれることになる）

ようやく正成の理想が実現されたところである。赤坂を守ることこそ今の世で己が為すべきことだ、正成はそう信じて生きてきた。

正成は赤坂の民を愛していた。

家族のように愛している。

赤坂荘を赤坂荘のまま存続させることこそ、領主として果たさなければならない己の使命だと考えていた。赤坂の民を、日本を二分するような戦に巻き込みたくはない気持ちが強くある。

「断れぬことは分かっているであろう、楠木多門兵衛正成。このままの状態を続ければ赤坂はいずれ幕府に潰されるぞ」

尊雲が口調を改めた。冷淡で突き放すような言い方だ。

（確かにそうだ）

正成はこめかみをひくつかせる。尊雲は、今の世を冷静に見ていた。そこもまた、人間としての深さを感じさせる部分なのかもしれない。

（時代が求めているのかもしれぬな）

ふと正成は思う。尊雲を見ていると、そう考えずにはいられなくなる。朝廷と幕府は近いうちにぶつかる。それは最早《もはや》、避《さ》けることのできない事実だ。そんな時に人としての魅力に満ちた尊雲が己の前に現われた。己がどちらにつかなければならないかは明らかな気がする。

（赤坂の民のために……）

正成は逡巡《しゅんじゅん》したが、すぐに首を振った。

答えは既《すで》に出ているではないか、そう思う。

（朝廷側だ）

幕府につけば、尊雲が言ったとおり赤坂荘はいずれ潰されることになるだろう。武士による支配を否定する赤坂荘は、いわば幕府統治の根幹に異を唱える存在だ。やがて目を付けられ、危険な存在として排斥《はいせき》されるようになる。今はまだ規模が小さいために見過ごされているが、これまで以上に民が多く流入し、市が更に活況を呈してきたら、河内や和泉をはじめとした畿内で真似《まね》る村が現われてくる。そうなれば間違いなく赤坂荘は潰される。見せしめのために圧倒的兵力で攻められ、完膚《かんぷ》なきまでに破壊し尽くされるに違いない。

(今の楠木党には幕府軍と真っ向から戦う力はない)

そのことは領主である正成が一番分かっている。兵力は千を少し超えた辺りだ。何万もいる幕府軍とは比べ物にならない。

では、朝廷に味方すれば安全かというと、決してそういうわけでもなかった。赤坂のやり方を朝廷が受け入れてくれるかどうかまでは分からない。朝廷もまた武士と同じように、土地を基盤とした支配を行ってきたからだ。

(それでも……)

と正成は考える。

まだ、朝廷側の方が可能性はあるのではないか、そう思う。

正成がそのように考えるのは、尊雲のような男がいる、その一点に尽きた。尊雲は、赤坂を気に入ったと言ってくれた。それは本心から出た言葉に違いない。尊雲は、適当なお世辞を言うなどあり得ない男なのだ。

(尊雲様がいる)

そのことが唯一《ゆいいつ》の希望なのかもしれない、と正成は思う。政権の中枢に近い者の中に、赤坂の統治に理解を示してくれる人がいる。それだけしか頼れるものはないかもしれなかったが、そうした人がいるだけでずいぶん状況は違ってくる気がした。

（どちらにしろ……）

正成は思う。このままなにもしなければ滅びるのを待つだけなのだ。幕府が放っておいてくれるはずはないのである。であれば、

（尊雲という男に賭けてもよいのではないか）

そう考えさせるだけのなにかが尊雲にはある。己が創り上げた赤坂荘の行く末を預けるならこの人だ。尊雲以外にはそのような存在は見当たらない、そんな気がした。

「尊雲様は、なにゆえ戦われるのですか？」

顔を上げた正成は逆にそう尋ね返した。尊雲と共に進み続けると心の中では決めかけているのに、最後にもう一つ。もう一つだけ、足を踏み出すためのきっかけを得たいと思った。

正成の質問に尊雲は眉間《みけん》に皺を寄せた後、

「使命だと思った」

ぼそりと呟いた。

「余はなんのために生まれたのか。帝になれぬ皇子など、政治の道具として扱われ、

それで終わるだけの存在だ。そのことを余は悔しく思っている。こうして命を得たからには、己が生きていることを証明したい。父や兄弟たちに、余がどれほどの人間であるかを知らしめたい。そうすることで、余は、己の運命を乗り越えたと言える気がする。一種の反抗だ。それが余を突き動かしている」

「帝になることは諦《あきら》めておられるのですか？」

「まず望み薄だな。だが、幕府との戦いで功を上げれば、重要な地位につける可能性がないわけではない。政治に口を挟んでも誰も文句を言えぬほどの立場を得ることができる。そうなれば、帝になれずとも余は日本を動かしていくことができるかもしれぬ。……もし、もしもだな」

そこで尊雲は言い淀《よど》んだ。だが、すぐに顔を上向けて力強く告げた。

「余が政治の実権を握ったら、日本全土で赤坂荘の統治を行いたい」

「日本全土で？」

正成は思わず問い返した。が、すぐに首を振る。

（話が大きくなり過ぎている）

そう思う。

赤坂で正成が理想を実現できたのはあくまで治めるのが赤坂に限られていたからだ。

範囲が限定されており、また、父が統治してきたという実績もあった。辰砂という産物に恵まれていたという幸運もある。環境が整っていたからこそ、銭による統治を実現することができたのだ。だが、尊雲はそれを日本全土で行いたいと考えているという。

（せいぜい、赤坂のような村がいくつか増える程度だと思っていた）

正成は半《なか》ば口を開けたまま尊雲を見つめた。朝廷が幕府を倒せば赤坂の統治は認められるだろう、そこまでは理解できた。さらに尊雲が政治を動かすようになれば、赤坂流の統治が何箇所《なんかしょ》かで取り入れられるようになる、そのことも考えられた。尊雲の赤坂荘への思い入れは十分すぎるものがあるのだ。もし赤坂のような村を日本のどこかで作るということになれば、その新しい村づくりには正成も力を貸すことになるはずだった。尊雲と一緒に新しい村の差配に取り組むことになるのだ。そうなれば、まず統治は成功する。正成には赤坂を作り上げたという経験があるし、尊雲という後ろ盾《だて》を得れば、他の村で実践《じっせん》することもさほど難しいことだとは思えなかった。

だが、日本全土で行うとなると話は別だ。日本という国の仕組みを作り変える必要がある。それだけ抵抗勢力も多い。

（なんという無謀《むぼう》なことを考えるのだ）

正成は全身を震わせた。

そのくせ、

(楽しみだ)

熱い思いが沸々《ふつふつ》と沸いている。

日本が生まれ変わる。

身分による差がなくなり、皆が、生き生きとした毎日を過ごすことができるようになる。

満面の笑みを浮かべる民たちの姿を想像した正成は唇の端を持ち上げた。

(胸が高鳴らないわけがないではないか)

そう、己に言い聞かす。胸が高らかに鼓動し始める。

「赤坂荘を見て余は夢を見た」

そんな正成に尊雲が続ける。

「日本中の民が自由の下で等しく生きるという夢。確かに問題は多いかもしれない。余が抱いた夢はあまりにも壮大すぎる。実現するにはいくつもの困難が伴うだろう。だが、ここで退いてしまえば、余は、己を一生恨《うら》み続けることになると思った。夢を見たのに、そこから目を背《そむ》けてしまった。後悔するに決まっている。そのような人生、もはや生きていてもなにも楽しくはないはずだ。なんとしても叶《かな》えたい。叶えるためにすべてを捧《ささ》げてもいい。それほど強く惹かれる夢に余は出会ってしまった」

尊雲の言葉一つ一つが、力強い説得力をもって正成の中に迫って来る。正成は喉奥に込み上げて来るものを感じて、慌てて飲み込んだ。さらに続きを語ろうとする尊雲にジッと視線を注ぐ。

「今、日本中の民が苦しんでいる。ある少数の者……、身分の高い者だけが得をし、彼等に虐げられ、声すらも上げられない状態に追いやられている。だが、赤坂で行われている統治を見て、それを覆《くつがえ》せると余は思った。赤坂の統治が日本中に行き渡れば、数多の民が救われる。それは、今を生きている者だけに限った話ではない。今、世の流れを変えれば、これから生まれてくる子どもたち……。数十年、数百年後に生きる、数限りない子孫たちも救われることになる。余が夢を実現することで、この国の未来を救うことになるのだ。であれば、進まないわけにはいかぬだろう?」

尊雲は不意に拳を握った。右手を力強く握りしめている。

「よいか、多門。お前は余に従わねばならぬのだ。お前が赤坂荘を創った。それが始まりだ。お前の理想が余の胸を震わせた。それは、やがて日本の夢となる」

「赤坂荘が……、日本の夢……」

「湧き上がってこぬか、多門？　お前が十数年をかけて形にした、この赤坂荘。それが、日本そのものになるのだ。楠木多門兵衛正成という一人の男の理想が日本を変えることになる。お前こそが日本中の民を救う男になるのだ。余が必ずや実現させてみせる。誓うぞ」

雷に打たれたような衝撃が走った。

己が今まで成してきたことが、新しい日本を創る？

正成は尊雲を見返した。尊雲は、正成の視線を受け止め、一呼吸おいてから頷く。

「余は帝の皇子として生まれた」

尊雲が拳を開いて続きを語る。

「これもまた運命なのだ、今はそう思うことができている。余は夢を実現するだけの力を得る。それができる立場にいる。であれば、挑《いど》まなければ失礼だ。今、苦しみ喘《あえ》いでいるすべての民に対して、余は無礼を働くことになる。余は余が生まれながらに持っている王家の血という力を行使する。そのために、朝廷が政権を握ることに全力を尽くす。武士が支配する世では余の力を発揮することは叶わぬからな。朝廷が政治を動かせるようになって初めて、余は己の力を存分に発揮することができるのだ。そのために、まずは幕府を倒すことから始める。そこから道は開ける、余はそう考えている」

尊雲は正成を見て、その肩に手を置いた。

「お前と会ったからだ、多門。お前の中のなにかが余を突き動かした。お前とならば、この国を変えられるのではないか、そう思うようになった。……手を貸せ、多門。余はこの夢のために生きたい。帝になれぬ余がこの世に生まれてきた意味はそこにあると信じている。余と共に新しい日本を創れ」

突如、尊雲の目が潤み始めた。こらえきれなくなったといった様子で、一筋、涙が頬を伝う。

「ん？　なんだ、これは？」

尊雲は頬を触り、その後、眉をひそめて掌を見つめた。今、この瞬間、涙が零れたことが解《げ》せないといった様子だった。

正成は尊雲の困惑した表情を見て、腹を決めた。

（決まったな）

（この人であれば共に進める）

そう思う。

尊雲様に従い、日本を創り変える。

それがこの乱世で俺が生きる新しい意味だ。

正成は、頬を撫でては首を傾げる尊雲に向き直り、深々と頭を下げた。

「楠木多門兵衛正成、法親王殿下のため、この身を捧げる所存にございます」

「頼む」

尊雲は涙を拭うのをやめて、正成に頷いた。

七

「そろそろ戻るか。気を張り続ける僧兵たちがかわいそうだ」

涙を止めてしばらくしてから尊雲が言い、どちらからともなく肩の力を抜いた、その時だった。山の藪の中から黒い影となって何者かが躍り出た。その影は滑るように地面を進み、正成たちの下へと迫って来る。

「何奴だ！」

尊雲が腰を沈めて脇差《わきざし》に手をかける。薙刀は携《たずさ》えていない。正成と話しに来ることが目的だったのだ。

「あぁ、あれは」

だが、駆けてくる影を見た正成は唇の端に微笑を浮かべた。

「ご安心を。私の仲間です」

正成が言うと、尊雲がチラリと目を向けてきた。

「仲間？」

「昔からの友です」

余裕の表情を崩さない正成を見て尊雲は悟ったようだった。全身の気を緩め、

「仲間か、分かった」

脇差から手を放した。

そうこうするうち影が音もなく近づき、尊雲の眼前で止まる。影は片膝をつき、頭を垂れた。

途端に周囲の木立が騒がしくなる。僧兵たちが慌てた様子で駆け出て来る。

「僧兵たち、止まれ！　楠木党の者だ」

尊雲が手を上げて制すると、僧兵がその場で金縛りにあったように動かなくなった。

どうやら僧兵たちは、尊雲の後を追ってここまでつけてきていたらしい。木陰から、尊雲に危険が迫らぬか窺っていたところ、一瞬のうちに近づく者が現われて慌てたらしかった。

「僧兵が取り囲んでいる中、誰にも悟られずに飛び出してきた。驚くべき身のこなし

だな」

尊雲が片膝をついたままの男に話しかける。

「面《おもて》をあげよ。直《じか》に話すことを許す」

尊雲の強い口調に、

「はっ」

男は顔を上げ、凛《りん》とした眼差しを向けた。キリッとした切れ長の目に、細く吊《つ》り上がった眉。筋の通った鼻に、薄い唇。相変わらずの整った顔だ。

「猿楽を催《もよお》しております服部座《はっとりざ》の頭、服部藤助元成《もとなり》と申します。直言をお許しいただきましたこと、誠にありがたく存じます、尊雲法親王殿下」

藤助が頭を下げると、尊雲は、ふむ、と言って腕を組んだ。

「猿楽師とな。なぜ猿楽師が多門の仲間にいるのだ？　そしてなぜ余の顔まで見知っておる」

正成が答える。

「忍びとして各地に潜入し、情報を集め、伝えてくれる役割を担《にな》わせております」

「なんと、そうした者までいるのか。忍びというのだな？　楠木党にはなんとも驚かされるばかりだ」

尊雲は目を開いた後、

「なにより、この男。余の下に来るまで、存在を微塵も気づかせなかった。余も突如現われた時は驚いたぞ」

藤助に向き直った。一歩前に出て藤助を見下ろす。

「藤助とやら、用向きはなんだ？　余の下に飛び出してきたからには、よほどのことが起こったのであろうな」

「法親王殿下のお耳にも入れた方がよい、そう判断しました」

「尊雲でよい。多門の仲間だということは、お前は余の仲間でもあるということだ」

「なにとぞご容赦《ようしゃ》ください」

「許さぬ。尊雲と呼ばぬのであれば、服部座の興行を朝廷の力をもって全力で阻止《そし》する」

愉快《ゆかい》そうに笑う尊雲を見て、藤助は正成に視線を向けてきた。眉を寄せてなにかを問いたそうにしている。正成はそんな藤助に苦笑を返した。それで藤助は理解したらしく、サッと頭を下げると、よく響く声で告げた。

「尊雲様にお伝えしたき儀がござります。七郎から尊雲様もご一緒だろうと聞き、このようにまかり出た次第にござります」

「よし。申せ」

尊雲が認めると、藤助は額《ひたい》を地面に叩きつけた。

「帝の腹心、文観上人《もんかんしょうにん》が鎌倉に連行されました」

「なに？　文観上人が？」

尊雲は驚いたように眉を上げたが、それは束《つか》の間のことだった。すぐに表情を引き締めた尊雲はサッと正成を仰ぎ見る。

「多門、世が動くぞ」

「はっ」

「幕府との戦いが、いよいよ始まるのだ」

後醍醐帝《ごだいごてい》

一

「朕《ちん》は心強く思っている」

低い声だ。独特の重みもある。全身を巨大な手で締め上げられているような感覚に襲われる。

「はっ」

正成《まさしげ》は深々と頭を下げた。それで、いくらか躰《からだ》の強張《こわば》りを取り除くことができた。

「ありがたき幸せにござります」

そう続けたところで、呼吸が元に戻る。

(化物《ばけもの》だ)

御簾《みす》の向こうに座している人物。

後醍醐帝だ。

御簾越しなのに肌がヒリヒリと痛んでくる。これが日本を神代より統治してきた、帝《みかど》という地位に就《つ》く御仁だ。

（人智《じんち》を超えた存在だ）

実際にはそんなことはあり得ないと分かっている。それでも、うっかり信じさせてしまうなにかが後醍醐帝からは放たれている気がする。

（同時に、野心の塊《かたまり》でもあるな）

正成は目を細めた。後醍醐帝の堂々とした所作には、己が頂点でなければ気が済まないといった傲慢《ごうまん》さが滲《にじ》んで見えた。権力に対する欲望を後醍醐帝は隠すことなく露《あら》わにしている。

（さすがは……）

尊雲《そんうん》様の父君だ。

正成は唾《つば》を飲み込む。

尊雲は、父である帝には逆《さか》らえない、そう言っていた。生を受けてからずっと己を縛《しば》り付けて来た存在なのに、怖《おそ》れとは別のなにかが尊雲から反抗の意志を奪っているようだった。尊雲は帝をこう評していた。

「人が気づかぬものを見、人が思いもしないことを考え、迅速《じんそく》果断な判断を下すことができる」

まさに英明の君主だ、と。

尊雲は帝に対してほとんど畏怖《いふ》に近い感情を抱いている。後醍醐帝の飛びぬけた資質に触れて来たからこそ意のままに動かざるを得ないことを理解しているのだ。父としては後醍醐を恨《うら》みながらも、君主としては崇《あが》めている。尊雲の中には複雑な感情が入り混じっているようだった。

「面《おもて》をあげよ」

再び低い声が部屋の空気を震わした。帝から発せられたのではなく、天井から降って来たように感じる。肩にのしかかって来る重みが、一層増したような気がした。

「はっ」

正成は顔を上げた。御簾越しの後醍醐帝をはっきりと瞳《ひとみ》に映す。黒々と胸の辺りまで伸びた髭《ひげ》。茶色地の衣を着、扇子《せんす》で腿《もも》を叩《たた》いている。胡坐《あぐら》をかいているが脇息《きょうそく》は使わず、背筋はピンと伸びたままだ。

次の瞬間、正成は息を飲んだ。御簾の向こうの目が真《ま》っ直《す》ぐ己に注がれていることに気づいたからだ。

（まるで猛禽《もうきん》の目だ）

そう思う。鋭い目が正成を射抜いている。

全身が強張るのを正成は感じた。大きく息を吐き出すことで、なんとか耐《た》えることができたが、心の臓は早鐘を打ち始めている。

（七郎《しちろう》ならどんな態度を取るかな？）

ふと、そんなことを思って気を紛らせようとする。

案外、御簾をめくり上げて帝を睨《にら》みつけていたかもしれない、気持ちを落ち着けるため正成はさらに考えた。

七郎が上座に踏み入る場面を想像した正成は不意に唇《くちびる》の端を持ち上げた。躰中を締め付けていた緊張がスッとほどけていくのを感じる。

正成はこの日、七郎と連れ立って笠置山《かさぎやま》を訪れていた。笠置山は京の南に位置する小高い山である。今、ここに帝は籠《こも》っているのだった。

文観上人《もんかんしょうにん》が捕縛《ほばく》されてすぐ、幕府は動いた。京の六波羅《ろくはら》軍に指示を出して帝が暮らす京の御所《ごしょ》を襲わせた。だが、服部藤助《はっとりとうすけ》を通して幕府の動きを摑《つか》んでいた正成は、咄《とっ》嗟《さ》に尊雲を介して京から笠置に帝を移すことを提案したのである。笠置山は天然の要害だ。ここであれば幕府軍に囲まれてもある程度戦うことはできる、そう判断してのものだった。

とにかく時を稼《かせ》がなければならない、正成はそう思った。

まだ、朝廷《ちょうてい》と幕府では戦力に差があり過ぎる。全国の武士を従える幕府軍の力は圧倒的に強く、それを覆《くつがえ》すためには幕府軍の攻撃をかわしながら仲間を募《つの》っていくしかない。そのための戦略を正成は既《すで》に頭に描いていた。今、帝が笠置に籠るのは今後を見据《みす》えた上でも必要な戦術であった。

笠置に移った後醍醐帝はすぐに正成を招喚した。正成の機転で危機を脱することができたのだ。あのまま京にいれば六波羅軍に捕らえられて、すべてが潰《つい》えていた。正成は赤坂荘《あかさかしょう》の防備を進めているところだったが、そちらは楠木《くすのき》軍に任せて、七郎と二人で笠置を訪れたのだった。

笠置は京で朝廷軍と幕府軍の戦いが展開中だとは思えないほどの長閑《のどか》さにあった。麓《ふもと》の集落では稲が青い実をつけて風に靡《なび》き、その上を蜻蛉《とんぼ》が飛び交《か》っている。帝が移っているとは思えないほどの当たり前の営《いとな》みが続いていた。もっとも、この平穏さにも理由があるのだ。

今、六波羅軍は比叡山《ひえいざん》を攻めるために兵力を集中している。

笠置ではない。比叡山だ。

帝は比叡山に逃げたと思われていた。そのために、未《いま》だ笠置は静穏を保っていられるのである。

正成は後醍醐帝を御所から移す際、帝の近臣である花山院師賢《かざんいんもろかた》を帝に変装させて比叡山に走らせていた。身代わりである。その逃走に騙《だま》された六波羅軍は、今、比叡山を必死に攻め立てているという状況だ。

比叡山には尊雲が籠っていた。僧兵軍を指揮《しき》する尊雲は武士と戦うために自ら比叡山を戦場にしたのである。尊雲は戦が巧《たく》みで、一度は完全に六波羅軍を潰走《かいそう》させるなど、並々ならぬ戦果をあげていた。なかなか落ちない比叡山を今、幕府は躍起《やっき》になって攻め立てている。

そのような状況下で正成たちは笠置山を訪れたのだ。が、館《やかた》に通された途端《とたん》、七郎は別の間で待つよう言い渡されることになる。帝と対面できるのは正成だけとのことだった。臣下に羽交《はが》い締めにされた七郎は、俺《おれ》も行く、と手足をばたつかせて抗議したが、帝が会いたいのは多門兵衛《たもんひょうえ》だけだ、と伝えられ、正成も正成で留《とど》まるよう諭《さと》したため、結局は部屋に残ることに同意した。不貞腐《ふてくさ》れたように頬《ほお》を膨《ふく》らませ、肘枕《ひじまくら》で寝転がった七郎は、

「帝に会おうが会うまいがなにも変わらぬ。どうせ戦うのは俺たちなのだからな」

そうぶつくさ言いながら正成を見送った。

そうした七郎のひねくれた態度を思い出した正成は、もう一度笑みを浮かべた。肩

の力を抜き、両拳《りようこぶし》を床につく。

「河内《かわち》赤坂荘の領主、楠木多門兵衛正成にござります」

名乗った。己が思っている以上に凜《りん》と通る声が出た。

「ほう。乗り越えたか」

御簾越しの後醍醐が感心したといったように顎鬚《あごひげ》を撫《な》でる。

「さすがに尊雲が推《お》すだけの男ではある。楠木多門兵衛、なかなか面白い男のようだ」

後醍醐の言葉に、正成は目礼を返した。

「ふむ。やはり楠木は他の武将とは違うのだな。朕の周りの公家《くげ》ともまるで違う。朕の周囲は使えぬ者ばかり。このたわけどもが、戦など野蛮《やばん》なこと、と蔑《さげす》み続けて来た結果がこのざまだ」

後醍醐の言葉に左右の廷臣が頭を下げる。公家が大多数を占めているはずだったが、使えないと言われてもなんとも感じていない様子であった。

それほど後醍醐を敬《うやま》い、同時に怖れている。

後醍醐の言葉は、ここでは絶対的に正しいものとして受け止められているのだ。

「武力は鎌倉《かまくら》が握り、その武力があるために鎌倉は身勝手に世の道理を捻《ね》じ曲げておる。朕も武力を持たねばならぬ、そうかねてより思っていた。日野俊基《ひののとしもと》に西国の悪党や豪族を探らせたのは、そのためだ」

日野俊基もまた、この度、文観上人同様、捕らえられた後醍醐の側近の一人である。倒幕計画を進めたとの理由で鎌倉で斬首《ざんしゅ》された。ちなみに、俊基の従兄弟《いとこ》には日野資朝《すけとも》がおり、この公家もまた、後醍醐帝の腹心として働いてきたのだったが、七年前、倒幕を計画したとの疑いで佐渡《さど》へ流罪となった。後醍醐帝に近しい者が立て続けに幕府によって粛清《しゅくせい》されている。その事実に後醍醐帝の怒りは相当高まっているはずだった。

「俊基が幕府に目を付けられてからは、尊雲法親王に各地を回らせる役目を与えた」

後醍醐帝が扇子を開き、また閉じる。

「お前も尊雲から話を聞いたのであろう、多門兵衛？　確かに尊雲はよく動く。朕に味方する者は確実に増えている。が、朕はまだ満足できておらぬのだ。朕の目に留まる武将が見当たらなかったからな。そこにお前が現われた。聞けば紀伊《きい》や大和《やまと》で地頭《じとう》軍を破り、その実力は幕府にも認められているという。尊雲がお前の話を持ち出した時、密《ひそ》かに朕は胸を躍《おど》らせたのだ。同時にこの昂《たかぶ》りを抑えなければならぬと思った。えてして噂《うわさ》というのは尾ひれがつくもの。直接会って、楠木多門兵衛の人となりを見定めない限り信じられぬ、そう考えた……」

後醍醐は正成に向けた目を細め、

「どうやら、想像通りの男だったようだな」

そう言って唇を舐《な》めた。

「いや、想像以上だったと言わねばならぬ。此度《こたび》の笠置への朕の行幸《みゆき》もお前の考えだと聞いた。礼を述《の》べねばならぬと思っていたところだ。そこへ訪れたのが、まことの武将たるお前だった。朕は今、久方ぶりの興奮を感じているぞ」

後醍醐が躰を動かす度甘い香りが漂ってくる。香木の煙を衣に沁《し》み込ませているのかもしれない、と正成は思った。いかにも品の良い香りが、後醍醐の高貴さと近寄りがたさを高めている。

「恐れ多いことにござります」

正成は礼を述べた。

「ふむ」

言って後醍醐は少し黙った後、正成に扇子を向けてきた。

「聞きたいことがある。どのようにすれば倒幕はなるか。お前の考えを率直《そっちょく》に述べよ」

「されば」

正成は背を伸ばして目を後醍醐に向けた。

「帝位を手放していただきたい」

正成が言うと、左右に控える廷臣にどよめきが走った。

「無礼だ！」

「なんということを言う！」

立ち上がりかけた廷臣たちを無視して正成は後醍醐帝だけに視線を注いだ。

（さて、どう出るか）

後醍醐の返答次第《しだい》で今後の流れが変わる、そう思っている。

もし拒否するようであれば帝と共に幕府と戦うことは難しくなる。帝には象徴《しょうちょう》として奥に籠ってもらい、戦には介入して来ないように仕向けなければならない。いわば帝の威光のみを利用して戦うことになるのだ。だが、そうなると帝の機嫌《きげん》を取りながら戦うことになり、決して望ましい形とは言えなくなる。兵の士気も上がりにくい。

正成は幕府を倒すことだけに集中する必要性を感じていた。帝や朝廷に神経を使いながら戦えば、いらぬ労力がかかるばかりか、突発的な事態が発生する可能性も起こり得る。

だが、もし後醍醐が帝位を退《しりぞ》くと決断できるのであれば、

（戦える）

なぜなら、そのような将は英傑《えいけつ》に違いないからだ。戦の権限を他者に託すことができる。それだけ度量の大きい大将の下で戦えることに、人々は興奮を感じることだろう。士気は高まり、兵は後醍醐のためにという忠義心で強く結束する。劣勢《れっせい》に立たされても、それでも前に踏み出していく勇敢《ゆうかん》な兵へと変貌《へんぼう》していくのだ。

もちろん戦略的な利点もある。

帝を守るために兵を割《さ》かなくて済むようになることが、最も大きな利点だ。幕府打倒のためだけに戦力を注ぐことができる。後醍醐には一度、帝位から離れてもらい、世の喧騒《けんそう》の届かぬ場所に隠れてもらうことが賢明だった。その間に幕府と各地で争い、世間に朝廷軍の強さを認識させる。それができれば、後醍醐が再び世に現われた時には、一気に時勢をこちらに持ってくることができるだろう。人々は帝の復帰に劇的なものを感じ、こぞって味方になりたいと申し出てくるはずだ。幕府軍をも飲み込むほどの勢力が生まれてもおかしくない。

正成は拳に汗が滲《にじ》むのを感じながら、ジッと帝の答えを待った。

そんな正成を見て、公家たちは囁《ささや》き声を大きくする。

「やはり、野蛮だ」

「味方につけるなど、考え直した方がよい」

扇子を口に当て、わざと正成に聞こえるように言う。中には、鼻をつまんで顔をしかめる者まで現われている。

（公家特有の力の示し方なのだろう）

正成はうんざりする。居並ぶ公家連中は生まれてからずっと人の上に立ってきた者たちだ。正成のように河内で暮らす悪党など、住んでいる世界が違うと考えて当然である。

「鎮《しず》まれ」

後醍醐帝は手を上げて臣下を制した。そして、突然、ハッハッハと豪快な笑い声を上げ始める。

「御簾を上げよ」

後醍醐帝が命じる。

「しかしながら、帝……」

聞いて、後醍醐の一番近くに座っていた公家が膝行《しっこう》した。

「よい、上げよ」

後醍醐は公家を扇子で制すと、側に控えた童に顔を向けた。童が進み出て紐《ひも》を取り、御簾がスルスルと上げられていく。瞬間、左右の公家たちが一斉に面を伏せた。額《ひたい》を床に押し当て目を閉じている。正成も正成で目を伏せ、帝の言葉を待った。

「楠木、畏《かしこ》まることはない。顔を上げろ」

後醍醐に言われ、正成は、

「はっ」

面を上げた。

視線がぶつかる。

（力が……）

溢《あふ》れている、そう思った。後醍醐の瞳は野心に燃え、牙《きば》を剝《む》き出しにした虎《とら》のように暴力的だ。

（圧力が強くなったな）

帝が御簾から姿を現わした途端、部屋の中の緊張が強まった。左右に控える公家の中には震える者さえ出る始末。悲鳴のような声が切れ切れに聞こえるのは嗚咽《おえつ》を上げているからに違いない。

後醍醐帝はいわば神だった。

正成は廷臣たちを冷めた目で見渡しながら思う。後醍醐を、この場で直接見るなど恐れ多いことだと信じられている。

そんな中で正成だけが後醍醐の視線をしっかりと受け止めたまま動かないでいるのだ。

戦はすでに始まっている、そんな思いが正成の胸を満たしている。

「やはり楠木は頼もしいな」

言うと、後醍醐はいきなり扇子を床に叩きつけた。廷臣たちが飛び上がり、一層、強く額を押し付ける。それでもやはり動かない正成に、後醍醐はニヤリと唇の端を持ち上げた。途端に子どものような人懐《ひとなつ》っこさが現われる。どちらかというと野武士のような荒々しい顔立ちをした後醍醐だったが、笑った表情は息子の尊雲にそっくりだった。

「帝位を手放せ、と楠木は申した。その真意を申せ」

端的だ。無駄なことは一切聞くつもりはないらしい。

「申し上げます」

正成は一呼吸置いた後、両拳をついた。

「幕府の狙《ねら》いは陛下《へいか》御自身にあることは疑う余地がございません。陛下を捕らえることで朝廷を押さえつけようと目論《もくろ》んでいます。今、陛下が捕らえられれば、幕府は朝廷を形だけの存在に変えてしまうでしょう。朝廷は幕府の傀儡《かいらい》と化し、それは今後永久に変わることはなくなると思われます」

「今も朝廷は幕府の言いなりだ」

静かに、だが威厳たっぷりに後醍醐が言う。

「更に酷《ひど》くなります。あらゆる力が奪われます。朝廷領も取り上げられ、行事や式典に参加するだけの存在に追いやられることでしょう」

「であろうな。だが、そのようなことは初めから分かっていた。幕府がなにを狙っているか知っているからこそ、倒さねばならぬと朕は思ったのだ。……それよりもな、楠木。朕はお前に聞いている。帝を退かねばならぬ真意を申せ」

後醍醐が繰り返す。扇子の先をトントンと床に打ち付けながら、正成を睨みつけてくる。

「死なないためです」

正成は後醍醐を見つめ返し、そう言った。

途端に場が静まり返る。周りの廷臣が顔を上げ、呆《ほう》けたように正成を見つめる。

「な、なんと恐れ多いことを！」

突如《とつじょ》、公家の一人が立ち上がった。顔を真っ赤にして正成に詰め寄ろうとする。

「帝が……。帝が、身まかられるなど……。よくもそんな不吉なことを！」

「本当に死んでもよいと申すか！」

正成が大喝《だいかつ》すると、廷臣は釘を打たれたようにその場に立ち尽《つ》くした。

「幕府は好機だと捉《とら》えておるのだ。帝を殺すことで、あらゆる者に対して容赦《ようしゃ》せぬことを示そうとしている。お主等《ら》も知っておろう。今、世は乱れているのだ。各地で幕府への不満が表出し始めている。それらを一斉に黙らせるには、誰《だれ》もが思いつかない大胆《だいたん》な手に出るしかない」

正成は公家たちを睨み回した。誰も動かないのを見て、声を低めて続ける。

「絶対に殺してはならない存在を殺すことこそ、それに値《あたい》する。帝を亡《な》き者にすることで幕府は天下に威厳を示すことができると、そう考えているのだ。恐怖で日本を押さえつけるつもりだ」

「いや、違う！　それは、お主が勝手にそう考えているだけだ。野蛮な生まれの者だから、そのような怖ろしきことを考えることができるのだ」

廷臣が声をわななかせながら反論してくる。

「左様。俺が幕府側の人間であれば、必ず帝を殺す。一石二鳥だ。まず倒幕に対してひとかたならぬ野心を抱かれている帝を亡き者にすることができる。さらに、先ほども申した通り、各地に生まれつつある反乱の意気を潰《つぶ》すことができる。この機を逃す手はない。俺ならそう考える。そして……」

正成は目を後醍醐帝に戻した。

「私が考えるということは、幕府の中でも、そのように考える者がいるということです。幕府はここにおられる公家の方々とは全く異なる存在。野蛮な武士の集まりです」

後醍醐帝は扇子を開いて閉じ、また開いて閉じた。その扇子を顎に当てた後、立ち上がった廷臣に手の甲を向けた。

「下がれ」

「しかし……」

廷臣は帝に顔を向け、なにかに気づいたように慌てて目を下げた。公家たちの間では帝は直接見てはならないものという決まりがあるのだ。尋常《じんじょう》ではないほどの汗を額に浮かばせている。

「お主に聞く。今、朕はなんと申したのだ？」

後醍醐帝が静かに問う。すかさず廷臣は、

「ひっ」

と肩をすくめ、みるみる顔面を蒼白《そうはく》に変えた。

「も……、申し訳ございません」

顔を伏せたまま慌てて元の位置に戻り、額を床に押し付けて全身をわななかせる。

それを後醍醐帝はつまらなそうに眺めていたが、すぐに鼻を鳴らして、目を正成に向けて来た。

「楠木は、朕が帝位を譲れば殺されずに済むと申すか？」

正成は静かに首を振った。

「帝位だけでは幕府は了解いたしますまい。どちらにしろ、陛下を殺せば帝位に空白が生じます。誰かを帝にしなければならず、幕府は持明院統《じみょういんとう》から新たな帝を出すつもりです」

持明院統というのは二つに分かれる皇統の一系統である。後醍醐帝は大覚寺統《だいかくじとう》の流れを汲んでおり、持明院統と大覚寺統のこの二系統が今、朝廷内で帝位を得るために争いを繰り広げていた。

五十年も続く争いだった。二つの系統は基本的に十年ごとに交代で帝を出すことが決められている。その慣習があるために、お互いがお互いを憎み、足を引っ張ろうと様々な計略を仕掛けているのだ。

「持明院統は幕府寄りの考えをする軟弱者ばかり。幕府としては手なずけるのはたやすいことであろうな」

後醍醐帝はうんざりしたといった具合に膝《ひざ》を指で叩き始めた。

後醍醐の系統である大覚寺統は朝廷の力を取り戻そうとの考えを持つ者が多い。そのため幕府とも折に触れて対立してきた歴史がある。幕府としては穏健《おんけん》派の持明院統の帝を立てるほうが都合がよいのだった。では、なぜ幕府が大覚寺統を潰《つぶ》さないのかというと、朝廷内で争わせることで朝廷そのものの力を弱体化させようとの魂胆があるからだ。持明院統一統になれば朝廷の力は集約される。それはそれで都合がよくないのであった。なにかの拍子《ひょうし》に世間で倒幕の気運が高まれば、敵は朝廷になることは間違いなかった。その時に朝廷が一枚岩になっていれば間違いなく脅威になる。

「楠木、お主は朕になにを求めている？」

後醍醐は初めて脇息にもたれかかった。そこで、重々しく溜息をつく。

「三種の神器……」

正成がぼそりと呟《つぶや》くと、

「ほう」

後醍醐が身を起こして前屈《まえかが》みになった。

「なるほど、そうか……。三種の神器を取引に使えば、あるいは……」

正成の考えを理解したのだろう。後醍醐帝が口の中で己の考えを呟《つぶや》き始める。

「三種の神器と陛下の命を交換いたします」

正成は敢《あ》えて己の考えを口にした。廷臣たちが再びざわつき始める。神聖なる神器を交渉の材料に使おうなど考えられないことだったようだ。神の怒りに触れ、災《わざわ》いがもたらされてもおかしくない、そう思っている。

だが、神の怒りなど正成はまったく怖れていなかった。

この世には神も仏も存在しない。居れば、民が苦しむばかりの今の世を放《ほう》っておくはずがないのだ。

そのように考える正成にとって三種の神器とは、ただの玉と鏡と剣なのである。どのように扱おうが祟《たた》りなど起こるはずがない。使えるものならなんでも使うべきだ。それが悪党の考え方である。

三種の神器とは、代々、正統たる帝の証《あかし》として王家の間で継承されてきた代物であった。八尺瓊勾玉《やさかにのまがたま》、八咫鏡《やたのかがみ》、天叢雲剣《あめのむらくものつるぎ》の三つで構成されており、孫の瓊瓊杵尊《ににぎのみこと》が天からこの地に降臨する際に天照大神《あまてらすおおみかみ》が授けたものだとされている。この瓊瓊杵尊というのが神武《じんむ》天皇の曽祖父《そうそふ》に当たると言い伝えられており、つまり、王家は天照大神の血を引く神の一族だと世間では認識されている。同時に、三種の神器は神の所有物としてあがめ奉《たてまつ》られてきた代物だった。この神器を引き継ぐことで帝は神の力を手に入れることができると信じられている。この地の支配者たる帝である。神の力を宿していなければ日本の統治は務《つと》まらず、三種の神器を所持していなければ、いくら帝を名乗ったところで神の力を有する正統な帝としては認識されないのであった。

「陛下の命を保証しなければ、三種の神器を隠す、そう申します」

三種の神器を隠されれば幕府は次の帝を立てても、そこに神の力という裏づけを得ることができなくなる。それを人々は不安に思うに違いなかった。日本が存在しているのは帝が神の力を用いて治《おさ》めてくれているからだ、そう考えている者は少なくない。神の力を持たない帝の誕生は天変地異などの発生を予感させ、怯えた人々が思いもよらぬ行動を起こすことも考えられる。同時に、三種の神器なしに帝を交代させた幕府を人々は恐れ多いと怒るはずである。それは、今までにない巨大なうねりを生じさせる可能性を大いに秘めているのだ。

「何年だ？」

不意に後醍醐帝が聞いてきた。

「朕は何年、帝位を離れなければならぬ」

さすがに後醍醐帝は頭の回転が速い。三種の神器の話を持ち出しただけで、正成が描いている戦略を見抜いたようである。

「三年……。いや、二年」

言うと、正成は深々と礼をした。

「遅くとも二年以内には、お迎えにあがります」

今回の戦は幕府と和議を結ぶのが最善の策だと正成は考えていた。文観上人が捕えられたことで突発的に始まった戦だ。朝廷側は未《いま》だ支度が整っておらず、このまま幕府軍と戦えば敗《ま》けることは必至だった。世が乱れているとはいえ、未だ幕府は強大なのである。となれば、一度、帝位を譲《ゆず》ることを条件に幕府と和議を結んだほうがいい。後醍醐帝には遠方に退いてもらうことになるが、その間に、正成と尊雲で各地を回って味方を募る。そして戦力が整ったところで後醍醐帝に世に出てもらい、改めて倒幕の兵を起こしてもらうのだ。これが正成の思い描く対幕府の戦略だった。

（断られれば……）

一応、別の策も用意してはいた。あらゆる状況に対応できるように準備するのが兵法の常だ。

が、もう一つの方法はできれば採用したくはない、と正成は思っている。尊雲に裏切者の汚名を着させることになるからだ。

正成は、最悪の場合、尊雲自ら起《た》ってもらおうと考えていた。

尊雲であれば、味方はある程度集まるに違いない。人を惹《ひ》きつける魅力は驚嘆に値するほどだ。尊雲のために戦いたいと願う者は多く現われるはずだった。

そうなれば、朝廷の力を頼らずとも、第三の勢力となって幕府と戦うことができる。だが、そこには問題があった。敵が幕府だけではなくなるということだ。朝廷も敵に回すことになる。王家を捨てた皇子《おうじ》を帝と朝廷が決して許さないことは容易に想像がつく。

幕府と朝廷。この二つを相手にするとなると、いくら正成といえども絶対的な自信は持てなかった。策も複雑に張り巡らさなければならない。成功の可能性は格段に低くなる。

「二年だな。分かった」

後醍醐帝が扇子を閉じ、膝の前に置いた。

「帝位を持明院統に譲ろう」

聞いて正成は目を見開いた。この場で、しかも己の考えだけで後醍醐帝は決めたのだ。決して簡単な決断ではなかったはずだ。一度持ち帰り、時をかけ、他の者の意見も交《まじ》えながら結論を下したい、そう返事をするのが普通だ。現に廷臣たちからは非難の声が上がっている。

「お考え直しください」

「それだけはなにとぞ」

膝行しようとする公家たちを後醍醐が睨みつける。

「黙れ！」

大喝が一瞬にして場を凍らせた。

「楠木は勝つための方策を示してくれた。一方でお前たちはなにをした？　あれこれ理屈をこねくり回すばかりで朕になにも示してこなかったではないか。そんな悠長なことをしているからこそ文観は捕らえられ、資朝は佐渡へ流され、俊基も殺されたのだ。朕は、最後に幕府を倒し、朝廷が日本の政治を動かせるようになるのであれば、それでよい。この国を本来の形に戻す。そのためには二年ぐらい耐《た》えてみせよう。正統な統治者たる帝が政治の実権を握ってこそ、この国は定まるのだ」

後醍醐は膝に肘を乗せ、正成を覗き込んできた。

「楠木は覚悟を決めているのであろう？」

　そう言ってニヤリと笑う。

　正成は口を結んで後醍醐を睨み返した。

（当然だ）

　尊雲に味方すると返事した時から、どんな苦難にも立ち向かう覚悟を決めている。たとえ敵が誰であろうとも、歩みを止めることはない。

「楠木、お主の本拠は河内の赤坂荘と申したな」

　後醍醐は、まだ唇の端に笑みを浮かべたままだ。

「は。その通りにございます」

「二年だぞ、楠木。一度口に出したからには、必ずや二年以内に朕を京に連れ戻すのだ」

　正成は後醍醐から視線を逸《そ》らさずに唾を飲み込もうとした。が、うまくいかずに咳《せ》き込《こ》みそうになる。今になって、口中がカラカラに乾いていることに気づく。

「約束を違《たが》えれば、朕はあらゆる手立てを尽くして赤坂荘を襲うだろう。家も田畑も焼き尽くし、民は当然殺される。老いも若きも関係ない。皆殺しだ」

　正成は後醍醐を見つめたまま全身を強張らせた。

（本気だ）

直感する。二年を過ぎたら、後醍醐は本気で赤坂荘を潰しに来るに違いない。帝位を譲ったとはいえ、先の帝の影響力は依然として残るはずだ。それらを駆使して、各地の勢力に呼びかけて赤坂に軍を差し向ける。なりふり構わずに赤坂荘を日本から消すつもりだ。約束を違えた罰《ばつ》を己の手で下す腹を決めている。

冷酷な考えをするお方だ、そう思う。

（だが、頂点に君臨する者として必要な資質だ）

怖れは感じなかった。

それ以上に期待が大きかった。

尊雲とは違った魅力を持っている、正成は思う。

尊雲は例えるなら清らかな小川。流れる水はどこまでも透《す》き通り、見る者、触れる者の心に清廉《せいれん》さを染み渡らせる。

一方で、後醍醐帝は大河だ。清らかな水も濁《にご》った水も一緒くたになって新たな流れとなる。程よく濁った河は、多種多様な生き物を育《はぐく》む独自の世界を形成する。己の懐《ふところ》の中にあらゆる生き物を飼うことができる男こそ後醍醐帝だ。

長らく続いた武士政権が終結した後、人々は後醍醐帝という大きな存在の下であれば、新たな暮らしを始めようと思うことができるに違いない。後醍醐帝を唯一無二の帝と仰《あお》ぎ、後醍醐帝に守られていると感じることで、人々は新しい世に不安を感じずに生きていけるようになる。

（二人の力が必要だ）

正成は確信する。

後醍醐帝と尊雲。

後醍醐帝が頂点に君臨し、実際の国創りは尊雲と正成が行う。大河に綺麗《きれい》な水を流し続けることで、ともすると澱《よど》みがちな水を程よい綺麗さに保ち続けることができるのだ。

「必ずや、ご期待に応えてみせます」

正成は頭を下げた。後醍醐が顎鬚を撫でる。

「よかろう」

扇子を取り、一度掌《てのひら》に打ち付けた。

「幕府を倒せ、楠木。朕のために命を捨てろ」

低く重い声だった。この声で告《つ》げられた者は、身に余る光栄だ、とひれ伏すに違いない。

（だが、俺は違う）

思いながら正成は後醍醐帝を見据えた。決して飲まれてはならない、そう思っている。ここで飲まれれば、後醍醐帝のために働くことになる。それでは意味がなかった。己は夢を実現させるためにこそ、この場所に座しているのだ。

「下がってよいぞ、楠木。笠置山でどのように戦うかは尊雲から聞く。尊雲は間もなく、ここを訪れるのであろう？」

聞いて、正成は口を半分だけ開きかけた。なにも言い返す言葉が出なかった。後醍醐帝の洞察力《どうさつりょく》はやはり凄《すご》い。まだなにも告げていない状況で、己がなにをすればよいかを見通している。

確かに正成は尊雲に、比叡山での戦をある程度のところで切り上げて笠置山に移るよう頼んでいた。笠置山での戦いこそ主戦場になるはずなのだ。幕府と和議を結ぶまでの間、帝を守り抜かなければ倒幕戦そのものの意味がなくなる。激戦になることは必至だった。だが、尊雲であれば、この天然の要害を利用して、幕府軍からの侵攻を食い止めることができるだろう。正成はそう戦術を描いていたのだったが、その考えは後醍醐に既に読まれていたようである。

「しからば、失礼いたします」

それ以上なにも付け加えることなく、正成は部屋を出て行った。次の間に移り、そこから長い廊下《ろうか》を進んだが、その間、なにかが躰中に纏《まと》わりついているような感覚がして仕方なかった。

(勝てるな)

歩きながら、正成は口の端で笑う。後醍醐帝と会って確信した。後醍醐の強烈な個性は、幕府と戦う上で大きな武器となる。

(同時に、警戒《けいかい》しなければならぬ)

正成は口許を引き締めた。後醍醐帝の下に力が集まり過ぎることも問題だと正成は考えている。あくまで幕府との戦は尊雲と正成が主導して行わなければならないのだ。後醍醐帝が倒幕戦を通して人々から支持を集めるようになれば、幕府を倒した後の新政権では後醍醐帝だけが権力を持つようになる。尊雲と正成が政治に口を挟む余地はなくなり、後醍醐帝は己の裁量で国を動かせる体制作りを始めるに違いない。

それでは意味がなかった。夢を叶《かな》えることができなくなる。

尊雲と正成が政治を動かし、後醍醐帝には君臨してもらう。それこそが理想だった。後醍醐帝が尊雲と正成の政治を認めることで人々は納得して変化を受け入れられるようになるだろう。急激な変化も、混乱を最小限に抑えながら進めることができるようになるのだ。

なんとしても倒幕後の新政権で尊雲と正成が力を得なければならなかった。二人の言葉を誰もが無視できなくなるほどの絶対的な権力を尊雲に持たせることこそが目的である。

そのためには武門の頂点に立たなければならない。

武力を得ることで誰も文句を言えない状況を作り出す。武力を背景に改革を推し進め、後醍醐帝もたやすく口出しできない状況を作る。そうした中で尊雲と正成で日本を創《つく》り変えていくのだ。

（さじ加減が難しくなるな）

廊下を進む正成の躰は、なにやら芳《かぐわ》しい香りで包まれていた。

しばらくして、後醍醐帝から発せられていた香木の香りだと気づく。

顔をしかめた正成はほとんど駆け出さんばかりに足を速めた。甘ったるい香りが、どこまでも追いかけてくるような気がして煩《わずら》わしかった。だが、風を切って歩いても、部屋に戻って衣をはたいても、香木の香りは消えることはなかった。七郎と館を出て赤坂に戻った正成は、後醍醐帝の香りがなかなか消えないことに妙な胸騒ぎを感じた。

二

火の中の木が音を立てて爆《は》ぜた。赤い粉が宙に舞い、炎が勢いよく燃え上がる。夜の帳《とばり》の中、灯影《ほかげ》を浴びて、男たちの表情が明るく照らしだされている。正成の向かいに座る二人は瞳に炎を宿している。

元弘《げんこう》元年（一三三一年）の八月末日だった。正成の本拠河内赤坂荘に楠木党が籠り幕府軍と相まみえる日が、目前に迫っている。

炎はやがて落ち着き、男たちを照らし出していた灯《あか》りも小さくなった。向かいの二人は夜闇と灯火《ともしび》の境界に座り、一点に視線を据え険しい表情をしている。まるで炎の中に潜《ひそ》むなにかを見出そうとしているようだ。

「鈴丸《すずまる》はやはり来ないな」

口を開いたのは七郎だ。焚火《たきび》で焙《あぶ》っていた串《くし》を取り上げ、裏と表を確かめた後、ガブリと齧《かじ》りつく。口をモグモグと動かした七郎は途端に相好を崩して、二口、三口と勢いよく食いついた。

「いけるぞ。兄者も藤助も食ってみろ」

どうやら七郎が険しい顔をしていたのは、肉の焼き具合を見定めるためだったらしい。

「七郎が一緒だと緊張もなにもないな」

正成は溜息を漏らす。張り詰めていた緊張が一気にほぐれていくのを感じる。

「どれ、俺も一つもらうとするか」

七郎に促《うなが》されて正成は肉に手を伸ばした。一口頰張ると、確かにまろやかな脂《あぶら》が口内に広がるのを感じた。

「うまいな」

肉は雉《きじ》で、昼間、赤坂荘の民が山で捕まえたのを持ってきてくれたものだ。味付けは味噌《みそ》である。味噌を塗《ぬ》り一刻程寝かせて、その肉を串に刺して焼いた。肉が焼けるまでの間、今回の戦のことを七郎と藤助に語って聞かせている。二人とも正成の考えは理解したようで、さして驚いた様子も見せずに黙りこくって聞いていた。

「鈴丸がいれば、もっと上手に焼いてくれたんだがな」

愚痴《ぐち》を零《こぼ》しながらも七郎は持っていた肉を平らげ、次の一本に手を伸ばそうとする。

「鈴丸にも鈴丸の事情があるのだろう」

言いながら正成は鈴丸の料理を思い出す。鈴丸は大柄な躰に似合わず料理がうまかった。雉肉といえば、米と一緒に笹《ささ》でくるんで灰に埋め、見事な飯を炊《た》き上げてくれたことがある。具材には正成の知らない山菜や木の実が使われていた。それが肉の旨《うま》味《み》を引き出して絶妙な味わいを生みだしていたのだ。狩りをしながら暮らす山の民は、男も女も、料理の得意な者が多いらしかった。

「鈴丸が来ないことは分かっていた。あいつら山の民にとってはなにも益がない戦だからな」

左で呟いたのは藤助だ。彫《ほ》りの深い顔を炎の影に浮かび上がらせる藤助は雉肉を手でむしって食べている。どことなく上品さが漂っているのは、京や鎌倉で上流階級を相手に芸を披露《ひろう》しているからだ。藤助率《ひき》いる猿楽舞《さるがくまい》の服部座は四十人ほどの座員を抱えており、皆、忍びの技を習得すると共に、どんな場に出ても恥《はじ》をかかないような礼儀作法を身につけている。

「だが、藤助は来てくれた」

正成が目を向けると、藤助は口から小骨を摘《つ》まみ出し、それを炎の中に投げ入れた。

「妻の願いだ。妻から頼まれた以上、断るわけにはいかぬ」

藤助は正成の妹の話を持ち出した。正成の妹の宇津保《うつほ》は藤助の妻になっている。幼少期の事故で脛《すね》が変形した宇津保は、生涯嫁《しょうがいとつ》ぐことはできないだろうと考えられていた。その宇津保を嫁にもらいたいと言い出したのが藤助だ。藤助の言い分では、服部座の雇い主である正成との関係を強固にするため、とのことだったが、それはあくまで建前だと正成は分かっている。藤助は心から宇津保のことを思っているのだ。忍びとして雇い始めた頃《ころ》、各地の情勢を報《しら》せに来た藤助はわざわざ時を作って宇津保と会っていた。藤助は、不自由な足ながらも明るさを失わない宇津保に惹かれたようだ。宇津保も宇津保で、物静かだが、心根は優しい藤助を好いたらしい。そんな二人を見た正成は藤助と宇津保を夫婦《めおと》にすることを決めた。今から五年前のことである。足の悪い宇津保は忍びの技を修《おさ》めることはできなかったが、服部座の者たちの世話をすることには長《た》けていた。陰から服部座を支え続けているとのことらしい。二人は今も、決まった館を構えず、日本中を渡り歩く暮らしを送っていた。

「妻の願いか……」

正成が木の枝を拾って半分に折ると、藤助は肉から口を離して目を伏せた。

妹の宇津保が、兄を助けるよう言うはずはない。そのことを正成は知っている。宇津保はどちらかというと、夫の決定にすべて任せるといった類《たぐい》の女だ。明るくはきはきしているくせに、信頼を寄せる相手に対しては従順なところがある。兄である正成の後を追いかけていた幼少期が懐かしく思い出されてくる。九つで父を失った宇津保は、兄だけを頼りに育ってきたのだ。

　では、藤助はどうしてこの場所に現われたのか。幕府という巨大な敵との戦いを決意するからには、それなりの理由があったはずである。

（俺が銭を払ってきたからだ）

　正成は思う。正成は服部座に多額の銭を渡していた。忍びに対する報酬《ほうしゅう》である。この報酬があるおかげで服部座は暮らしの心配をすることなく、時に猿楽舞を踊りながら忍びとしての日々を成り立たせることができているのだ。

（だが、それだけではないだろう）

　正成は藤助を横目で窺った。正成の視線に気づいたのか、藤助は溜息《ためいき》を漏《も》らして首を振る。

「俺は赤坂荘を気に入っているからな」

　正成の心の内を読んだらしく、藤助の方から切り出してきた。

「お前たちが武士を倒せば赤坂荘のような村が増えると聞いた。そうなれば、俺たちも暮らしやすくなる。共に目指してもよいと考えたのだ」

　正成は黙ったまま木の枝を炎に放りこんだ。組んでいた木が崩れ、一瞬だけ炎が中空に手を伸ばす。

　藤助たち猿楽師は世間から蔑まれる存在だった。流浪《るろう》の芸能者だ。得体の知れない彼等は、どの村を訪ねても、よそ者として扱われ、同時に怖れられる日々を送っている。

だからこそ藤助は赤坂荘に惹かれたようである。赤坂の民の中には他の村から逃げ出して来た者が多く含まれている。河原者《かわらもの》だった者も紛れていた。そうしたあらゆる出自の者たちが暮らす赤坂荘は、藤助にとって理想郷そのものに映ったようである。

それを知っているからこそ藤助は正成に従い続けることを決意したようだった。己の働きが赤坂荘のためになる、そう信じている藤助は、正成が危険な任務を頼んでも決して断ることがなかった。

肉に目を落とした正成は、しばし動きを止めた後、再び頬張った。咀嚼《そしやく》した後、衣の袖《そで》で口を拭《ぬぐ》い、藤助と七郎を交互に見る。

「なんとしても赤坂荘を守らねばならぬな」

言うと、二人同時に顔を上げた。

「赤坂荘が赤坂荘として存在し続ければ、やがてその仕組みを取り入れたいと思う者が現われる。赤坂荘が至る所で生まれることになる」

正成は間を空《あ》けた。二人が己を見つめていることを意識する。

「だが、当然、それをよしとしない者もいる。武士だ。いや、武士政権を維持しようとする幕府だ。鎌倉幕府こそが俺等の敵であることは間違いない。倒さなければ赤坂荘を維持することができなくなる」

　正成の言葉に二人は頷く。それを見た正成は唇を湿らせ更に続けた。

「今、俺たちは時機を得た。尊雲様に出会ったことで朝廷と通じ、幕府と渡り合えるだけの力を持てる可能性を得た。尊雲様と帝。この二人を擁《よう》すれば、日本を変えることができる。俺はそう信じている。この国のあらゆる者たちを理不尽《りふじん》な支配から解放することができるのだ。尊雲様と出会ったのは天命だ。日本を変えろと俺たちに天が命じたのだ。であれば挑《いど》まなければならない。赤坂を守るためだけではなく、日本を変えるために、俺たちは戦うのだ。十年先、二十年先の日本を創るため、俺たちは幕府と戦う」

　正成が口を噤《つぐ》むと、藤助が肉をプラプラと振りながら口を開いた。

「こんなに長い付き合いになるとは思わなかったな。幼い頃、たまたま出会い、少しの間遊んだ。それだけの仲だ。あの時はただ楽しいとばかり思っていたが、まさかそれが一緒に幕府相手に戦うことになろうとはな。夢にも思わなかったぞ」

　七郎が両手を広げて笑う。

「いいではないか。腐れ縁だ。俺はそういうの好きだぞ」

「もっとも、多門と七郎は少し特別だ。幼少時、仲良くなった里の者はお前たちだけだからな」

「ここに鈴丸がいればな。あの頃の四人が揃《そろ》うのに」

七郎が新しい肉に手を伸ばしながら、残念そうに呟く。

（あの頃か……）

正成は思い出す。正成と七郎が幼少時を過ごした観心寺《かんしんじ》は山に囲まれた地にあった。そこは山の民の縄張りに接していた。各地を転々とする山の民だったが、鈴丸たちは観心寺の建つ山で暮らすことが多かった。どうやらそこを河内の拠点にしていたようである。

ある日、山の中で剣術の稽古《けいこ》をしていた正成と七郎は、獣《けもの》を追って駆けて来た鈴丸と出くわした。藪《やぶ》から出て来た鈴丸は弓矢でいとも簡単に兎《うさぎ》を仕留め、その姿に二人は驚嘆《きょうたん》し、声をかけ、褒《ほ》めそやし、そのまま仲良くなったのである。鈴丸は大柄な体《たい》躯《く》のくせに人懐っこい性格の少年だった。褒められて悪い気はしなかったらしく狩りの技を次々と披露してくれた。そのどれもが山の民が独自に発展させてきた技で、初めて見る正成たちは度肝《どぎも》を抜かれるばかりだったのである。二人が感嘆を示すと鈴丸は益々得意になり、二人に短弓の手ほどきまでしてくれるようになった。それで一気に距離が縮まった。以来、正成たちは鈴丸と一緒に遊ぶようになったのである。

山に入れば鈴丸と会い、一緒に駆け回る日々を過ごした。それからひと月が過ぎた頃、三人の中に猿楽師の藤助も加わるようになった。鈴丸が紹介してきたのである。鈴丸と藤助はお互い顔を見知っていたらしく、服部座が河内を訪れていることを聞いた鈴丸が藤助を誘ったのだった。

正成と七郎は、今度は藤助から忍びの技を教えてもらった。己等の知らない技の数々は目新しく思え、同時に驚かされた。二人が興味を示すと、藤助は忍びの技を正成たちに指導するようになった。そこには山の民の鈴丸も交ざり、こうして四人はお互いの特技を教え合うことでどんどん仲を深めていったのである。それからというもの、四人は毎日のように山の中で遊び、陽《ひ》が移るのも忘れてしまうほど充実した時を過ごした。鈴丸と藤助は冬から春にかけて河内を訪れることが多く正成と七郎は二人と別れてからは冬を待ちわびて過ごすようになった。そしてまた四人が集えば一緒に遊び、春までを過ごす。四人でいる時はどんな些細《ささい》なことも面白く、当たり前の景色も輝いて見えた。四人は固い友情で結びついていた。

「やっぱり、鈴丸がいないと、いまいち盛り上がりにかけるな」

七郎が手を頭の後《うし》ろで組み、そう嘆《なげ》く。

「俺がどうかしたか？」

不意に後ろから声がした。咄嗟に振り返った正成は、藪から飛び出した影が目の前に降り立つところを目にした。

「鈴丸！」

七郎が声を上げる。着地の姿勢から身を起こした鈴丸は、顔を輝かせる七郎に近づくと、手にしている肉に目を落とした。サッと手を出して奪い、匂いを嗅《か》いだ後に齧《かじ》り付く。

「雉か。悪くないな」

鬚《ひげ》を油で光らせながら、口を動かす。

「だが味噌だけでは物足《ものた》りぬな。蜂蜜《はちみつ》を足せば、もっと甘みが出る。肉も柔らかくなるぞ」

鈴丸は口から小骨を吐き捨てると、正成の前で腰に手を当てた。

「藤助から話は聞いた。お前、幕府と戦うんだってな」

「戦う。戦うが、山の民には関係ないだろう？　里の戦に関《かか》わらぬ、そういう掟《おきて》ではなかったか？」

正成は鈴丸を見上げた。正成は藤助を通して鈴丸も誘っていたのだ。山を知悉《ちしつ》して

いる山の民を味方に引き入れれば戦に幅《はば》を持たせることができる。そう思ったのだが、鈴丸からの返事は、

「断る」

だった。山の民としての掟がある、そう付け足し首を振ったそうである。里の戦に関わらぬことこそ山の民の掟だった。かつて鈴丸が口にしていたことをその時正成は思い出した。

藤助から断られたことを聞いた正成は山の民を頼ることを諦《あきら》めた。掟である以上、むやみに踏み込んではならないと思った。山の民は山の民として、遥《はる》か昔から山野で暮らしてきたのだ。正成の考えだけでその営《いとな》みを変えるわけにはいかない。

「喜べ。みんなと話をした。結果、考えが変わったぞ」

鈴丸は肉をもう一度頬張った後、串を火の中に放り入れた。口許《くちもと》を腕で拭い、太い眉を上下に動かす。

「山の民の誇りを守るため、俺は楠木軍と共に戦わなければならぬ、そういうことになった。まったく、うちの連中と来たら。山の王である俺以上に、山の民のことをよく分かっていやがる」

ガッハッハと笑う鈴丸に七郎が首を傾《かし》げる。

「山の民の誇り？　なんだそれは？」

「俺たちが俺たちであり続ける。そのために守るべきものだ。掟よりも大切にしなければならぬ、古くからそう伝えられてきた」

「だから、それはいったいなんなんだって聞いてるんだ」

「誇りは誇りだ。決して失ってはならぬもの。それこそ俺たちの誇りだ」

胸を張る鈴丸に、七郎は鬢《びん》の毛を掻《か》きむしった。これ以上なにを聞いても、鈴丸は語ることはないだろう。子どもの頃から、妙に頑固《がんこ》なところがあることを七郎は知っている。

「それで？」

正成は鈴丸に近づいた。

「俺たちの味方になってくれるというのか？」

「あぁ。ただ、山の民全員を動かすとなれば、それなりの理由が必要になる。それを条件としたい」

鈴丸は正成の前に指を三本突き出した。

「三つだな。米、塩、刀。この三つを毎年差し出すこと。米と塩は三百俵。刀は五十振《ふり》。この条件を飲めるのであれば山の民はお前たちに手を貸してやる」

正成は鈴丸を見据えた。鈴丸が提示してきたものは、いずれも山での暮らしでは手に入りにくいものばかりだ。今までは山菜や薬草と交換する取引でその都度渡していたが、それを永続的に差し出し続けなければならないということだ。正成は頭の中で素早く計算した。今の赤坂荘にとって鈴丸が出してきた条件は正直なところ厳しいものがある。村の収入の四分の一が失われることになるのだ。

（それでも）

正成は鈴丸を見る。

山の民の戦力は魅力的だった。

山の中を自由に動き回れる彼等は武士との戦で想像以上の力を発揮するに違いない。武士は山の戦いに慣れていない。山の民を味方につけておけばこちらが有利になることは目に見えている。

「飲んだ。約束通り、毎年届けよう」

正成が頷《うなず》くと、

「取引成立だな」

鈴丸が正成の胸を突いてきた。

「これで、お前たちは他にはない味方を得たな。きっと、今日という日を転機になったと思い返す日が来るぞ」

上半身をのけぞらせて笑う鈴丸の腰に、七郎が抱きつく。

「やった。これで四人そろったな」

鈴丸の腰に顔を埋《うず》めたまま、左右に激しく振る。

「みんなと戦える。考えただけで胸が弾《はず》むぞ」

「そうだ、七郎。山の中を駆け回ったあの時のように、今度は武士を相手に暴れ回ってやるのだ」

鈴丸が胴間声《どうまごえ》で応じる。二人は肩を組み、同時に声を上げて笑い始めた。

「いずれにしろ、鈴丸が加わったおかげで戦術の幅が広がったな」

正成が二人を眺めながら苦笑すると、

「そうだな」

藤助が応じた。

「鈴丸を加え、どう戦うのか。多門、示してくれ」

正成は頷き、なぜか取っ組み合いを始めた七郎と鈴丸を招き寄せた。二人が肩を組んだまま加わると、四人で輪ができあがった。

「策を伝える」

正成は男たちを順番に見回した。三人が真面目《まじめ》な表情に変わって頷く。

正成は幕府といかに戦うかを三人に語った。語るうち、全身が熱くなっていくのを感じた。一人ではないという思いが、それを感じさせてくれるのかもしれない。三人から注がれる視線が己の内側を燃え上がらせている、そんな気がした。

「俺たちで新しい世を創るぞ」

正成が話を結ぶと、

「おぅ」

他の三人が一斉に応じた。

子どものときに同じ時を過ごした友だった。

山を駆け回って遊びふけることばかりに夢中だった。そんな少年たちが……。その時は武士に蔑まれていた少年たちが、時を超えて再び集い、今、幕府相手に戦いを挑もうとしている。

正成は三人を見つめた後、視線を上向けた。

満天の星が敷き詰められている。息を飲むほど壮大な瞬《また》きだった。地上から仰いでいると、なぜか空の高みまで吸い込まれていきそうな気持ちになる。

（そうだ）

正成は思う。

高みにまで昇ってやる。

「いざ」

正成は視線を三人に戻した。

「いざ、合戦《かっせん》へ」

日本を変える戦が始まる。

赤坂城の戦い

一

城内に建てられた櫓《やぐら》から地平を見渡す。埋め尽くすのは幕府軍。茜《あかね》色の陽射しの中、甲冑《かっちゅう》を身につけた兵がひしめき合っている。

（一万か）

実際に目にすると圧倒されそうなほど多い。それほど一万人が発する威圧感は相当なものがある。

大将は大仏貞直《おさらぎさだなお》だと聞いている。大仏といえば北条得宗《ほうじょうとくそう》家の分家の一つで、名家中の名家だ。その大仏が大将を務めているあたり、幕府の本気さが窺《うかが》えると言える。

この小さな赤坂城を落とすために幕府が目の色を変えているのだ。

幕府の沽券《こけん》に傷をつけられたと思っているようである。大仏の他にも北条一門の金《かね》沢貞冬《さわさだふゆ》、名越時見《なごえときみ》。また、北条と縁戚関係にある足利高氏《あしかがたかうじ》といった面々が参戦している。

これほどまでの軍勢を赤坂に差し向けたのは悪党《あくとう》の正成が公然と幕府に反旗を翻《ひるがえ》したからだ。

幕府に対して反抗的な態度を取る悪党は全国に幾らかいたが、ほとんどの者は幕府の目の届きにくい所で賊《ぞく》まがいの行為を繰り返すばかりで、いざ、幕府が討伐《とうばつ》に乗り出すと戦わずに逃げ出すことが多かった。中には地方の有力者と目されるまで勢力を伸ばし、その段階で幕府に取り入って領土の保全を認めてもらう者までいる。つい最近までの楠木党もそのような勢力の一つであった。

だがこの度、正成は正式に幕府打倒の兵を挙げたのである。東国から遠征してきた幕府正規軍が後醍醐帝を捕らえるために笠置へ入ったのと同じ時期であった。幕府正規軍を相手に悪党である楠木党が倒幕を掲《かか》げるなど幕府を虚仮《こけ》にしているとしか言いようがない。怒った幕府軍は、笠置から赤坂荘へと兵を進めてきたのだった。

ただ、幕府軍が赤坂に向かったのはそれだけが理由ではなかったのである。はるばる鎌倉から遠征してきたというのに、笠置山で一戦も戦うことができなかったのも原因の一つだ。

笠置山に籠る後醍醐帝は幕府正規軍が到着する寸前に京の六波羅軍の下に身を寄せていた。鎌倉との和議が成立したためである。先日の正成との対面を終えた後醍醐はすぐに鎌倉に使節を派遣し、幕府側との交渉を開始した。交渉は双方の思惑がぶつかり、ある程度の時を要さなければならなかったが、最終的に、

「命が保証されないのであれば、帝は三種の神器をある人に託すつもりである」

という話が持ち出されて、一気に和議に傾いた。正成の見込んだ通りであった。やはり、幕府は三種の神器を失うことを怖れていたのである。

幕府は後醍醐帝を出雲《いずも》の北、隠岐《おき》の島に流すことに決めた。京から離してしまえば後醍醐帝の力も弱まるだろうと考えてのことだ。

こうして後醍醐帝は一度、六波羅探題の監視下にある館に幽閉されることになったのだが、それが幕府正規軍が笠置に入った時期と重なったのである。肩透かしを食らった格好の幕府軍は戦に向けて高まっていた気持ちのやり場に困ったようだった。

そこへ正成が決起したという報せが届いたのである。

せっかく京まで遠征してきたのだからとの考えが大仏貞直の頭をよぎったのは言うまでもない。正成の決起は幕府を愚弄《ぐろう》する行為でもある。幕府正規軍が総力を挙げて赤坂荘を攻略することを決めた背景にはこういったいきさつがあった。

「血気盛んだな」

後ろから声をかけられた。男が正成の隣に進み、身を乗り出して山裾《やますそ》の幕府軍を見

渡す。

「尊雲様」

正成が目礼すると、尊雲は、

「いよいよだな」

幕府軍に視線を投げかけた。尊雲はこの日、笠置山から赤坂城に身を移したばかりだった。

幕府軍は陣を構えている最中である。前線の兵が赤坂城に向かって一列に並び、その背後を伝令の兵が駆け回っている。指示をする声と木槌《きづち》の音。一万の兵が麓《ふもと》いっぱいに広がる様子は雑然としていたが、そのくせ雪深い森のような静けさで満たされている気がした。皆が赤坂荘を攻略することに全力を注ごうと気合いを漲《みなぎ》らせている、そんな印象だ。

「戦はいつ始まる？」

背中越しに聞かれ、正成は尊雲と同じように手すりに身を預けた。

「明朝でしょう。全軍でこの城を攻めてくると思われます」

「一日で赤坂城を落とそうとしている。面目《めんぼく》を潰されたままにはしておけぬ、というところか」

「それもあると思います。ですが、もう一つ攻める理由が幕府軍にはあります」

正成が言うと、尊雲は腕を組んで、うむ、と唸った。

「余の首か……」

正成は尊雲をチラリと見て、

「ええ」

頷く。

後醍醐帝の命《いのち》は幕府によって保証された。だが、もう一人、倒幕の要《かなめ》となる人物は未だ野放しのままになっている。その者を幕府はなんとしても捕らえたいと思っているに違いなかった。

尊雲法親王である。

後醍醐とは別の意味で影響力のある尊雲は、延暦寺《えんりやくじ》の戦い、笠置山の戦いと、兵を指揮して六波羅軍と互角以上の戦いを繰り広げたことで日本中に名を轟かせていた。尊雲がいなければ、おそらく幕府と和議を結ぶ暇もなく笠置山は落ちていたはずである。幕府軍より遥かに劣《おと》る兵力でありながら、果敢《かかん》に立ち向かい、獅子《しし》奮迅《ふんじん》の活躍で朝廷軍を救った尊雲は、幕府にとって脅威《きょうい》以外の何ものでもなくなっていた。

和議の席でも幕府は、尊雲法親王だけは殺すと後醍醐に告げて来たのである。後醍醐はそれについてはなにも言い返さなかった。だが、その裏で、和議が成立するやいなや、己が六波羅軍に投降するどさくさに紛《まぎ》れて尊雲を笠置から逃がしたのである。

後醍醐にとって尊雲は必要な存在になっていた。戦もうまく、なにより有能な配下を抱えている。正成や比叡山の僧兵など、尊雲のためなら命がけで戦う、と腹を決めている輩《やから》が多くいた。ここで尊雲を失えば、朝廷軍にほころびが生まれることは明白だった。後醍醐帝は尊雲を親としての情からではなく、戦局を握る重要な人物として逃がすことを決めたのである。

こうして尊雲と正成は久しぶりの再会を果たしたのであった。同時に正成は尊雲の入城を幕府に向かって宣言した。尊雲が入ったことで世間の目は一気に赤坂荘に向けられることになる。一悪党の下に法親王殿下が身を寄せたのだ。なにごとか、と人々は関心を示さずにはいられなくなる。この状況で幕府正規軍と戦えば、日本中に楠木党の名を知らしめることができる。幕府正規軍と互角以上の戦いを行えば、我も楠木党に続けとばかり起ちあがろうとする者も現われるはずである。実際に決起する者は少数かもしれなかったが、それでも幕府の威信は傷つき、絶対的権力者としての支配力に疑いはもたれる。

そこが正成の狙いだった。

幕府は威信を傷つけられることを最も怖れている。武士としての誇りがそうさせるのだ。なんとしても赤坂城を攻略し幕府の武威を示さなければならない。それをしなければ、幕府による支配の根本が揺らぐことになる。

「幕府軍の狙いは尊雲様の首です」

無礼を承知で正成は告げた。尊雲は頷いただけで、顔色一つ変えない。

「であれば、前のめりになって攻めてくるに違いありません」

正成は唇の端を持ち上げた。

「前のめりの敵ほど倒しやすい相手はいません。一斉に駆け上って来たところを一網《いちもう》打尽《だじん》にします」

「そのために、あれを使うのか」

尊雲が櫓の下を指さす。門の外に突き出る形で簡素な塀が築かれている。内側の土塀とは別に作られた板塀だ。今回の戦が決まったとき、正成はすぐにこの板塀を作る作業に取り掛かった。急ごしらえではあったが、よいものができたと自負している。民も一緒になって手伝ってくれた。そのおかげでもある。

「余はなにをすればいい？」

尊雲が板塀から目を離して言う。

「城で幕府軍が攻め上がって来るのを待ち受けてください。尊雲様の姿を見れば、敵も目の色を変えて攻めかかるはずです」

「待ち、時機を見て仕掛ける。そういうことか」

「お願いいたします」

「余も多門と一緒に前線で戦いたい。その思いがあることだけは伝えておくぞ」

尊雲が眼下を見下ろした。城の周りは木が伐《き》られて草地になっている。それより下はうっそうと茂る森だ。この森の中を城へ通じる道が通っている。二本だ。一つは表門に通じ、もう一つは右側の東門に通じている。正成は兵を率いて、東の道に当たることになっていた。表の道は七郎が担《にな》う。

「城を指揮する者が必要です。尊雲様がおられるからこそ、私も安心して城を空けることができるのです」

「分かった」

尊雲はすぐに納得した。言いたいことは幾らでもあるはずなのに、それをすべて飲み込み、正成に戦のすべてを預けようとしてくれている。

(風格さえ感じられるようになった)

正成は下唇に歯を当てる。比叡山の戦い、笠置山の戦いと指揮を続けるうち、尊雲は大将として確かな成長を刻んだようであった。

「だがな、多門」

尊雲が正成を振り返って言ってきた。

「余が動かなければならない時が来る。そうだろう？」

鳶《とび》色の瞳を真っ直ぐ注ぎながら、そう聞く。

「その時は遠慮せずに述べよ。余がいるために多門の戦術に齟齬《そご》がきたされるようなことは、決してあってはならぬ」

正成は尊雲から視線を外し、幕府軍に向けた。山の上の櫓から見下ろすと、まるで小さな人形が並んでいるように見える。だが、人形ではない。赤坂城を破ろうとする気魄《きはく》が山の上にも伝わって来る。一人一人が精強な兵なのだ。武士としての矜持《きょうじ》を抱く一万の兵だ。

（すまぬな……）

正成は幕府軍を見ながらほくそ笑む。

俺も悪党としての矜持を抱いているのでな。

埋め尽くす幕府軍を前に正成は腹に力を込めた。

（言われるまでもなく、時機が来れば尊雲様にも動いてもらう……）

悪党の戦は使えるものはなんでも使うというもの。尊雲の力が必要な時はたとえ危険な場面であっても遠慮なく使わせてもらう。

（そうして、幕府軍を蹴散《けち》らし、天下に楠木党の名を轟かせるのだ）

正成は空に視線を移した。陣を構える幕府軍の上を悠々と舞う鳶《とんび》の姿がある。濃い雲の下で旋回《せんかい》を続ける鳶は、突如、地面に向かって急降下し、幕府軍の頭上辺りで身を翻して空に戻っていった。そして、再び旋回しながら甲高《かんだか》い声で一声鳴く。

その声を聞いた瞬間、正成の胸が撥《は》ねた。慌てて尊雲に目を向けると、尊雲もまた上空に目を細め、全身を震わせている。

「ハハハッ」

不意に尊雲が笑い始めた。朗《ほが》らかな笑い声である。それを聞いてなぜか胸の奥が安《あん》堵《ど》に包まれていくのを正成は感じる。つられるようにして正成も笑い始める。

（開戦の合図が、今、鳴らされたのだ）

そう思った。鳶にそれを告げられたことがおかしくて、正成と尊雲は笑ったのである。

鳶は幕府軍の上空を舞った後、遠くの空目指して羽ばたいて行った。風に乗った鳶が向かう先には広い平原が広がっている。

二

「来たぞ」

木の上から鈴丸が合図を出してくる。正成が目を向けると、鈴丸は別の木に飛び移り、そこに身を潜めた。正成は辺りを見渡し両手を下に向けて兵に合図を出す。自身も息を殺して身を小さくする。途端に、森の中が静まり返った。小川のせせらぎや鳥の囀《さえず》りだけが耳に届く。山に潜む楠木兵は完全に気配を消している。

やがて地面を抉《えぐ》るような音が麓から聞こえてきた。

幾重《いくえ》にも重なっている。

足音だ。

「来たな。幕府軍」

敵が見えた。道いっぱいに広がった兵が、山道を駆け上ってくる。

昇ったばかりの朝陽が幕府兵を朱に染め上げている。陽光の中を進む幕府兵がまるで暴れ牛のような猛々《たけだけ》しさを前面に出して坂道を上ってくる。

（さすがは幕府軍）

正成は腹に力を込め、足を踏ん張った。ここで気持ちが敗けてしまえば、この戦は勝てない、そう思っている。寡兵《かへい》で戦うには、数の恐怖に屈せず、心を平静に保たなければならない。そこが始まりだった。冷静に策を巡らし果断に攻めるには、最初に乗り越えなければならない壁がある。

正成は待った。

（まだだ）

まだ引きつけるのだ。

幕府軍は今、山の頂《いただき》だけを目指している。城を落とそうと前のめりになって駆けている。

幕府兵の右側は人の背丈《せたけ》ほどの高さの斜面。その先には森が広がっている。左手は崖《がけ》である。踏み外せば転がり落ちることは間違いない。

幕府軍の前方に遮《さえぎ》るものはなかった。蛇行《だこう》する道が続いているだけだ。その道は城へと続いている。おそらく幕府兵は、楠木軍は籠城《ろうじょう》していると考えているはずだった。寡兵が大軍を相手にする常套《じょうとう》手段だからである。だからこそ、静かな道をひたすら突き進むことができるのだ。一気に攻め、一気に片をつけるつもりだ。

「放て！」

幕府軍が目の前を通り過ぎようとした頃だ。正成は藪から身を出して号令をかけた。

右手を上げ、それを勢いよく振り下ろす。

幕府軍の右側。森の中から無数の矢が降り注ぐ。その矢が悉《ことごと》く兵に突き刺さっていく。途端に幕府軍が喧騒《けんそう》に包まれ始めた。静かすぎる森で、矢の雨が降って来るとは思ってもいなかったようだ。

「止まるな、放て！」

正成は叫んだ。敵兵の何人かが倒れている。胸や喉《のど》、顔を射抜かれた者たちだ。命を失った者も何人かいるはずだ。それほどの数の矢を放っている。

楠木軍が用いているのは短弓であった。山の民が狩りに使う弓だ。それを正成は兵の数だけ用意させていた。短弓は、武士が用いる長弓より射程は短いが、持ち運びが楽で扱いも難しくない。威力も、さすがに御家人《ごけにん》が着込んでいる鎧《よろい》は貫けないが、胴丸《まる》を着けただけの兵であれば倒すことができる。だからこそ、戦では威力を発揮するのだ。前線で戦っているほとんどの兵は郎党や若党といった軽輩《けいはい》ばかりだ。

「放て！　放ち続けろ！」

正成は声を張り上げた。短弓の利点は連射が利《き》くことだ。腕のいい兵であれば十数える間に五本は射ることができる。戦にはうってつけの武器であった。

幕府軍は休みなく飛来してくる矢に困惑している。このような攻撃にさらされたことがないに違いない。武士が用いる長弓は一本の威力は凄《すさ》まじいが、次の矢を放つまでに時がかかる。それに備えた戦い方を武士は訓練してきたのだ。ばらまかれるように降って来る矢の対処法など知らなかったとしても不思議はない。

「だからこそ、俺たちのような悪党が戦える」

足止めされた幕府軍を見た正成は振り返って木の上を探した。鈴丸がひときわ高い杉の上で戦況を眺めている。見つけた正成が合図を送ると、鈴丸は木から身を乗り出し、敵に向かって弓を構えた。

瞬間、光の筋が煌《きら》めいた。

「ぐっ」

呻《うめ》き声が上がったのは幕府軍の真中辺りである。鎧を着た武者が肩を押さえて膝から崩れ落ちる。その武者の呻きが合図であったかのように、正成の頭上から次々と矢が飛来し始めた。木の上に潜んだ山の民だ。楠木兵のように休みなく射るのではなく、狙いを定めて、鎧武者だけを射ている。

山の民が敵の指揮官を射る姿を見て、正成は、

(さすがだな)

感心する。

山の民は元来より狩りをして暮らす民であった。弓で小動物を狩りながら生活している。弓の扱いは日本中の誰よりも巧みなはずだった。離れた木の上からでも、肩や腿など、鎧から露出している僅《わず》かな部分を射ることができる。しかも、その矢はただの矢ではない。山の民の矢には、ある細工《さいく》が施《ほどこ》されている。

「ぐあぁあああ！」

突如、山中に絶叫が響いた。次の策に向かうために兵と共に斜面を駆け上っていた正成は足を止め、声のした方角を振り返る。

鎧武者が空に手を伸ばしながら喉を掻きむしっていた。その武者は、やがて事切れてその場で動かなくなり、前のめりになって倒れ込む。鈴丸が最初に射た武士であった。

すぐに、幕府軍のあちこちから叫び声が上がるようになる。皆が、喉を押さえ、その場でのたうち回り、しばらくして全身を硬直させて倒れ込む。己等の指揮官が我を失いながら倒れていく姿は、軽輩の兵たちに動揺を与えたようであった。なにが起こっているか分からないといった様子で唖然《あぜん》と立ち尽くすばかりになる。

「毒だ」

正成は再び山上に歩を進めながら呟く。

山の民の矢には毒が塗られていた。鏃《やじり》に塗られた毒は刺さると同時に体内に流れ込み、全身を麻痺《まひ》させる。射られた者は百人中百人が命を落とすほどの猛毒だった。採取が困難なために数を用意することはできなかったが、その有用性はもがき苦しむ鎧武者を見ても明らかである。

正成はこの毒矢をうまく活かす戦法を考えていた。それを今の戦いで実践したのである。

楠木兵が短弓で連射して幕府軍の足を止める。止まったところを山の民が樹上から指揮官を射ていく。こうすることで幕府軍は恐慌をきたすようになるはずだった。立ち直るには、いくばくかの時を要することになるだろう。

（まだまだ）

正成は山道を上りながら思う。今でも充分楠木軍の異様さを伝えることはできたが、まだ足りない。もう一度、幕府軍を叩いてこそ異様は恐怖に変わるのだ。楠木軍はなにをしてくるか分からない、そう骨の髄《ずい》まで刻みつけてやる。

正成は次の策に思いを巡らせながら、唇の端を持ち上げた。

三

　木漏れ日が白銀《しろがね》色に変わった。風が吹く度地面に描く網目模様が変わり、山の中に明るさが撒《ま》き散らされる。陽は柔らかいが、冷気の粒が溶けているためか透き通って見える。ひんやりとした朝が地表から湧いている。

　矢による攻撃を仕掛けてまだそれほど時は経《た》っていなかった。正成は整列した兵の先頭で腕を組み、坂道に目を凝《こ》らしている。正成の前には楯《たて》が並べられていた。矢を防ぐ楯だ。そこから上半身をさらして道を見渡している。間もなく、耳を澄《す》ますまでもなく、森の静けさを破る足音が近づいてきた。

（思っていたより早かったな）

　一度止まった幕府軍が再び進軍を開始したのだ。

　重なる足音が躰の芯を揺さぶる。自然と空気が張り詰めていくのを感じる。兵たちの緊張が高まっていることも肌で感じられるようになった。

　先程は矢で混乱させることができたが、敵の兵力を削《そ》ぐまでには至っていなかった。幕府軍からしたら前線の兵と指揮官を幾らか失っただけである。幕府軍は一万いるのだ。少しぐらいの犠牲《ぎせい》が出たところで進軍をやめるなど考えられない。補充はいくらでも利くのである。

対する楠木軍の兵力はわずか千だった。そのうち、三百ずつを率いて正成と七郎が出陣している。残りの四百は尊雲が城を守るために残していた。わずか千人の楠木軍は幕府軍のように、多少の犠牲に目をつぶるといった戦法を取ることができない。

正成が仁王《におう》立ちしていると、坂下に敵兵が姿を現わした。最初、先頭に並ぶ十数人が見えただけだったが、それが綿々と続き、見る間に幕府兵で道が塞《ふさ》がれるようになる。

敵の隊列は整っていた。前線の兵を入れ替え、指揮官を交代させて上ってきたのだ。先程の攻撃からわずかしか経っていないにもかかわらず、こうして軍の編成をやり直し、整然と攻め上がってきている。

(幕府正規軍はやはり手強《てごわ》い)

そのことを実感する。編成の素早さだけでも、一人一人がしっかりと鍛《きた》えられた兵であることが伝わってきた。

(一度ぶつからねばならぬな)

山道をムカデのように進んで来る幕府軍を見て、正成は唇を嚙みしめた。今、幕府軍は楠木軍が何かしてこないかを警戒しながら上っている。が、一度ぶつかれば緊張の糸が切れ、山上目指して遮二無二《しゃにむに》駆け上がるようになるはずだ。そうなってもらわなければ、新たな策を仕掛けることができない。

「構えろ」

正成の指示に、背後で弓弦《ゆづる》を絞る音が鳴る。張り詰めていた空気の中、さらに一本の硬い糸がピンと張ったような感じだ。

幕府軍が山上の楠木軍に気づいた。一瞬止まった後、敵も弓を構え始める。

「放て！」

正成が号令を出すと、兵が弓を空に向けた。蝗《いなご》の群れのように無数の矢が解き放たれる。

矢は宙を走り、幕府軍に降り注いだ。

「ぐっ……」

「うわ！」

先頭の何人かが倒れる。

「放て！」

すぐに幕府軍から応じる声。無数の矢が一直線になって駆け上ってくる。

正成は頭を伏せて楯の後ろに身を隠した。頭上にも各々手持ちの楯を掲げている。

これでほとんどの矢を防げるはずだった。

「なに？」

が、正成の目の前の楯は半《なか》ばまで矢が貫通しているのである。途端に正成の背筋を冷たいものが流れ落ちた。楯は樫《かし》で作られており、普通の板より堅いはずだった。それを貫くとは、幕府兵の矢は、それだけ強弓なのだ。

（これが坂東《ばんどう》武者の実力か）

鎌倉に近い坂東の武士は、一般的に西国の武士より武芸が巧みとされている。いざとなれば幕府の本拠鎌倉を守る役目を負わされているのだ。当然、日夜鍛錬《たんれん》を積み重ねている。

これまで己が戦ってきた大和や紀伊の地頭軍とは比べ物にならないくらい強い、と正成は思った。少なくとも、樫の楯を貫くほどの剛力の持ち主にはこれまでの戦で出会ったことがない。だが、坂東武者は違う。そうした者が何人もいるのだ。

敵の攻撃が止《や》み、正成は楯の上から顔を覗かせた。幕府軍が再び弓に矢をつがえようとしている。

（もう一度待つ）

正成は顔を引っ込めながら、己に言い聞かせた。

長弓のため、矢を放った後、少しだけ間が生まれる。その間隙《かんげき》を突けば相手の懐に潜《もぐ》り込むことができそうだった。

「奇数、構え」

正成は頭を下げながら指示を出した。聞いて、楠木兵が支度《したく》を始める。楠木軍では奇数と偶数の組に兵を分けている。そのうち奇数組に属する者が弓を構え始めた。偶数の兵は楯を預かり己等を守る。敵の矢が飛んできてすぐ、奇数組で反撃を試みるのだ。

「来たぞ！」

正成は声を張り上げた。幾つもの唸りと共にドンドン、と楯に矢がぶつかる音が響く。しばらくその状態で待つ。やがて音が止んだところで、

「放て！」

正成は立ち上がった。奇数組の兵が矢を放つ。

「偶数、突撃！」

言うが早いか正成は駆けている。刀を掲げ、幕府軍へと疾駆する。

楠木軍からの矢が降り注ぎ、幕府軍が一瞬躊躇《ちゅうちょ》したところだ。

正成に続いた偶数組の兵が幕府軍に飛び込み、刀を振った。

たちまち数人の首が飛んだ。道が狭いから兵力差があっても渡り合うことができる。横に並べるのはせいぜい五十人程度だ。一度にあたる敵が五十人であれば、偶数の組百五十人でも充分戦える。

敵も正成たちの攻撃に応じるつもりのようだ。すぐさま態勢を立て直し、反撃の一手を試みてくる。反応の速さはさすがだった。矢で射られてもひるんだのは一瞬だけ。むしろ、血を見て興奮したように、我先になって攻め立てて来る。

(腕も確かだ)

幕府兵の剛剣に楠木軍の何人かが倒される。鍛えに鍛えてきたはずの楠木兵でも、板東武者との勝負は互角のようだった。

(やはり強い)

同時に分厚い。いくら進んでも敵の壁が続く。兵力差はこうしたところに現われてくる。倒しても倒しても敵が現われ、息つく暇もなくなる。辺りは血飛沫《ちしぶき》が霧《きり》になって漂っている。汗が溢れ、目に流れ込み、それが視界を霞《かす》ませる。慌てて袖で拭ったが少しだけ目に染みたようでヒリヒリとした痛みが残った。

突如、頭上に刀が降ってきた。

咄嗟に刀を振り上げて受け、返す刀で首を斬《き》る。

油断などもってのほかだった。気を抜いた瞬間、殺されてしまう。やはり数は最大の武器であるらしい。突撃を仕掛けたはずの楠木軍だったが、その勢いは弱まるばかりだ。

（もう少し……）

そう思ったが、すぐに首を振った。

「限界だ」

正成は敵の腕を飛ばしながら、取り囲む武士に視線を走らせた。皆、目を大きく見開き、鼻に皺《しわ》を寄せてなにかを吠えている。戦の熱に飲まれているように見えた。一頭の肉食獣になって、目の前の敵に喰《く》らいつこうとしている。

「退《ひ》け！」

これ以上戦っても犠牲が増えるだけだ、そう正成は判断する。

正成は敵の刀を跳ね上げると同時に懐から灰を摑み出し、目の前の相手に投げつけた。それを見た他の楠木兵も同じように灰を投げ始める。

辺り一面が白くなった。敵が目を覆《おお》って咳込み始める。灰には山椒《さんしょう》や唐辛子《とうがらし》をすり潰した粉が混ざっていた。一瞬だけではあったが敵の目を潰す効果がある。山の民が持たせてくれたものだ。

正成は怯《ひる》んだ敵に背を向け、そのまま兵と共に坂を駆け上り始めた。幕府軍との間に少しだけ距離ができる。が、その距離がそれ以上広がることはない。幕府軍もすぐに追いかけてきている。

楠木軍は駆けに駆けた。木漏れ日を飛び越え、風を纏いながら、ひたすらに駆けた。やがて前方に目印が見えて来た。

道脇《わき》の木に赤い布が巻いてある。

その目印を走り抜けた正成は腰にぶら下げた瓢箪《ひょうたん》を地面に叩きつけた。瓢箪は陶器でできており、地面にぶつかると同時に割れ、中の液体がぶちまけられる。正成に続く楠木兵も次々と瓢箪を叩きつけていく。

「今だ！」

二つ目の青い目印を駆け抜けたところで正成は叫んだ。すぐに右の木立から幾人もの影が姿を現わす。鈴丸たち山の民だ。山の民は火矢を構え、武士たち目掛けて雨あられのように放ち始めた。

火矢は地面に刺さり、そこから炎が瞬く間に武士の足許《あしもと》を走り抜けた。楠木軍を追いかけてきた武士は炎に包まれ、のたうち回る。そうこうするうち、突如武士たちは地面の中へと吸い込まれていった。

文字通り地面に吸い込まれていったのであった。

足許が崩れ、穴の中に落ちたのである。

正成が駆け抜けたのは木の板の上だ。また、走りながら地面に投げつけた瓢箪の中には油が入っていたのである。

正成はあらかじめ山道に堀のような巨大な穴を築いていた。そこに木の板をかけて橋にしていた。その橋を鈴丸の火矢で焼いたのである。橋は油の上を走って勢いよく燃え上がり、幕府兵は焼け落ちた橋と共に穴の中へ落下していった。

後続の敵も止まることができずに次々と落ちていく。前の兵を押しながら穴の中へ飛び込んでいく。

「これが悪党の戦だ」

振り返った正成は燃え盛る炎を眺めながら、そう呟いた。熱せられた空気の向こう、穴の手前で幕府軍はようやく踏みとどまることができている。呆然《ぼうぜん》と穴を見下ろした幕府兵は、次いで驚きの表情を浮かべて正成に目を向けた。

その視線を正成の前に倒れてきた木が遮る。大人でも抱えられないほどの太い丸太が幾重にも重なっていく。

「行くか、多門丸」

丸太の壁の上に現われた鈴丸が親指で鼻を擦《こす》った。丸太を伐ったのは山の民である。あらかじめ伐りこみを入れておいたところに、さらに斧《おの》を入れて倒した。積み重なった丸太は石垣ほどの高さになる。穴の深さも含めれば、人では容易に上れないほどの高さになるはずだった。

鈴丸に頷き返しながら正成は丸太を見渡した。当然見張り兵はつけるつもりだ。登ろうとすれば矢の雨を降らせるよう指示している。これで東門に続く道は完全に塞ぐことができたということになる。

「戻ろう、表門が心配だ」

正成は鈴丸に背を向けて歩を進め始めた。表門へと続く道は七郎に任せている。正成と同じく三百を預かった七郎は、基本的には正成と同じ戦術で戦っているはずだった。ただ、七郎には別の役割も与えている。矢を射た後は、敵を引き連れて城まで退くよう指示しているのだ。

「七郎だぞ。心配などいらぬ」

鈴丸が丸太から飛び降りて正成の隣に並ぶ。鈴丸をチラリと見た正成は、

「七郎だから心配なのだ」

そう呟いた。

「幕府軍は想像以上に強かった」

隣を走る鈴丸に正成は続ける。

「実際に戦ってみて、そのことがよく分かった。七郎の奴、興奮して、必要以上に攻め立てているかもしれない。強い敵と戦うと我を忘れるところがあるからな」

真顔で言う正成を見て、鈴丸はガッハッハと笑った。

「確かに七郎ならあり得るな」

そう言ったが、すぐに表情を元に戻して言う。

「だが、あいつも分かっているはずだぞ。これは長い戦の始まりに過ぎぬとな」

「だといいがな……」

正成は唇を噛みしめる。鈴丸の言葉を聞いて、別の思いが胸に湧いてきたのだ。悪党らしく戦って敵を退けることができた。自信を持つべきところのはずなのに、正成の中はすっきりしない思いで満たされている。

(鈴丸の言う通り、確かにまだ始まったばかりだ)

幕府軍は型にはまらない正成の用兵に慣れていなかっただけで、それも戦い続けるうち通用しなくなるかもしれなかった。そうなると、幕府軍相手に今の兵力で戦うのは厳しくなってくる。

（この数でどう戦うか）

幕府軍の強さは正成の想像を遥かに超えるものだった。

やはり坂東武者の強さは本物だ。

そのことを思うと、

（果《は》てしなく遠いな）

理想へと続く道が遥か彼方《かなた》に霞んでいくような気がしてくる。

（だが……）

一歩一歩進んでいくしかないのだ、と正成は思い直す。

どれほど敵が強かろうと戦い続ける。

その先でしか、己等の理想は叶わないのだ。

「ほら見ろ。無事だったようだぞ」

鈴丸が嬉《うれ》しそうに山上を指さした。正成は立ち止まって森の先を眺め、

「ふぅ」

息を漏らす。表門は固く閉ざされたままで、正成が出陣した時となにも変わったところはなかった。まだ無事でいるのだ。

そうこう思っていると、突如、地面が崩れるような轟音《ごうおん》が響き、足許が揺れ動き始

めた。

（話した通り戦ってくれている）

足裏の揺れを感じながら、正成は己の策が実行に移されたことを確信した。

やがて鬨《とき》の声が城内から聞こえてくるようになった。

「えい、えい、おう！」

薄青の空に吸い込まれる楠木兵の歓声は正成の緊張した躰をほぐしてくれた。

「尊雲様も、しっかりと役目を果たしてくれた」

正成が微笑すると、鈴丸はガッハッハと声を上げた。

「お前の策がはまった。初戦は大勝だ」

正成の腰を叩いてくる。正成は鈴丸を見返し、鈴丸と共に速足になりながら山道を上った。城は思った以上に遠かった。戦で疲弊《ひへい》したのか、足が重くなっているのか、どちらが原因かは正成には分からなかった。

四

城に戻った正成を、七郎が上機嫌《じょうきげん》で迎えた。

「兄者、来てくれ。兄者が授けてくれた策の通り、幕府軍は丸太の下だ」

連れて行かれたのは表門である。土塀の向こうの外側に設けられた板塀が崩されていた。昨日、櫓から尊雲と見下ろしたこの板塀は丸太を支えるために築かれたものである。

山中で幕府軍を迎え撃った七郎はある程度戦ったところで背を向けて逃げ出した。敵は七郎を追いかけたが、七郎たちはいち早く城に戻って門を閉ざし、そのまま閉じ籠る姿勢を示したのである。門は堅く、城内からは楠木兵がひっきりなしに弓矢を射る。攻め手を失った幕府軍は兵力を門だけに集中するのではなく城を囲むように広げることで被害を最小限に留めることにした。塀を乗り越えて城内に入り、内側から門を制圧することに決めたのだ。

そこに尊雲が兵を連れて現われ、外塀に括《くく》りつけられた縄を切らせた。縄が切られ、支えを失った板塀は外側に倒れた。その板に寄りかかるように重ねられていた丸太が一気に崩れ、幕府兵を巻き込みながら斜面を転がり落ちていったのである。

正成が戦っていた東門に通じる道よりも幕府兵の被害は甚大《じんだい》だったはずだ。城の周囲の草地には敵兵の死骸《しがい》が転がり、森と接するあたりには丸太が積み重ねられている。それが壁の役目を果たすことまで、正成は計算に入れていた。高さは東門の道に積み上げられた丸太とほぼ同じで、乗り越えるのも一苦労となりそうである。

（これで表門に通じる道も丸太で塞ぐことができた）

正成は確かな戦果に安堵《あんど》を覚えている。城へ続く道を上ることが難しくなった幕府軍は、攻め手を失うに違いない。

「敵の骸《むくろ》を城へ運べ。丁重《ていちょう》に葬《ほうむ》るのだ」

正成がそう指示を出したのは、幕府軍が山の麓に撤退するのを見極めてからだった。一度、下山して態勢を立て直すつもりのようである。しばらくは攻め上がってくることはないだろう。今のうちに敵兵を運び込み、城内で荼毘《だび》に付すのだ。

（勝つためだ、仕方ない）

七郎に指示しながら正成は皮肉っぽく口許を歪《ゆが》めた。敵兵の骨すらも策に使おうとしている己を武士は非難するだろう、そう思う。

だが、使えるものはなんでも使う。

それが悪党である己の戦いだ。その思いがあるからこそ、敵兵の骸さえ用いようとの考えを抱くことができる。

指示を聞いた七郎が兵たちの下に去っていく。面倒くさそうにしているわりに一つ一つの行動は素早い。すぐに広場から兵の編成を行う声が聞こえ始めた。城を出て骸を回収する兵が選抜されているのだ。

正成は兵が城外に出て行くのを確認すると、表門の脇に建つ櫓に向かった。強く風が吹き柱がミシミシと軋《きし》む。衣をはためかせながら梯子《はしご》を上った正成は、櫓の上に出て麓に陣取る幕府軍を見下ろした。

依然、多くの兵がひしめいている。

全軍で攻めて来たと思っていたが、上ってきたのはほんの半数程だったらしい。幕府軍には未だ余裕があることが窺われた。

（これが俺たちの敵か）

麓を埋め尽くす兵を眺める正成の胸に、ふと茫漠《ぼうばく》たる虚《むな》しさが生まれた。

どれだけ戦えばいいのだろう、そう思う。

戦っても戦っても幕府は揺らがない。実際に戦ってみて、そのことを痛感した。こちらが策を凝らして決死の思いで戦っても、幕府にとっては痛くもかゆくもないのだ。兵は尽きることなく、次から次へと湧いてくる。それがこの先ずっと続くと思うと、戦いの果てが見えなくなってくる気がする。

「ここにいたか」

不意に声をかけられた。振り返ると、梯子を色白の男が上って来ていた。櫓を見張る兵が直立の姿勢で男に応じている。

「楽にせよ」

見張り兵に声をかけた男は、笑みを浮かべたまま正成の下に歩み寄ってきた。

「尊雲様……」

正成は頭を下げる。尊雲は頬を緩めると、手すりを掴んで櫓から身を乗り出した。

「ここは風が気持ちいいな。山城のさらに上だ。空が近い」

風にもてあそばれる髪を押さえながら目を細める。幕府軍のさらに向こうの地平へと尊雲は視線を投げかけている。

赤坂城の左側、平野の向こうには青い煌《きら》めきが横たわっていた。まるで地面から浮かんでいるように盛り上がって見えるのは、河内と和泉《いずみ》にまたがる海だ。湿り気を帯《お》びた風は、この海から吹いているのだろう。赤坂荘はいつも柔らかい風に包まれている。

「ご苦労であったな」

尊雲が向き直って言う。

「いえ、そんな……」

唐突な労《ねぎら》いの言葉に、正成は返答に窮してしまった。

(見抜かれている)

正成は、尊雲がわざわざ櫓を上って来てくれた意味を理解する。

戦いを終え、城に戻った正成が、大勝したにもかかわらずまったく浮かれていないことに尊雲は気づいたのだ。だからこそ、こうして正成の後を追いかけてきたのである。

尊雲は王家の血を継いでいるにもかかわらず、人の気持ちに寄り添うことができる男だった。あからさまではなく、そっと気遣うことができる。そのさりげなさが正成には心地よく思えてしまうのだった。

「幕府軍はやはり精強でした」

正成は遠くの山を見ながら、尊雲に告げた。

「そうか、強かったか」

尊雲は一言応じただけだ。依然として風を受けながら、地平の彼方に目を細めている。

(敵《かな》わぬな)

尊雲の横顔を見た正成は、不意にそう思った。尊雲と一緒にいるだけで塞いだ気持ちが霧散《むさん》していくような心持ちになれる。敵がどれだけ強かろうと、尊雲と一緒であれば切り開いていける、そう思えてくるのが不思議だった。

「つまり……」

正成は肩の力を抜いて言った。

「強い幕府軍を私たちが倒せば、それだけ我等の存在価値を証明できるということ。各地の勢力に対してもそうですし、幕府の内側にいる人間に対しても同じことが言えます。幕府に対して人々は疑念を抱き、それはとどまることなく広がっていくことでしょう。一度弱いと思わせてしまえば、あとはすぐです。弱い幕府が支配する世の中に不満を表明する者が続々と現われます」

尊雲は小さく頷いた。

「多門に任せる。幕府との戦はすべて任せると余は決めている」

正成は頰を人差し指で掻いた。悪党の己に全幅《ぜんぷく》の信頼を寄せてくれている。そのことが素直に嬉しかった。

「必ずやご期待に応えられるよう……」

「ただし」

頭を下げようとする正成を制して、尊雲が人差し指を突き付けて来た。

「すべてを抱え込もうとするな。多門が苦しくなることが、朝廷軍にとって一番よくない結果を招く。少しは余にも分け与えよ。なにか悩むことがあれば、どんな小さなことでも余に相談するのだ」

尊雲は正成の肩を叩いた。それから、心持ち顎を上げて微笑《ほほえ》む。

「余も戦わせろ。多門の負担を軽くしたい。……というのは口実で、余は実際に戦いたいのだ。城で待たされるだけの身というのはなかなか辛《つら》いぞ」

尊雲の勝ち誇ったような表情を見て正成は噴き出した。

「次は戦場に立ってもらいます」

正成の返事に、尊雲は笑みを大きくした。

「よし、心得た。多門と共に戦う日を心待ちにしていたのだ。出会ってから色々とあったが、共に戦場に立つのは初めてだ」

「言われてみれば、そうかもしれませぬ」

「思う存分戦ってみたい。お前と一緒であれば、余らしく戦える、そんな気がしている」

「あまりご無理をなされぬよう」

「ならぬ。余が無理をすることを承知で戦術を考えろ。それがお前の役目だ」

「幕府との戦より難しそうですな」

正成が苦笑し、尊雲は声を上げて笑った。城中に響き渡りそうなほど高らかな笑い声だ。

「よく初戦を勝った、多門。これで次に繋げることができたぞ」

笑いをおさめて尊雲が言う。その言葉に、正成は目を見開く。

(そうだ。これが俺たちの戦だ)

目をしばたたきながら咄嗟に、そう思った。

強大な敵に向かって挑み続けることこそ夢を実現させるためには必要なのだ。

打ちのめされることもあるかもしれない。諦め、投げ出したくなる日も訪れるかもしれない。

それでも立ち上がって、挑み続ける。それが夢を抱く者の宿命なのだ。

「勝ちましょう、幕府に。必ずや、勝利をお届けいたします」

「余は勝利を疑ってなどおらぬ。幕府を倒すことは当然だと考えている。多門とは、その先でも戦い続けなければならぬからな」

「長い戦いになりますな」

「いつか……」

正成から離れた尊雲は手すりを摑み、身を乗り出すようにして空に顔を向けた。

「いつか必ず来るだろう。赤坂城で戦ったことを懐かしいと思う日が。櫓の上で笑い合ったことをひどく遠い昔の出来事だと思う日が、いつか必ず訪れる。その時、我等は国を成り立たせるため、激務に追われる日々を過ごしているやもしれぬ。日本中を見て歩き、そこに暮らす民の声を聞き、どうすれば豊かになるかを話し合い……。それで、ようやく京に帰って来たら、今度は片づけなければならない案件が山積していて、夜更《よふ》けまで執務部屋に詰めることになって……。それでもなんとか時を作って、多門と七郎、それから他の兵たちを呼んで集まって。酒を酌《く》み交わそうということになった我等は、幕府軍と戦った日々が懐かしいなと話し合うのだ。今、戦のことなどまったく考えておらぬものな、国を創ることで頭がいっぱいだものな、と笑い合う。そんな日が必ず来ると余は信じている。お前と一緒なら、その日を迎えられると余は堅く信じているのだぞ」

尊雲の横で正成は微笑を浮かべた。目を閉じるまでもなく、正成にも見えている。夢が実現されつつある世の中で……。なにもかもが慌ただしく変わりゆく毎日の中で、日夜、奔走《ほんそう》している己たちの姿を。

「楽しみですな」

正成が呟くと、尊雲は唇の端をそっと持ち上げた。

「なんだ、なんだ。なにやら楽しそうだな」

突然、陽気な声が響いてきた。眉をひそめて目を向けると、梯子から顔を覗かせた七郎がニヤニヤ笑いを浮かべて、こちらを見ていた。

「別に楽しいことなどなにもない。二人で話をしていただけだ」

正成が厳しい声で言うと、

「嘘だ。尊雲様の笑い声が下まで聞こえて来たぞ」

七郎は櫓の上に躍り出て、なぁそうだろ、と下に呼びかけた。

「馬鹿、俺に話しかけるな」

梯子の下から声が返って来る。

「なにを遠慮しておるのだ。いいから上って来いよ、ほら」

七郎が手招きする。

それを受け、

「おい、やめろ」

とか、

「やっぱり戻る」

などと駄々をこねる胴間声が聞こえてきたが、

「早くしろ。尊雲様がお待ちだぞ」

七郎に腕を伸ばされると胴間声は聞こえなくなった。

やがて、短い柿《かき》色の衣を纏った男が梯子を上って現われた。七郎に促されて姿を現わした鈴丸は、尊雲に目を向けると、すぐに顔を別の方向へ背けてしまった。両手を腿の横で握りしめながら躰を小さくしている。そんな鈴丸の腕を取って七郎が尊雲の前に引っぱり出そうとする。

「尊雲様はどのようなお方だ、としきりに気にしてくるのでな。連れて来てやった」

言われて、鈴丸は七郎の手を払うと、チラリと尊雲を見て、慌てた様子で背中を向けた。

「そんなに気になるなら己の目で確かめればいい、そう言ったのだがな。なにせ、この有様だ。意外と人見知りする性格らしい」

背中を叩く七郎に、鈴丸は、

「俺は会いたいとは一言も言わなかった。お前がどうしても会え、というから仕方なくついてきただけだ」

しわがれ声で反論する。鈴丸らしいいつもの豪胆さは影も形もない。

「なにが仕方なくだ」

七郎が腰に手を当てて溜息を漏らす。

「王家の者がどれほど高貴な顔をしているか直接拝《おが》んでやる、とかなんとか、しきりに息巻いておったのは、どこのどいつだ」

「いらぬことを申すな」

「いいから、こっち向けよ」

七郎が鈴丸の腕を取ろうとすると、

「やめろ。触るな」

鈴丸が腕をグルグル回しながら七郎に襲い掛かった。それを七郎が笑いながら避ける。まるで子どもの喧嘩《けんか》だ。櫓の上で大の大人がドタバタと取っ組み合いを始める。

「山の民だな」

騒動を静めたのは尊雲だった。鈴丸の下にスッと近づき、背の高い山の民を見上げる。

鈴丸が動きを止めた。小柄な尊雲を見下ろしながらみるみる顔を赤く染めていく。

「名はなんという」

尊雲の質問に鈴丸は唾を飲み込み、

「鈴丸……」

ぼそりと呟いた。

「鈴丸か。多門から話を聞いておるぞ。先程の戦は見事だったそうだな。山の民がこの戦に加わってくれたおかげで強力な味方を得ることができた。余は心よりうれしく思っているぞ」

鈴丸が瞬きをし始める。

「山の民の存在は噂で聞いていた。太古よりこの国で暮らす民が山に潜んでいるとな。ひょっとすると、我等王家よりも血筋は古いのかもしれない。この国のほとんどは山で覆われている。日本は山の国だと言っても差し支《つか》えない。その山を支配するお前たちは我等よりも敬われるべき存在なのではないか、余はそんな風に思っていた。我等が暮らしているのは平野のほんの一部に過ぎぬのだからな」

そう言うと、尊雲は突如、その場で片膝をついた。

「改めて余から頼む。共に戦ってくれ、山の王。幕府に勝つには山の民の力が必要だ。平地の民が勝手に開いた戦かもしれぬが、余はここに約束する。朝廷側が勝てば平地の民は金輪際《こんりんざい》、山の民をないがしろにはせぬ。山の民を敬いながら暮らし続ける。だから鈴丸、頼む。仲間として共に戦ってくれ」

その場にいた皆が息を飲んだ。まさか尊雲がこのような態度に出るとは思ってもみなかったのだ。

当の鈴丸はというと、当然のように目を白黒させている。装いも纏う雰囲気も里の者とは明らかに違う己だ。顔は髭だらけで、それを気味悪がられることもある。そんな己に尊雲が示したのは、あくまで歩み寄る姿勢だったのだ。

「分かったぞ」

言うと鈴丸は胸を叩いた。

「山の民の力、使わせてやる。お前たち里の民よりも数倍優れた山の民の力をな」

必死に強がりを言う。その鈴丸の声は震えていた。同じように肩と背中も震えている。どうやら鈴丸は感動を隠すために、いつも以上に声を張っているようだった。その気持ちが正成には胸が締め付けられるほどに分かる。

(当然だろう)

正成は思う。里の者から、獣だ、鬼だ、と蔑まれてきた山の民だ。そんな己に敬意を示してくれたのが、里で最も敬われるべき血筋の尊雲だったのである。鈴丸としては感動しないわけにはいかないはずだった。

「多門丸にはすでに告げているがな」

鈴丸が声を改める。

「が、改めてあんたにも伝えておく。仲間になってやるぞ、俺たち山の民は。そして、仲間になったからには全力を懸《か》けてあんたのために戦う。山の神に誓《ちか》って必ずや力になってみせる。それが俺たち山の民のやり方だ」

鼻の穴を膨らませる鈴丸に、

「よろしく頼む」

尊雲は深々と頭を下げた。七郎は、そんな二人を見つめながら呆然とした表情を浮かべている。かけるべき言葉を失ったように、口を半開きにしたまま、ただひたすら立ち尽くしている。

(俺たちは……)

呆ける弟を横目で見ながら正成は思った。

凄《すご》い人を大将に据えてしまったな。

そう思って躰の芯に震えを感じる。

尊雲と一緒であれば……。

(絶対に敗けるわけがない)

正成は確信した。

尊雲を大将に据え、悪党である楠木党と山の民、それから忍びである藤助を加えた異形の者たちが戦う。今までにはない戦になるはずだった。武士には決して真似できない戦だ。

（尊雲様がいてくれるからこそ）

俺たちは俺たちの力を最大限に発揮できる。

俺たちをひたすら信頼してくれる尊雲様の下で、どこまでも戦い抜こうと決意することができる。

（武士も強いが、俺たちもまた強い）

その自信を今、俺たちは得た。

「よろしいですか？」

尊雲に断りを入れ、正成は三人を見回した。

「鈴丸と七郎が来てくれたので、ちょうどよい折になりました。藤助はおりませぬが、そちらはあとから伝えるとして、これからの戦いを話そうと思います」

「よし」

尊雲が許可する。

正成は赤坂城の戦いをどのように進め、どのように終わらせるかを語った。正成の要求は高く、いくつかの危険が伴いそうだった。それでも否定的な意見を述べる者は誰もいなかった。

己たちであればできる。

皆、そう信じている。

正成の話を聞く皇族と悪党と山の民の目がキラリと光った。

五

初戦で敗北を喫《きっ》した幕府軍だったが様子を見るために陣に籠ることはせず、その後も果敢に攻め上がってきた。

兵力は揃っているのだ。楠木軍を休ませないためにも兵を次々と送り込んでくる戦い方は理に適《かな》っている。そうした点を踏まえても、敵将の大仏貞直は戦を理解しているらしかった。

ただ、初戦で正成の策にはまっているために、大規模に攻め上がってくるようなことはなかった。いくつかの部隊を小出しに上らせてくるだけである。

(思った通りだ)

正成としては一斉に攻められた方が厄介《やっかい》だった。大勢で攻められれば兵力の劣っている楠木軍は劣勢に立たされる。いくら策を巡らせようとも、少なからぬ犠牲が出ることは間違いなかった。正成はそのことを最も危惧《きぐ》していたのである。そのために、初戦で城から出て幕府軍とぶつかり、敢えて派手《はで》な勝ち方をしたのだ。武士同士の戦では考えられない奇策を仕掛けられた幕府軍は、警戒心が植え付けられたに違いなかった。次の攻撃ではもっと多くの兵を失うかもしれない、そうした危惧を抱きながらの戦いは、自然、消極的なものになる。

正成は、赤坂城に続く道を二つとも丸太で塞いでいた。初戦で勝利した後も楠木兵を残し、道の所々に木を倒して通れなくするなどの細工も施している。何度も続く丸太の壁に、幕府軍はいちいち乗り越えて進むことが面倒くさくなるはずだった。そうなると、幕府軍が上って来る場所は山中へと限られることになる。森の中を進み、赤坂城を目指すのだ。

森での戦は鈴丸たち山の民に任せていた。山を生活の場にしている彼等である。平地で暮らし、平地で戦うために鍛えられた武士に敗けるはずがなかった。

山の民は木や藪に身を隠し、武士を見つける度、弓矢で襲撃した。見えないところから飛んでくる矢に武士は手こずるばかりだ。次々と倒れ、指揮官は毒矢で殺された。

こうして山の民の妨害《ぼうがい》にあった幕府兵は、ほとんどが中腹より上に進むことができなくなってしまったのである。ただし、それでも何部隊かは城まで辿《たど》り着くことができた。山の民が他の武士と戦っている間にすり抜けてきたのである。

数にしてはそれほど多くはなかった。せいぜい百名程度である。彼等は森の出口で集まり、一丸となって赤坂城へ攻め寄せるよう連携し始めた。

この攻撃も正成は想定していた。あらかじめ赤坂城周辺の木を伐《き》って草地にしたのはそのためである。草地を駆ける兵は身を隠すことができず、すぐに短弓の矢の餌食《えじき》となった。それでも矢を防いで城壁まで辿り着いた強者がいたが、彼等も結局は城内に入ることが叶わず、命を失うことになる。城を守る楠木兵が、用意していた熱湯を柄の長い柄杓《ひしゃく》に入れ、塀を超えようとする武士に注ぎかけたのだ。そうして怯んだところを討ち取っていく。

このような戦闘が幾日か続いた。が、やがて、幕府軍は力押しで赤坂城を攻め落とすことは困難だと気づいたようである。城を囲むように陣を敷き、いくつか砦《とりで》も建てて腰を落ち着け始めた。兵糧《ひょうろう》攻めに切り替えたのだ。

「来たな」

正成は櫓から幕府軍を見下ろして、そうほくそ笑んだ。

確かに楠木軍にとって兵糧攻めは最も堪《こた》える戦術の一つである。山の上に築かれた城のため、食料には限りがあった。さらに正成は、戦に備えて民に稲を早めに刈《か》ることを禁じていたのである。むしろ、幕府軍に米を差し出すよう民には言い聞かせて、赤坂荘を後にし、城に入っていた。

民を戦に巻き込みたくない、との思いが正成にはあった。

楠木軍に味方していることが知れれば幕府軍は民を殺すに違いない。だが、己等に恭順の姿勢を示すのであれば幕府軍は民を冷たくは遇せないはずだった。東国からはるばる遠征してきた幕府軍にとって合戦場の近くに味方してくれる者がいることは、心強いことこの上ないのである。いざとなれば宿や食事の提供も期待できる。

（楠木軍は、赤坂を一度離れなければならぬ）

戦の終わりを正成はそのように描いていた。後醍醐帝が幽閉されている今、幕府軍をいつまでも相手にすることは得策ではない。目的を達した段階で城を捨て、姿を消すのが一番だ。

己等が離れた後のことまで考えていた正成は、楠木軍が去った後、赤坂荘は幕府の支配下に組み込まれることになると読んでいた。であれば、少なくとも幕府から赤坂荘の民は敵ではないと思われておく必要がある。

「幕府軍の状況はどうだ？」

櫓の上に藤助を呼んだ正成は計略の進み具合を忍びに聞いた。

「赤坂の民がいい具合に幕府軍に馴染《なじ》んでくれている。俺たちも動きやすい」

藤助が冷ややかな目を向けて来る。整った顔に、少しだけ皮肉っぽさが浮かんでいるのは計略がうまく進んでいる証《あかし》だ。

正成は赤坂の民の今後だけを思って幕府軍に協力するよう指示したのではなかった。赤坂の民も策に加担してもらおうと考えていたのだ。

戦の最中、武士たちに赤坂の作物を兵糧として与え、ついでに炊き出しもするよう民に伝えていた。戦時にあって、食料は欠《か》くことのできないものである。食べるものがなければ兵の士気は下がり、戦どころではなくなってしまう。正成の指示を聞いた赤坂の民は、開戦と同時に炊き出しを行うなど幕府軍をもてなすことに努《つと》め続けて来た。

「今や、幕府兵から気軽に話しかけられるなど、ずいぶんと親しまれているようだ」

藤助は言う。そうした状況が生まれるのを正成は待っていた。幕府軍が民の炊き出しを当たり前だと思うようになった時、正成は藤助たち忍びを使って食事に毒を混ぜるよう計画していたのである。

忍び十人が赤坂の民に紛れて、一緒に炊き出しを行う。幕府軍が戦術を兵糧攻めに切り替えた頃から、忍びたちは気づかれないように毒を食事に混ぜ、その量を徐々に増やしていく。

「そろそろ効果が表われてもいいのではないか？」

正成は藤助に尋ねた。手すりに背中を預けた藤助は、正成を見るとニヤリと笑った。

「幕府軍に紛れた仲間から報せが届いている。嘔吐《おうと》、高熱、腹下し。体調の異変を訴《うった》える兵が続出しているとのことだ」

「戦える状況ではなくなっている、と？」

「あれではまともな戦はできぬな。立っているのがやっとの者がほとんどだ」

「民が疑われておらぬか？」

「赤坂荘の民には数日前から炊き出しをやめさせている。その上で、先日、服部座の忍びを商人に仕立てて、大量の魚を幕府軍に届けさせた。幕府軍と近づきになりたいと言わせながらな。幕府軍は炊き出しに慣れていたせいか、外からもたらされた食料を疑いもなく受け入れた。届いた魚を喜んで調理していたな」

「毒は魚にあたったため……。幕府軍はそう考えるというわけか」

「元々、あの毒は、効果が表われるまで時を要するものだった。下痢《げり》や嘔吐は、食あたりだと思われても仕方あるまい」

「よし、仕掛けるぞ」

正成は手を叩いた。いよいよ、戦の仕上げに取り掛かる段階だ。仕上げであり、大一番だ。

「ただし」

藤助が遠い目をしながら冷めた声を出す。正成は眉をひそめながら藤助を振り返った。

「どういうことだ？」

「無傷の軍がいる」

「足利軍だ」

「足利軍……」

「足利又太郎《またたろう》高氏だ」

藤助は麓の一点を指さした。正成たちから見て右側。山と山に挟まれた狭隘《きょうあい》の地に数百の兵が固まっている。

文字通りだ。固まっている。

幕府軍の他の陣では対陣に焦《じ》れたのか兵が動き回ったりしているのに、今、正成が眺めている陣だけは持ち場から兵が一歩も動くことがない。今までたいして気に留めて来なかったが、言われてみれば、そこだけ確かに異なる気配を発しているように見える。

「足利兵は、炊き出しに一切口をつけなかった」

藤助が憮然《ぶぜん》とした表情で告げてくる。

「川水を飲むことも禁じているようだ。己等で持ってきた兵糧以外を口にしようとはせぬ。そうした命令が行き届いているらしい。すべての兵が食べ物に警戒心を抱いている」

軍の兵糧などそれほどうまくはないはずなのにな、そう付け加える藤助を正成は横目で眺めた。

「足利軍は普段通り動けるというわけだな」

正成が顎の鬚を摘まむと、藤助は、

「不気味な軍だ。大仏兵に成りすました俺の仲間を絶対に内に入れようとしなかった。足利兵以外すべてを信用していないらしい」

溜息を漏らす。

確かに不気味だ、正成も思う。だが、それ以上に感じるものがある。

（強いのではないか？）

大将の統率が行き渡っていることが話から伝わって来た。対陣に緩みがまったく生じていないことからも、並の軍ではないことが分かる。兵一人一人が極限まで鍛えられている、そんな気がした。

「大仏貞直は、あそこか」

正成は幕府軍の左側に顎を向けた。ひと際兵が集まっている陣がある。陣幕も、立ち並ぶ馬印も他より立派だ。大将大仏貞直の本陣で間違いない。

「足利軍がいる位置から大仏軍の位置まで、意外と離れているな」

正成は幕府軍を見ながら目測した。右側に構える足利軍と左側の大仏軍の間にはかなりの距離がある。大仏軍を助けるために駆けつけようとしても、ある程度の時はかかるはずだった。

「競走になるな」

正成が呟くと、藤助は空中に指をかざして二つの地点から大仏軍までの距離をそれぞれ測った。

「紙一重だな。楠木軍の方が近いことは近いが、敵中を突破しなければならないだけ時がかかる」

確かに微妙だ。楠木軍が少しでももたつけば、気づいた足利軍の救援が駆けつけてくる、それぐらいの位置だ。

「お前が毒を混ぜてくれた」

だが、正成は己の心を落ち着けるように、藤助にゆっくりと語りかけた。

「幕府兵の多くが体調を崩している今、突撃しなかったら、再びその機会を得ることはなくなるはずだ」

「だからといって無抵抗というわけではないぞ。それに皆が皆、毒にやられているわけではない。症状が出ていない者もいる」

「大仏軍に突撃を仕掛けるのは今しかない。そのことに間違いはないいな？」

正成が繰り返すと、藤助は、

「今が絶好の機会だ」

目を鋭くさせた。

（この機会を逃せば、幕府兵の体調が戻り始める）

寡兵の楠木軍では、正常な状態の幕府軍へ突撃を仕掛けるなど夢のまた夢だろう。ただでさえ精強な板東武者に、押し包まれ、皆殺しにされてしまう。

今しかなかった。幕府軍に異変が生じている今、攻撃を仕掛けない手はない。

「仕掛けよう。足利軍が駆けつける前に大仏軍を襲い、城へ帰還する」

正成は言葉に力を込めた。これで戦を終わらせる。幕府軍の陣中を正面から貫くことで日本中の人々を刮目《かつもく》させてやるのだ。

「だが、当然、闇雲に突撃するつもりはない」

言って、正成はニヤリとした笑みを浮かべた。

「惑わしてくれ、藤助」

藤助が手すりから背中を外す。

「どのように惑わすのだ?」

「城に連れ込んだ敵兵の骸。鎧をはいでいる。旗も大量に持っている。幕府軍の旗だ」

初戦で丸太に巻き込まれた武士の死体であった。正成は鎧と旗を外して一か所に集めている。それを次の戦で使おうというのだ。

正成の考えを理解したらしい藤助は唇の端に笑みを浮かべた。

「だが、どうやって幕府軍に近づけばいいのだ?」

「七郎と鈴丸に動いてもらう。あいつらにはうってつけの役割だ」

「なるほどな」

藤助が唇を摘まむ。

「俺たち服部座は七郎たちと共に進み、どさくさに紛れて幕府軍に紛れ込む。そういうことでよいな?」

「お前等が生んだ混乱をついて、楠木軍は幕府軍と正面からぶつかり勝利する。それさえ成せば、この戦でやるべきことはすべて果たしたことになる。後は退くだけだ」

正成は幕府軍の右側に目を向けた。ひっそりと静まり返った軍を視界の中心に捉える。

足利軍であった。

「足利又太郎高氏……」

呟いた正成は、瞬間、全身に粟《あわ》が立つのを感じた。

正成は呼吸を一度大きく吸い込み、肌を覆った粟が鎮まるのを待つ。

「明朝、出陣だ」

幕府軍に背を向け、櫓にかかる梯子へと向かった。

六

森は湿気に満ちていた。空気中の霞《かすみ》が混じるためか、いつも以上に獣臭が強く感じられる。早朝の陽を浴びながら、影を伸ばしているのは馬の群れだ。

馬たちは木々の隙間《すきま》で兵に落ち着くようなだめられている。赤坂城の裏側の山に馬を隠していた正成は、それらを集め、こうして突撃に備えさせている。数にして三百頭。馬はこれから走ることに感づいているらしく、いつもより首を低くしてしきりに尻尾を振っている。

「頼むぞ。一度、幕府軍の深くまで突き進むからな」

正成は己の馬の首を撫でながら、そう声をかけた。下馬した状態で堅い毛並みを撫でてやると、葦毛《あしげ》の馬は躰をブルルと震わせた。

「一度でいいからな」

正成は己に言い聞かせるように、そう呟いた。

一度貫き、楠木軍の力を見せつける。その上で、朝廷軍に加わりたいと思う者を募るのだ。

募る相手の目星はだいたいのところつけていた。

幕府の御家人の中にも朝廷側に味方してくれそうな者が幾人かいる。ほとんどは西国の御家人だったが、中には、東国を本拠とする者も含まれている。また、正成が辰《しん》砂《しゃ》の取引で関係を築いた悪党や豪族も味方に引き入れるつもりでいた。特に正成と同じように、領地を有する悪党は是《ぜ》が非でも引き入れたい。幕府に目を付けられながらも、領地を維持してきた男たちは、一癖《ひとくせ》も二癖もある者ばかりだ。彼等は、幕府が本気を出せば己の領地が侵《おか》されると危ぶんでいる。だからこそ楠木党のように独自で軍を組織しているのだ。己の領地は己で守らねばならない。その考えから調練も厳しく行われていると聞く。味方になってくれさえすれば、必ずや大きな戦力になってくれる、そう信じている。

（奴等を味方にするためにも、ここで敗けるわけにはいかぬ）

正成は手綱《たづな》を握る手を握りしめた。その気負《きお》いが伝わったのか、馬が前脚で地面を搔き、頭を大きくもたげ始めた。

「どうどう」

正成は馬の首を叩きながら、落ち着くようなだめる。葦毛は尻尾《しっぽ》をブンブンと振ったが、すぐに大人しくなって直立の姿勢に戻った。

「すまぬ。興奮させたな。俺がこんなことでは始まらぬ」

兵には音を立てるな、と注意しているのに、己が騒がせたのであれば話にならない。

楠木兵はうまい具合に馬を落ち着かせている。首を振ったり、脚を踏み鳴らしたりする馬はいるが、その音は降り積もった落ち葉のおかげで搔き消されている。楠木軍は騎馬の調練も徹底的に行ってきた。兵一人一人にはそれぞれ己の馬をあてがい、信頼関係を築くよう指導している。兵は馬のなだめ方をよく心得ているし、馬も兵がなにを求めているか理解できるようになっているようだ。これだけ馬と人が集まっている状況で一声もいななきを上げる馬がいないのは、兵たちの日頃の接し方のたまものだ。

「多門でも、さすがに緊張するか」

後ろから声をかけられた。正成は、尊雲を振り返って思わず頬を緩める。

「そうですね」

正成は顎鬚を撫でて笑みを隠した。

「敵は幕府正規軍。幾らか討ち取ったとはいえ、まだ、八千は残っています」

「そこを三百で突撃しようというのだ。無謀《むぼう》だな」

尊雲が下を向いてクックッと声を漏らす。

「無謀だからこそ、やる意味があります。我等の戦に注目している日本中の人々を驚かせてやりましょう」

「いらぬ心配であったな」

尊雲に言われ、正成は口許を持ち上げた。こうして少し励《はげ》まされただけで何事も無事に進みそうな気がしてくる。尊雲は人の心を安心させる不思議な力を持ち合わせているのかもしれない、そんなことを思う。

「尊雲様もくれぐれもご無理をなされぬよう」

正成が返すと、尊雲は眉を寄せてマジマジと正成を見つめた。

「なにを言う。お前等が戦っておるのに、余だけ、悠々と馬を走らせろと言うのか？出陣するからには、余も、兵の一人として力の限り戦わせてもらうぞ」

「そう仰《おつしや》ると思っておりました。無理をなされぬ程度に力の限り戦ってくだされ」

「どういうことかさっぱり分からぬな」

尊雲が首を傾げ、正成は声を出して笑った。

「一応、言っておかなければならないと思いました。ただ、それだけのことです」

「熱くなりすぎるな。そう忠告されたのだと理解する。冷静さは失わないよう気を付けるぞ」

言うと、尊雲は従者に引かせている鹿毛《かげ》の馬に向かった。正成は微笑を浮かべながら尊雲が馬にまたがるのを眺める。

立派《りっぱ》な馬だった。

他の馬より背が高く、躰も大きい。柔らかく差し込む朝陽を浴び、毛並みが燃えるような赤に輝いている。

尊雲の愛馬である。延暦寺から笠置山、それから赤坂へと歴戦を共にしてきた戦友だ。

鬼鹿毛《おにかげ》という名らしい。

尊雲はこの鬼鹿毛をことのほか大切にし、赤坂城に入っても、暇を見つけては厩《うまや》を訪れて世話をしてきた。尊雲と常に一緒にいるからか、鬼鹿毛も他の馬とは違って、気位の高さを持ち合わせているように見える。

「そろそろだな」

正成は己も馬の鐙《あぶみ》に足をかけ、馬上の人となる。

「騎乗せよ。東の空から合図が上がれば、すぐに攻撃に移る」

楠木兵全員もまたサッと馬にまたがった。熱気を己の中に抑《おさ》え込みながら、朝の清涼な空に目を向ける。

しばらく待ち、兵の一人が空を指さした。

茜雲が霞む空に一本の煙が昇っている。

「合図だ」

正成は馬の腹を蹴った。

空に向かって伸びる煙は狼煙《のろし》である。

七

風が頬に当たる度、無数の棘《とげ》が刺さったような冷たさを覚える。夜が明けてすぐの空気は新鮮過ぎるほどに透明だ。風を受けながら、馬の息遣い、蹄《ひづめ》の音に耳を傾ける。

何頭も続く馬の群れ。三百頭が一丸となって駆けている。

馬蹄《ばてい》の音に混じって、喚声《かんせい》が遠くから聞こえるようになった。

幕府軍の背後である。そこが乱れている。

鈴丸と七郎だ。

「よし」

正成は鞍《くら》の上で呟いた。

奇襲がうまくいったことを理解する。

鈴丸と七郎は赤坂城を密かに出て山を迂回《うかい》して進み、幕府軍の裏側に移動していた。楠木兵を四百名連れている。行軍は夜を徹して行われ、今、幕府軍の背後に現われたのであった。

幕府軍は突然の奇襲に驚いているようである。叫びや怒号。慌てふためく騒々しさが正成の下まで届いてくる。

「今こそ突撃すべき時だ」

正成は馬上から仲間に伝えた。

幕府軍の注意は今、背後から突如現われた山の民と七郎に向いている。

鈴丸と七郎が相手だ。簡単に倒せるはずがない。鈴丸は山の民らしく、すばしっこく動き回りながら敵を攪乱《かくらん》するし、武芸の達人である七郎は先頭に立って刀を振っている。七郎が通った後は刈り取られた稲穂のように敵兵が倒れているはずだった。戦場での七郎の強さは群を抜いている。

ただでさえ幕府兵は体調を崩しているところだった。そこに思いも寄らない奇襲を受けたのである。抵抗するのもやっとで、反撃もままならなくなっているに違いない。七郎たちの攻撃は肉に串を通すかのように、本陣目掛けて一直線に突き進んでいくはずである。

「遅れるな！　我等も続け！」

正成は手を上げて味方を鼓舞した。そのままの勢いで、幕府軍の群れに突っ込んでいく。

鈴丸と七郎に対応しようと後方に移動しかけていた幕府兵は、突如現われた騎馬隊に驚愕《きょうがく》の表情を浮かべている。先頭の兵が慌てて弓を構えようとするが遅かった。正成が駆け抜けざま刀を振るい、敵の腕を斬り飛ばす。

「駆けろ、駆けろ！　目指すは大仏貞直の首、ただ一つだ！」

隣で凜《りん》とした声が上がった。陽光を兜《かぶと》で跳ね返しながら、尊雲が鬼鹿毛を叱咤《しった》している。頭上で薙刀を振り回し、枝を落とすように敵の首を撥ね飛ばす。その姿は凜と爽やかで、それ以上に迫力があった。やはり尊雲は戦でこそ輝く類の男のようである。

「突っ込むぞ、多門！」

「はっ！」

正成と尊雲は横に並んだ。態勢を立て直そうと慌てふためく幕府軍の中央を風のように駆け、敵を斬り、馬の脚で踏み潰す。楠木兵三百と尊雲の配下である僧兵五十が続いている。鰯《いわし》の群れに飛び込んだ鮫《さめ》のように幕府軍をたちまちのうちに飲み込んでいく。

その時、前方に旗がひしめくのが見えた。

三つ鱗《うろこ》だ。

鎌倉幕府の象徴、北条の旗。大仏貞直が用いている旗だ。

「本陣だ！」

正成は上半身を起こした。言いながら、さらに騎馬隊を加速させる。敵兵の抵抗はほとんどない。それほど時を置かずに辿《たど》りつくことができそうである。

「むっ……」

だが、簡単にはいかなかった。さすがに大将付近は守りが固い。

正成が突撃してくるのを見て、大仏の麾下《きか》が幾重にも陣を敷いたようである。体調が悪いと聞いていたが、構えを見た限り隙は見当たらなかった。さすがは大将を守る麾下である。今までとは違って、一筋縄では倒せない相手であることは確かであった。

だが、正成は馬の脚を緩めなかった。堅牢《けんろう》な兵の壁に向かって、そのまま突っ込もうとする。

「必ずや藤助が動いてくれる」

正成は信じていた。服部藤助であれば、己が言いつけた働きをしっかりとこなしてくれる。今までも、すべてそうだったではないか。

正成が思ったのと同時だった。

「なんだ！　なにがあった！」

突如、敵兵にざわめきが起こった。皆が背後を振り返る。が、すぐに、あり得ないものを見たといった様子で呆然と固まってしまった。

大将のすぐ近くだ。至る所で火が上がっている。

特に勢いよく燃えているのが大仏貞直の左後方である。あそこには兵糧を蓄《たくわ》える仮小屋が建てられていた。そこに火が放たれたのだ。炎は本陣を飲み込む勢いで広がり、禍々《まがまが》しい火焔《かえん》を上空へと巻き上げている。幕府兵が呆然と立ち尽くしてしまうのも無理はなかった。己が守るべきはずの大将が炎に包まれようとしているのだ。

「なにがあった！」

隣の尊雲が叫ぶ。正成は尊雲を見返ると、火元を指さした。

「藤助です！　本陣に火を放ちました！」

「藤助？　猿楽師か？」

「忍びです！」

「想像を超えた働きをしてくれる！」

藤助率いる忍び衆は幕府軍の後方を襲う七郎と鈴丸に紛れ込んで本陣に近づいた。着用しているのは敵の甲冑である。三つ鱗の旗を背中に挿した藤助たちは幕府兵に成りすまして本陣の中を移動した。

折しも、七郎たちの奇襲を受けて混乱しているところである。幕府兵は忍び衆が紛れ込んでいることにまったく気づかなかったようだ。藤助たちは喧騒の中、陣幕や櫃《ひつ》、秣《まぐさ》などに火をつけて回った。兵糧の貯蔵庫や武将が寝起きする小屋にも火をつけている。

その効果は絶大であった。燃え上がる炎を目にした幕府兵は、なぜ燃えているのか分からないといった様子で立ち尽くすばかりになる。

「うらぁああ！」

正成が本陣に再度突撃したのはそんな時だった。戦意を失った幕府軍はすぐに崩れ始めた。

「このまま、大将まで迫る！」

敵兵を蹴散らしながら正成が声を張り上げる。すぐに後ろから、

「おう！」

兵たちの声が返って来る。今、楠木軍は勢いに乗っていた。このまま本当に大仏貞直の首を獲《と》れるかもしれない。それも叶いそうな状況にある。

だが、そこに思わぬ敵が現われた。己の右頰にヒリヒリとした痛みを感じた正成は、ふとそちらに目を向け、瞬間、ギョッとする。

「足利軍が、なぜ……？」

咄嗟に正成は手綱を引いて馬首を左側へ向けた。隣を駆けていた尊雲に馬体をぶつける形となったが、止まっている場合ではなかった。

足利軍が迫っているのだ。

距離は一町（約一〇九メートル）もない。目と鼻の先である。このままであれば真横から突っ込まれる形になってしまう。

「尊雲様！　お退きくだされ」

突然のことに目を丸くした尊雲だったが、正成の切羽詰《せっぱ》まった様子を見、その背後に視線を移してからは、すぐに表情を改めた。

「退け！　足利軍だ。足利軍が攻めてくるぞ！」

尊雲もまた馬首を左に向ける。先頭の二頭が円を描くようにして旋回し、それに後続の騎馬も続いていく。楠木軍は大仏貞直を目の前にして大きく転回し、退却に移らざるを得なくなってしまった。

「なぜ……。なぜ、足利軍がここに……」

正成は葦毛を励ましながら、そう口にしている。足利軍は幕府軍を突っ切る形で進んできている。他には目もくれず、正成と尊雲だけを目指して突き進んでくる。

(読まれていた？)

不意に全身に寒気が走る。

鈴丸と七郎を動かして後方に注意を向けさせていた。

藤助には本陣付近に火をつけさせ、楠木軍が容易《ようい》に貫けるよう細工してもらった。

(それでも足利軍は俺たちを追っている)

足利軍が布陣していた右端から大仏貞直の本陣は相当離れていたはずである。いくらなんでも、こんなに早く追って来られるはずがない。

（足利軍も密かに動いていたのか？）

その考えに行きついた途端、正成は肌に粟が立つのを感じた。

楠木軍が夜の内に城を抜け出して森に潜んだように、足利軍もまた陣を移して大仏軍付近に移動していたのではなかろうか。

正成のこめかみを汗が伝う。

（数にして二百程か）

そう推測する。足利軍は小さくまとまっていた。数はそれほど多くはない。おそらく足利高氏は、己の陣に兵を残しながら、騎馬隊の一部を動かして正成の突撃に備えたのであろう。

（俺が足利高氏の立場だったならどうしただろう）

と正成は考える。すぐに、己も騎馬隊を動かしていただろうとの結論が導き出された。急に体調不良を起こす兵が現われた。それを楠木軍のしわざだと疑えばなにを狙っているかは、自《おの》ずと見えて来る。

高氏は楠木軍の突撃を防ぐために騎馬隊を動かしたのだ。足利軍全軍を動かさなかったのは、それでも疑いがあったからである。大がかりに動いて幕府軍の布陣を乱せば、あとで詰《なじ》られる恐れがある。だが、騎馬隊二百であれば、そこまで文句を言われることはない。楠木軍の突撃を阻止《そし》する最小の人数を選んで高氏は万が一に備えていたのだ。

「退け！　退け！」

正成は馬の腹を蹴った。

（楠木軍は全騎旋回することができただろうか）

後続に敵の突撃を喰らったという感覚はない。それでも気になる。突撃を受けていれば、後続の兵たちは壊滅しているに違いない。

そんなことを思いながら後ろを振り返った正成は、瞬間、目を丸くして動きを止めた。

足利軍の先頭で馬を駆っている男が見える。

白い鎧に白い兜。金の鍬形《くわがた》。

兜の下の目がギロリと見開かれている。まるで仁王のような顔立ちだ。その目がこちらを睨みつけている。

視線が合った。思わず声を上げそうになる。男の形相《ぎょうそう》に……。いや、男そのものに、ただならぬ気魄《きはく》を感じたのだ。

「まさか……」

呟くと同時に、正成は手綱を引いた。急に馬の走力を緩めた正成だったが、後続の兵は正成の動きを見て、すんでのところで躱《かわ》して横をすり抜けていく。

楠木軍の殿《しんがり》に正成はついた。どうやら兵たちは無事に旋回できたらしい。負傷した兵はおらず、全員が正成をやり過ごして駆け抜けていった。

最後尾の兵に追い抜かれた正成は再び馬の腹を蹴って速力を上げた。

すぐ後ろに迫っている。

頭上を覆う雲のような禍々しい気配。

正成は馬を駆けさせながら背後を振り返った。

ギョロ目の男が正成を追って手綱を押している。

「足利又太郎高氏か！」

正成は前を向き、そう叫んだ。後ろを見たままだとすぐに追いつかれてしまう、そう咄嗟に判断しての行いだ。

「いかにも！」

返事が返って来る。低いがよく通る、男臭い声だ。

「俺は楠木多門兵衛正成だ！」

正成は名乗りながら躰の芯が震えるのを感じた。

（こいつが……）

足利高氏。

途端に正成の中でなにかが弾《はじ》けた。正成は手綱を緩めながら、刀を握りしめる。

（戦うぞ）

己の中のもう一人が呼びかけてくる。

理由はなかった。ただ、高氏を目にした途端、己のすべてをぶつけてみたいという衝動にかられてしまった。

そう思わせるなにかを高氏は持っていた。

ギョロリとした厳《いか》つい目がその思いを増幅させたのかもしれない。

（俺はこの男に敵うだろうか）

己を試してみたくてどうしようもなくなってしまったのだ。

正成は握った刀に力を込めた。

振り返りざま、胴に走らせる。

それで、高氏がどのような反応をするかを見定めるのだ。

「喰らえ」

そう唇の端に笑みを浮かべた瞬間だった。正成は高氏から放たれる気が強くなるのを感じて、手綱を手放しそうになった。風が襲いかかってきたと錯覚《さっかく》するほどの凄まじい気魄が高氏から発せられている。

（今は、時機ではないな……）

正成は思い直した。

（おそらく高氏は……）

俺の動きを見て身構えたのであろう、正成は思う。

意識してのことではなかったかもしれない。だが武士としての本能が正成のわずかな動きに反応し、振り向きざまの刀を受けるために身構えさせたのだ。

高氏の気を受け取った正成は、己の腕が斬り落とされる姿を確かに見た。

正成の刀も高氏に届いている。二人は血を溢れさせながら馬から落ち、高氏を追って駆けて来る後続の騎馬に踏み潰された。

（幻《まぼろし》だ）

分かっている。分かっているが、正成にありありと見えたことは事実である。

やり合えば、お互いただでは済まない。

そう思った正成は冷静さを取り戻し、直前で刀を振るのをやめたのである。

「勝負は預ける！」

代わりに喉が掠《かす》れるほどの声で叫んだ。

「足利又太郎！　次は必ずやお前を倒す！」

「分かった！　いずれ立ち合おうぞ、楠木多門兵衛！」

すぐに男臭い声が返って来る。

しばらくして後続の馬蹄の音が遠ざかっていった。少し進んだ正成は、眉を寄せながら後ろを振り返る。

足利軍が馬を止めていた。土埃《つちぼこり》が立ちこめる中、群がる騎馬隊がこちらを見ている。思わず見惚《みと》れてしまうほどの威容だ。先頭に立つのは足利高氏。その高氏が正成に向かって声を張り上げてくる。

「よいものを見させてもらったぞ、楠木多門兵衛。ここで戦えば、俺もお前も相果てるところだった。その姿を確かに俺は見た。俺の目は確かに見たぞ」

正成は目を見開いた。

（高氏も……）

同じものを見ていたのだ、そのことに気づく。

「好敵手に出会ってしまったか」

正成はほくそ笑み、次いで高氏に向かって返事を返した。

「いずれお前に一騎討ちを挑む。その時に勝負を決しよう！」

「おぅ！　俺は敗けぬぞ！」

高氏が馬上で笑う。高らかな笑い声だ。正成は、鼻を鳴らして前方に目を戻す。胸の高鳴りを抑えながら、葦毛の手綱を押し始める。

そのまま駆けた。森に入ったところで、正成は、

「足利又太郎高氏、か」

そう零しながら葦毛の脚を緩めた。

（世の中は広い）

先に帰っていた兵の脇を進みながら正成は思う。

そしてその広い世の中には傑物もいるのだ。

（足利又太郎高氏。まさに傑物だ）

その思いが胸を満たしていく。

（幕府を倒すことはやはり簡単ではないな）

そう思う。己の進むべき道には大きな壁が立ちふさがっている。その大きさに辟易《へきえき》してしまいそうだ。

「想定通りだ」

前方から声が聞こえてきた。尊雲が鬼鹿毛を止めて、こちらを向いている。零れ日が降り注ぐ中、正成をジッと見つめている。

「本陣に迫り、退却した。想定した通りの戦だった」

言いながら、尊雲は正成に近づいてきた。尊雲を正面から見据えた正成は、突如、わだかまっていた気持ちが霧散していくような感覚を覚えた。

（そうだ）

正成は口許を引き締める。

幕府軍を蹴散らし、本陣近くまで進んだ。己等の強さは充分示すことができたではないか。

大将首を獲ることはできなかったが、それが達成されなかったからといって戦略に齟齬が生じたわけではない。

（今はなにを得ることができたか。そこに目を向けるべきだ）

一歩ずつ進んでいくことで己等は夢を叶える。そのような戦をしなければ勝利を得ることはできない。そう確認し合ったはずだった。

「尊雲様、ただいま戻りました」

尊雲の前に進んだ正成は、己が平静さを取り戻していることに気づいた。この戦で二度目のことだった。初戦を勝った後も正成は幕府軍の強さに空寒さを覚えていた。その時も尊雲に励まされ、気持ちを奮い立たせたのだ。

尊雲が鬼鹿毛の上で頷く。目を下げる正成に尊雲は、

「足利軍には確かに驚いたな」

そう切り出してきた。

「だが、我等も幕府軍を驚かすことができた。寡兵でありながら大軍を翻弄し、大将に迫った。余は、此度の戦を経て確信したぞ。我等はこれからもっと強くなる。疑う余地などどこにもない。我等はどんな敵をも蹴散らせるようになる」

正成は顔を上げ、尊雲を見つめた。喉の奥に込み上げて来るものを抑えながら、声に力を込める

「勝ちましょう、尊雲様！」

正成が言うと、尊雲は頬に笑みを刻《きざ》んだ。木漏れ日が目に飛び込んで来て、尊雲の笑顔が一層眩《まぶ》しく見えた。

八

楠木軍は十倍近い幕府軍と戦い本陣まであと少しのところまで迫った。確かな戦果であった。

もうこれ以上戦う必要は、どこにもない。下手《へた》に戦をして敗北を喫してしまえば、今まで積み上げてきたものが無に帰してしまう。

あとは速やかに退却するだけだった。

幕府軍に突撃してすぐ、正成は城から兵の退却を命じた。

鈴丸たち山の民が赤坂城に入り、彼等の先導で兵たちを山の深くに連れ込む。山の民しか知らない道を歩き、山を二つ超えたところで別動隊の七郎たちと合流する手筈になっていた。退却は、兵を五十人ずつに分け、速やかに行われることとなった。麓の幕府軍は正成たちの再度の攻撃を警戒してか、城近くまで偵察を出しては来なかった。退却を感づかれる前に逃げるべきである。

正成は最後まで城に残る組になった。撤退に当たり、いくらか細工をしておく必要があったのだ。

城内で焼いた敵兵の骨を館内のあちこちへ運んで、並べる作業に取り掛かった。それが終わった後、城に火を放って焼く。幕府軍は火災がおさまった後、城内を確認しに山を上って来るはずだった。その時、焼け跡の中で骨が散乱しているのを見つければ、楠木軍が自害したと判断してくれるに違いない。

（こじつけのために苦労させられる）

骨を運びながら正成は苦笑した。本当に自害したと思われるとは考えていなかった。ただ、幕府は兵を退く理由を探さなければならないのだ。河内まで遠征して来て、楠木軍に逃げられたとなれば幕府軍は撤退できなくなる。草の根を分けてでも楠木軍を見つけ出さなければならなくなるだろう。だが、焼け跡に骨が残されていれば、それを正成たちが自害した証とすることができる。武士は兵を退くにも理由を必要とするのだ。

今回の戦を、幕府は次のように世間に喧伝《けんでん》するに違いなかった。

兵糧攻めをして楠木軍を追い詰めた。兵糧が尽きかけたところ、楠木軍は決死の覚悟で突撃を敢行してきた。確かに本陣に迫られはしたが、間一髪のところで追い返すことができた。最後の一手を防がれた楠木軍は、それ以上の攻め手を失い、城に火を放ち自害した。

鎌倉にも、そう報告されるに違いない。一日で赤坂城を落とすという当初の目論見《もくろみ》が外れた幕府軍は、これ以上河内に残っていたいとは思っていないはずだった。兵糧の問題もあるし、正成たちがなにをしてくるか分からないといった怖れもある。城が燃え、楠木兵が姿を消せば、これ幸いとばかりに正成の策に乗っかってくるに違いない。

かくいう正成も幕府軍にさっさと撤退してもらいたいと思っていた。これから各勢力に味方に付いてもらうよう説《と》いて回らなければならないのだ。幕府軍が畿内に駐《ちゅ》屯《うとん》し、己を探し回っているような状況では動きづらくてしようがない。勝ちを譲ってでも撤退してもらうことが最善だった。

「よし、これで最後だ」

死体を運び終え、館に火をつけた正成はしばし炎に包まれていく館を見守った。やがて炎は赤坂城を飲み込み、天を焦がすほどの大きさになるだろう。その前に、正成たちは山へと去っていく。

「行くか」

そうして館が燃えるのを瞼《まぶた》に焼きつけた正成は、残った兵たちと共に東門に向かった。少し行ったところで、塀の上に鈴丸が現われ、声をかけてきた。

「待たせたな」

「遅かったではないか、鈴丸」

塀の上にそう返す。

「幕府軍の警戒が強くなっていてな。こちらもなかなか自由には動けぬのだ。山の中を探索する者が現われているぞ。足利軍だ」

「また足利軍か」

呟いたが、今は逃げることの方が先決である。足利軍が山の中に現われたということは、落ち延びるための時はそれほど残されていない。ぐずぐずしていると、全員見つかってしまう。

「藤助はどうした？」

鈴丸が手を額にかざし、辺りを探し始めた。

「こっちだ」

燃え盛る炎の中から一つの影が現われる。正成たちに手を上げたのは、具足を身につけた忍びだ。

「なにをしているのだ？」

鈴丸が訝《いぶか》しげに聞く。

「死体に工夫をしていた。楠木兵と見間違えるようにな」

「ガッハッハ。そこまでする必要がどこにある」

「必要はないかもしれぬ。ただ、偽装させるとなると、なんとなくこだわりたくなってしまうのでな。性《さが》かもしれぬ」

「忍びとしての性か？」

　正成が口を挟むと、

「猿楽師としての性だ」

　藤助がすかさず反論してきた。

「ま、どちらでもよいではないか」

　鈴丸が大口を開けて笑いながら地面に降り立つ。藤助は鈴丸を見つめると、フゥッと息を吐きながら肩の力を抜いた。

「やったところで失うものもない。それらしく整えておけば、幕府軍も納得しやすくはなるだろう、そう思ってな」

　藤助が言い訳するように、そう付け足す。

「案外、本当に騙されるかもしれぬぞ」

　鈴丸が茶化し、三人は顔を見合わせて笑った。

　城の焼ける匂いが漂ってくる。村全体を見下ろす小山に建つ赤坂城は、身に纏う炎を禍々しい姿に変えていく。まるで赤坂荘との別れを惜《お》しむようにバチンバチンと物悲し気な音を発しながら、炎の中に沈んでいく。

「一年だ。一年で戻るぞ」

正成は崩れ行く赤坂城にそう語りかけた。

「必ず戻る」

言い残し、背中を向けて歩き出す。藤助と鈴丸が追ってきて、三人の影が地面に並んだ。

悪党、猿楽師、山の民。

炎に照らされた三人の影はいつも以上に濃く、くっきりとして見えた。

そのまま赤坂城を後にした正成は、山に紛れて、忽然《こつぜん》と姿を消したのだった。

世間では、楠木多門兵衛正成は死んだ、そう噂が流れた。

赤坂《あかさか》奪還

一

滝のような雨だった。

　朝の内、薄青で満たされていた空は昼を回ると同時に黒雲に覆《おお》われるようになった。やがて雷が轟《とどろ》き始め、景色が霞《かす》むほどの大粒の雨が降り始めた。夕暮れにはまだ時間があるはずなのに辺りは薄暗く、靄《もや》がかかっている。天から零《こぼ》れ落ちる水が、地面の上で激しい音を奏《かな》でている。

　茶色く濁《にご》ったぬかるみを踏《ふ》みしめながら、二台の荷車が牛に引かれて山上へと続く坂道を上っていく。上った先には城がある。

「赤坂城。帰って来たぞ」

　懐《なつ》かしさが込み上げてきた。一年前に焼けたばかりのため、再建は簡素なものだろうと考えていたが、案に相違して、目を引くばかりの豪勢な造りの建物が建っている。たった一年の間にこれほどの館《やかた》を作り上げるとは、新たな領主の性格がうかがい知れるというものだ。同時に、これほどの館を建てるため、どれだけの民がかり出されたのだろうかと考えると胸に痛みが走った。

民と約束を交わしていた。

（必ず一年で戻る）

その約束を果《は》たすため、今、城へと続く道を正成《まさしげ》は踏みしめている。民が一年間、支配される側としての暮らしを送ってきたことを思うと、どうしてもいたたまれない気持ちが湧《わ》いてしまう。

山に至るまでに何人かの民を見かけた。民は、作物が水害にあわないよう、田の水を切ったり、水路に堰《せき》を設けたりと忙しく立ち働いていた。山のほうから木を叩《たた》く音も聞こえてきた。辰砂《しんしゃ》採掘場の坑道が水で浸《つ》からないよう、すべての入口に板を打ち付けているのである。一旦、水が入ってしまえば、晴れた後も水を汲《く》み出す作業に追われなければならない。その間、辰砂採掘は止まってしまうことになるのだ。

己がいた頃《ころ》から民は大雨の度《たび》に、水を防ぐ対策に明け暮れてきた。赤坂の民は、村の中で今も以前と変わらない暮らしを送ろうとしているようである。

以前と変わらない暮らし。

それがなにを意味しているのか、正成にはよく分かる。

民たちは待っているのだ。

己がした約束を信じて待ってくれている。だからこそ、己が出て行く前と同じ状況で村を保《たも》ち続けようとしてくれているのだ。

雨の中、働く民を見た途端、正成は飛び出して声をかけたい衝動にかられた。

「帰って来たぞ」

そう伝えたかった。

だが、まだ早い。

城を取り返していないのに声をかけるわけにはいかなかった。

新しい領主を討《う》ち、赤坂城を取り返してこそ、己は帰ってきたと民に告《つ》げることができるのだ。赤坂荘《あかさかしょう》の中へ堂々と入って行くことができる。

今は騒ぎを起こすわけにはいかなかった。民に己の存在が知れれば、少なからず異変が生じることになる。どれだけ口止めしても、人から人へと話は伝わり、村中がソワソワと落ち着きを失うはずだ。そうなれば村を見張る武士が気づくかもしれなかった。なにか様子がおかしいと不審を抱き、その不審はすぐに城に伝えられる。警戒《けいかい》が強められ、己等《おのれら》の策もうまく運ばなくなる。それだけは避《さ》けなければならない。

密《ひそ》かに潜入し、城を落とす。

敵の方が兵の数は多かった。数倍はいる。奇襲を仕掛ける以外に、城を奪う手段はないのである。

（一年間、耐《た》えてくれた）

その思いに報《むく》いるためにも必ずや勝利をつかみ取る。今、己は、そのために城に続く道を上っているのだ。

「ほら、がんばれ。よし、もう一度だ」

前方を行く荷車から声がする。雨で掻《か》き消されてしまうため常以上に張り上げられた声だ。ぬかるみから視線を上げて首を伸ばした正成は、前の荷車に向かって笠《かさ》を上げた。男が牛の尻《しり》に鞭《むち》を当てているのが見えた。坂上から流れてくる泥水《どろみず》のせいで、牛は足を取られて前に進むことができなくなっている。その牛をなんとか進ませようと、男が牛を励《はげ》ましている。

「よし、よし、いいぞ。もう一息や」

男が鞭を数回入れると、牛は雷のような吼《ほ》え声を発しながら四肢《しし》に力を込めた。筋肉がゴロリと動くのが後ろから見ていても分かる。牛は全身を膨《ふく》らませると、坂に一歩を踏み出し、次いで次の一歩を踏み出した。

そのままゆっくりと進み始める。どうやら難所を乗り越えたようだった。城の手前にある最後の急坂である。しばらく進んだ牛は、傾斜が緩《ゆる》くなっている場所で足を止めると、己を誇るように大きく鼻を鳴らした。

「よくやった。たいしたもんや。ほな、このまま行こか」

男が牛の肩を叩く。務《つと》めが果たされたことに気づいた牛は、再びのんびりとした歩調になって山道を登り始めた。

「兄者、そろそろじゃないのか？」

正成が後ろを押す荷車の中からささやき声が漏《も》れて来た。

「もう、目と鼻の先だ。俺《おれ》らの牛が急坂を越えたら、すぐに城だ」

二台目を引いている牛が坂に挑んでいる。先程と同じように男が牛の尻を叩き、なんとか進ませようと励ます。牛は何度か足を滑《すべ》らせたが、奮い立たせるようにして足を上げると一歩だけ進むことができた。それからは勢いを得て、すんなりと進み始める。ようやく坂を上りきった牛は前の牛同様、のんびりとした歩調に戻って歩いた。これからは比較的なだらかな道が続く。牛も少しは楽ができそうだった。

「上ったな、兄者。もうすぐだな」

再び積み荷の中から声が聞こえてきた。荷車には、零れそうなほど大量の荷が積まれている。その上に筵《むしろ》を何重にも重ねて結んでいた。一見、米などの物資を運んでいるように見えるはずだ。

が、実態は違う。

人と武器が中に隠されている。

荷に交じって兵をそれぞれ三名。それから、運び手も含めた人数分の武器が忍ばせてある。

「どうした？　焦《じ》れてきたのか、七郎《しちろう》」

弟に声をかけると、中から、弱々しい声が返ってきた。

「ここは、じめじめするんだ。手足も伸ばせないし、躰中《からだ》の至る所がカチコチになる。早く外に出て、思いっきり躰を動かしたいよぅ」

「もう少しだ。後は、門を潜《くぐ》るだけだな。それまでは油断するなよ。門番に見つかってしまえば今までの苦労が水の泡だ。城に入ったら、いくらでも暴れさせてやる。合図があるまではとにかく静かにしていろ」

「分かってるよぅ。ここでじっとしているよぅ」

どうやら七郎は、語尾に、よぅ、とつけるのが気に入ったようだ。二度も繰り返し、筵の内側から忍び笑いを漏らしてくる。一年ぶりの戦だというのに全く緊張を感じさせない。七郎らしいと言えば七郎らしい振る舞いだった。

弟の声を聞いたためだろう、正成も自然と笑みが零れてきた。七郎といると、なんでも簡単な事のように思えてくる。張り詰めていた空気が和《やわ》らぐのは、戦を前にした今、いい傾向のように思えた。

門まであと少しという所まで来た。前方の角を曲がればすぐそことといったところだ。ここらで一度休憩《きゅうけい》を入れるのもいいかもしれない。戦を前に、兵たちに心づもりをさせる必要もありそうだった。

荷車に停止を命じる。二頭の牛が止まり、荷を押していた男たちがめいめいに休み始める。そうした中、荷台にもたれて額《ひたい》の水滴を拭《ぬぐ》っている正成の下に近づいて来る者がいた。

「少しよろしいですか？」

声がした方向を振り返る。笠を上げてこちらを見ているのは、正成が後ろを押す二台目の荷車の牛を牽《ひ》いていた若者だ。

「どうした？」

聞き返すと、若者は恐る恐ると言った様子で、

「失礼ですが、本当に楠木多門兵衛《くすのきたもんひょうえ》正成様でございますか？」

そう聞いてきた。

「いかにも、そうだが」

正成は若者に向き直る。

「やっぱり、本当だったんだ。いや、失礼いたしました。お館様が俺たちと一緒に潜入するなんて、にわかには信じられなかったのです。大将は普通、後《うし》ろで指示を出すものでしょう?」

「此度《こたび》の城攻めは、いかに早く門を奪取できるかにかかっている。楠木軍の中で剣術の腕が長《た》けている者を並べていくと俺と七郎が一番になった」

「そうだよぅ。だから、城に行くことにしたんだよぅ」

積み荷の中から声が湧く。若者が驚いたように目を丸くし、荷と正成を交互に見比べてきた。正成は積み荷を叩いて苦笑すると、背を荷台から離した。

「お前も剣の腕はたつのだろう? 紀伊《きい》の楠木軍に優秀な兵を選ぶよう伝えていた。この行軍に交じっているということは、紀伊兵の中で上位の腕前ということだ」

「紀伊の楠木軍の中では一番剣を使えると思います。これもお館様のおかげです」

「俺はなにもしておらぬ。紀伊の安田荘《やすだしょう》は家臣に統治を任せている。お前の剣の腕が確かなのであれば、それはその者の指導によるものだ」

「そういうことではないのです」

若者は勢いよく首を振った。

「お館様の言葉がなければ俺は今、ここにいませんでした。剣に触れることさえなく過ごしていたと思います。だからこそ俺は、お館様に感謝しているのです」

正成は顎《あご》を摘《つ》まんだ。若者の話に興味を覚えたのだ。若者は正成に正面から見つめられたことで気恥ずかしさを覚えたのか、一歩足を引いて俯《うつむ》いている。しばらくそのまま口をモゴモゴさせていたが、やがて意を決したといったように笠を持ち上げてきた。

「お館様は、あの日、仰《おつしや》られました。村が焼かれたあの日、俺たちの前で力強く宣言してくれました」

聞いて正成の脳裏《のうり》に、安田荘が焼かれた日が蘇《よみがえ》って来た。未《いま》だに忘れることができない辛《つら》き一日である。己の腕の中で動かなくなった女の感触。一生己の中に居座り続けることになるだろう、そう思っている。

「まさか、お前は……」

正成が目を見開くと、若者はコクリと頷《うなず》いた。

「お館様が胸に抱いて背中の火を消してくれた女。あれは俺の母親でした」

「なんと！　あの女の息子であったか」

「俺は村の中を走っている時、つまずいてこけたのです。突然母が家から出て行って、俺は母を探すことで頭がいっぱいで、それで駆け回っていたらそこがどこだか分からなくなってしまいました。それでも探したけど母は見つからず、途方に暮れていたところで、楠木兵の方に教えてもらったのです。母は炎に包まれて暴れ回り、それをお館様が抱きしめて消してくれたのだと」

「あの女にこんなにも立派《りっぱ》な子がいたとはな」

「あの頃、俺は八歳でした。俺がどれだけ泣いても……、母を呼んでも……、村の者は気に留めさえしてくれなかった。一人泣きながら村中を彷徨《さまよ》ったことを今でも思い出します」

「皆、己のことを考えるので精いっぱいだったのだ。いや、己のことさえ考えられなかったのかもしれぬな。散々、虐《しいた》げられ、それに耐えてきた矢先で、あのような悲惨《ひさん》な目にあった。目の前の光景がうつつではないと思えたとしても、なんら不思議ではない」

正成は若者を覗《のぞ》き込んだ。

「村の者を恨《うら》むなよ」

若者は口を引き結んだ。睫《まつ》毛《げ》が下瞼《したまぶた》にかぶさっている。

「恨みはいたしませぬ。お館様の言う通りです。俺も、あの時、どこかで誰《だれ》かが泣いていたとしても気づかなかったに違いありませぬ。そんな状況でした。ただ、村の者も十年という歳月を経《へ》て変わりました。今では、皆、親しい間柄《あいだがら》になっています」

「そうか、あれから十年経《た》つのか。つい、この間のことのように思えるな」

「一方で、随分《ずいぶん》、昔のことのように思えるよう」

積み荷から声がして、若者は再び目を丸くした。正成はこめかみを掻《か》くと、

「続けてくれ」

先を促《うなが》す。

「十年を過ごしてこれたのは、お館様の言葉があったからです」

若者は咳《せき》払いすると、気を取り直した様子で語り始めた。

「俺も、安田荘の皆も、お館様の言葉を支えに今日まで生きてくることができました」

そう言って正成を見上げてくる。熱のこもった力強い眼差《まなざ》しだ。正成は敢《あ》えてなにも口にせずに若者の視線を受け止めた。若者に自由に語らせたい、そう思ったからである。

「お館様は仰りました」

若者は息を飲み込むと、そう口にした。

「人らしく生きるのだ、そう仰りました。あの時は、言っていることの意味がよく分かりませんでした。人らしくとはどういうことなんだろう。今の暮らしだって充分人らしいじゃないか。そんな風に思っていました」

若者は自嘲《じちょう》気味に笑い、更に続けた。

「そのままの状態で月日は流れていきました。それでもなぜか、お館様の言葉は俺の中に残り続けていたのです。人らしく生きろ。忘れることができませんでした。そんなある日、突然、声を聞いたのです。はっきりとすぐ近くで叫《さけ》んでいるように聞こえました。男の声です。ひどく懐かしく、それでいてひどく頼もしく聞こえました。その声が言うのです。人らしく生きろ！　人として生きろ！　瞬間、雷に打たれたような気がしました。肩にのしかかっていた重たいなにかが取り除かれたような感覚を抱きました。その時、初めて俺は思いました。人として生きてもいいのだ、と。人らしく生きることが、この俺にも許されているのだ、と。……きっと、暮らしにいくらかゆとりが生まれていたからだろうと思います。お館様の領地になって安田荘は以前とは比べものにならないほど住みよい村に変わりました。お館様に対する感謝の思いを誰もが感じていました。素晴らしい領主を得て俺たちは幸せだと、そう思い始めていた頃でした。……俺たちは今、誰かの影に怯《おび》えることなく一日を過ごすことができています。これこそ人らしく生きるということなのだろう、そう俺は思ったのです。俺は、お館様に対して感謝の気持ちでいっぱいになりました」

若者は言葉を切った。背中が激しく上下している。正成は若者の肩を摑んだ。雨粒のびっしりついた蓑《みの》越しに、若者の全身が震えていることが伝わってくる。

「お前、名はなんという？」

「トビです」

「姓は？」

「ありませぬ」

「そうか……」

正成は顎に手を当てしばし考えた。この若者にピッタリの名をつけてやりたい、そう思っている。

（安田荘から飛びたつ少年……）

いずれは紀伊を任せられるだけの男になってもらいたい。いや、変わりゆく日本の民にとって、目指すべき象徴《しょうちょう》のような男になってもらいたい。その思いが正成の中で像を結んだ。正成は若者の笠を持ち上げると、

「……飛王丸《とびおうまる》。そうだ。今日からお前は、安田《やすだ》飛王丸と名乗れ。安田孫八《まごはち》と同じ姓になるところが気に喰《く》わぬかもしれぬが、お前は背負《せお》わねばならぬ。安田荘の過去と、そしてこれからを。お前は背負って生きていかねばならぬのだ。お前は、今日から安田飛王丸だ」

「安田……飛王丸……?」

「よいな、飛王丸」

「はい」

飛王丸が腕を瞼に押し付ける。ゴシゴシと擦《こす》っているのは、雨が目に流れて沁《し》みたためだろう。

「お館様のために戦いたくて軍に入りました」

飛王丸が腕を離して言う。赤く充血した目で見つめて来る。

「この一年は紀伊の山中に潜《ひそ》んで、お役にたてる日を待ち続けていました」

赤坂城の戦いの後、紀伊の安田荘も赤坂荘と同じ状況になっていた。領主の正成が死んだとされたため、領地は幕府に取り上げられてしまったのである。その安田荘と赤坂荘は、紀伊で勢力を広げる湯浅孫六《ゆあさまごろく》に預けられていた。幕府としては正成の領地を与えることで、湯浅を味方につけたいとの思惑《おもわく》があったのだろう。湯浅を味方につけられれば、京と紀伊の双方から畿内《きない》に睨《にら》みを利《き》かすことができる。一度《ひとたび》畿内で騒動が起これば、どちらからでも速やかに兵を出すことができた。そのためには湯浅と手を組むのが一番だ。幕府は赤坂荘と安田荘を与えることで湯浅の機嫌を取ろうと思ったのであった。正成の領地を湯浅に与えることは、幕府にとっても、また、紀伊での地盤をより強固にしたいと願っている湯浅にとっても得るところの多いものらしかった。

一年前、赤坂城を退《しりぞ》いてからは、正成を含めた楠木兵のほとんどが鈴丸《すずまる》にかくまわれて山の中で過ごしてきた。一部、民との連絡係として村に残った者もいたが、それ以外は山の民と共に狩りをしながら、山の民と同じ暮らしを送ってきたのである。その数、千を超えていた。鈴丸は抱える人数が増えたことで計り知れない負担を被ったはずだが、そのような素振《そぶ》りは一切見せず、楠木兵をいくつかの山に分散させて住まわせ、負担が一極に集中しないよう図らった。そうして一年間養《やしな》い続けてくれたのである。

そして、一年が経過した今、正成は再び起《た》つ。

湯浅党を支配する、湯浅孫六宗藤《むねふじ》が赤坂城に来ていることを藤助《とうすけ》が調べて知らせてくれた。湯浅は紀伊の本領だけではなく、たまにこうして様々な村へ出かけては、逗《とう》留《りゅう》を繰り返す癖《くせ》があるらしかった。
湯浅が赤坂城に入る日を正成は、今か今かと待ち続けてきた。
赤坂城を取り戻すと同時に湯浅を殺し、一気に紀伊を制圧する。
そうすることで南からの脅威《きょうい》を取り除くことができる。その後は京だけを窺うのだ。
いよいよ、幕府と正面から渡り合う態勢が整うことになる。
（一気に片を付けたい）
湯浅軍と比べて兵力は敗《ま》けていた。五倍近い開きがある。しかも敵は城に籠《こも》ること
ができるのだ。長引けば不利になることは明らかである。
考えた正成は兵糧《ひょうろう》を運び入れるふりをして城内に忍び込む策を取ることにした。門
を抜けたところで積み荷から兵が躍《おど》り出て門を占領する。すぐに麓《ふもと》に潜んだ楠木兵を
呼び寄せ、そのまま湯浅の首に迫る、そういう戦術だ。飛王丸など安田荘の兵を連れ
ているのは、紀伊の言葉が身についているから。郷士の言葉を聞けば、門番も気を許
すはずだった。
「この戦がどれほど難しいかは知っています」
飛王丸が肩に置かれた手に目を向けた。
「だからこそ、お館様に伝えておきたいと思いました。お館様のおかげで、今も俺は、

こうして生きています。お館様の言葉の通り、人らしく生きることができました。まことにありがとうございました」

軍に入って数年の俺が声をかけて申し訳ございませぬ、そう謝る飛王丸の肩を正成はもう一度握りしめた。

「命を懸《か》けて戦おうとは思うなよ、飛王丸」

笠の下の顔を覗き込む。

「決死の覚悟で戦うことが兵としての務めだと思っているのなら、それは間違いだ。少なくとも、この楠木軍では認めぬ。俺たちは悪党《あくとう》だ。悪党の戦いとはなにがなんでも勝つこと。惨《みじ》めでも、格好悪くてもよい。なにがなんでも勝つことこそ求められている」

「それは俺も分かっています。しかし……」

「兵の勝利とは生き残ることだと思わぬか、飛王丸。生き残り、次の戦で再び戦う。俺はそのような兵の方が信頼できると思っている」

「お館様……」

「よいな、飛王丸。なにがなんでも生き延びろ。俺からの命令だぞ」

「はい」

飛王丸が力強く頷く。再び雨が目尻から頰《ほお》へと流れていった。雨は激しさを増すばかりなのである。

　飛王丸が顔を拭ったところで、筵の中から力ない声が聞こえてきた。

「俺も生き延びたいと思っているよぅ。そのためには、早くここから出してもらわないと困るよぅ。息苦しくて死にそうだよぅ」

　正成は溜息《ためいき》をつくと、積み荷を拳《こぶし》で二度叩いた。中は板で囲いがつくられている。樫《かし》の木だ。固い樫の板であれば刀で突かれても、よほどのことがない限り貫かれることはない。

「七郎、少し休み過ぎた。すぐ、ここを発《た》つ」

「躰がうずうずして大変だよぅ」

　七郎の返事を聞いて、飛王丸が丸い目を更に大きくした。

「中にいるのは七郎正季《まさすえ》様《すす》でございますか？」

「そうだ。外を歩けと勧めたのだが、中の方がユラユラ揺られて気持ちよさそうだ、と自ら入ったのだ。それが、今になって愚痴《ぐち》を零している。先程から、こうして文句を並べてばかりだ」

「前の荷車に付いておられる方が七郎様かと思っておりました」

先を進む積み荷の側に一際《ひときわ》躰の大きい男がいる。手拭いで顔を拭う男は蓑を重ねているためか躰が膨れ上がって見えた。遠目にも巨体が際立っている。

「あれは、俺の麾下《きか》頭だ。麾下頭の和田五郎正隆《わだごろうまさたか》。剣は俺と七郎の次に使えるぞ」

「麾下頭の和田様まで出られているのですね……」

言うと飛王丸は、ハハハ、と力ない笑いを浮かべた。楠木軍の用兵が型にとらわれなさすぎていて、呆気《あっけ》にとられたようだ。

「七郎、行くぞ」

正成が声をかけると、中から板を叩く音が返ってきた。よほど不満が募っているのだろう。七郎は会話を交わすことさえ、億劫《おっくう》だと思い始めているらしい。

「皆の者。休みは終わりだ。湯浅孫六殿へ、兵糧をお届けいたす」

正成が声を張ると、兵たちはそれぞれ持ち場に戻って荷車を押す作業に戻った。しばらくして再び牛が足を動かし始める。

正成たちは一歩一歩、ぬかるむ道を踏みしめ、坂を上った。

角を曲がったところで赤坂城の表門が見えてくる。簡素だが厳重な造りの門は、正成が使っていた頃となにも変わらない。どうやら、あの時の炎は門には燃え移らなかったようである。坂の上に聳《そび》える門は、雨に打たれながらも正成をジッと待っている。

呟《つぶや》いた正成は、また一歩、水溜《みずた》まりの中へ足を踏み入れた。

「戻ったぞ」

二

門の前で正成たちは足を止められた。門番が三人ほど出て来て先の荷車を問いただしている。正成は笠を目深にかぶり門番が棒で積み荷を指す様子を黙って見つめ続ける。

「大丈夫です、お館様」

牛を牽く飛王丸が声をかけて来た。

「先の荷を引いているのは、四年前まで百姓《ひやくしよう》をしていた男。軍に入ってみるみる腕をあげたため、今回、選ばれましたが、今でも百姓言葉が抜けておりませぬ。きっと、門番にも信じてもらえます」

飛王丸は笠の下の目を細めて前方を見据えている。門番と男の動きを注視し、異変があればすぐにでも駆けつけようとしているのだ。

「心配はしておらぬ」

正成はそう返事した。

「配下に役割を与えたからには信じなければならぬ。それが大将の務めだ」

飛王丸は正成を振り返ると、

「さすがです。楠木様が俺の大将でよかった」

嬉《うれ》しそうに顔をほころばせた。

重たい音が響いて門が開いた。先の荷車が牛に引かれてゆっくり中に入って行く。それを見て後に続く正成たちの牛も動いた。だが、門の下まで進んだところで、正成たちは再び門番に止められた。

「積み荷はなんだ？」

問いただしてくる湯浅兵に、飛王丸が牛を宥《なだ》めながら答える。

「前の奴《やつ》から聞いてるやろ。塩と米、それから味噌《みそ》やら酒やら、そういった類《たぐい》のもんや」

「紀伊からはるばるご苦労なことだな」

「なに、湯浅様のためですからな。湯浅様が栄《さか》えれば、紀伊もまた豊かになる。俺たちもおこぼれを頂戴《ちょうだい》できるってもんや」

「味噌は紀伊の味噌か？」

「そや。懐かしいやろ？　思い出しただけでしょっぱい唾《つば》で口の中が満たされるはずや。味噌は紀伊物が一番やで」

「よし、通れ」

門番が一歩下がる。飛王丸は笠を押さえながら軽く会釈《えしやく》をし、牛にかけた綱を引っ張った。

荷車が門の下まで進んだ時である。正成も続いて潜《くぐ》ろうとしていると、

「お前、でかいな」

再び門番から声をかけられた。

「へぇ、ありがとうございます」

正成はぼそぼそと呟いた。

「先程も躰の大きな男がいた。二人続くとは、珍《めずら》しいこともあるものだ」

言うが早いか、門番は腰の刀を抜き、積み荷へ一突き刺し込んだ。

「あっ」

駆け寄ったのは飛王丸である。刀の刺さった場所を素早く確認して門番を睨みつける。

「なにすんねん」

詰め寄ろうとする飛王丸の足に白い粉が零れ、地面の泥水と混ざり始めた。

「あぁ、お塩をこんなに無駄にするなんて。安いものやないんやで」

刀が刺さった箇所を押さえて塩を止めようとする飛王丸に門番が苦笑を浮かべて応じる。

「すまぬ、すまぬ。やはり、積み荷は塩やら米やらで間違いなかったようだな」

刀をしまいながらそう詫《わ》びる。

「当たり前や。なんてことすんねん。湯浅様に言いつけますで」

「ハハハ。まぁ、これぐらいで殿がお怒りになることはなかろうが。それでもな、小僧。できれば内密に頼むぞ」

「ったく。どうなってんねん、武士ってやつは」

飛王丸がふくれっ面《つら》をする。門番を睨みながら積み荷に間に合わせの修繕を施《ほどこ》し、持ち場に戻って再び合図を出した。牛がまたノロノロと歩み始める。

（危なかった）

門を潜りながら正成は息をつく。門番が刺したのが積み荷の場所でよかった、そう思う。

門番が樫の板を刺しても七郎たちが殺されることはなかっただろう。それでも戦が早まることは確実だった。早まれば早まるだけ敵の殲滅《せんめつ》が難しくなる。密かに忍び入り、大将を討つのが理想なのだ。

（運はこちらにあるな）

荷車が無事に門を通ったところで正成は立ち止まった。少し進んだところに先の一台も止まっている。正成たちは積み荷の紐《ひも》を結び直すふりをして、筵の中に手を伸ばした。指の先に触れるのは刀だ。それを引き寄せて懐《ふところ》に抱く。ついでに手探りしながら中の板を横にずらす。七郎たちが飛び出せるようにするためである。

門から低い音が響いた。湯浅兵は正成たちの方には意識を向けていないらしく、門を閉める作業にいそしんでいる。

「行け」

囁《ささや》くと同時に、正成は身をひるがえした。

門の下まで素早く駆ける。いち早く気づいたのは先ほど積み荷に刀を刺した男だ。迫って来る正成に驚愕《きょうがく》の表情を浮かべている。

「お前の勘は当たっていた」

飛び上がった正成は、手で防ごうとする門番に刀を振り下ろした。

腕が飛び、顔から腹にかけて真っ直《ます》ぐ線が走る。その線はすぐに横に開き、盛大に血が噴き出し始めた。

「その勘が主人を選ぶ時に働けばよかったな。湯浅は今から俺に討たれる」

目を見開いたまま門番が膝《ひざ》から崩れ落ちる。正成は刀を払うと、他の敵兵を倒すため振り返った。飛王丸や麾下頭の和田が刀を下げて門兵に迫っている。構える隙《すき》さえ与えない素早さだ。門番を斬《き》っては、次の兵への攻撃に移っている。

「占拠せよ！」

正成が叫ぶと、辺《あた》りが騒然とし始めた。門の周りにいた湯浅兵が楠木軍の潜入に気づき、戦闘態勢に入ったのだ。

その中の一人が、慌てた様子で駆けていくのが目に映る。駆ける先には鉦《かね》がぶら下がっていた。

「行かせるか！」

正成は追いかけようとした。敵兵は城の湯浅に報《しら》せるつもりである。ここで湯浅軍本隊が出てくれれば一気に劣勢《れっせい》に立たされてしまう。味方はあまりに少ない。なんとしても食い止めなければならなかった。

「俺が行く」

だが、正成は少し駆けたところで足を止めた。左後方から疾風《しっぷう》の如《ごと》く追い越してきた影が目に映ったからだ。

「七郎！」

「任せろ」

七郎が湯浅兵に駆け寄る。風のような素早さだ。敵兵の方が先に駆け出したはずなのに、七郎は先に鉦に辿《たど》り着き、待ち構えるほどの余裕を見せていた。

立ち止まった湯浅兵が刀を抜こうとする。それを待たずに、七郎が腰の刀を翻《ひるがえ》した。首がポンと飛び、次いで地面を転がり始める。七郎は構えを解くと、正成に向かって笑みを投げかけてきた。

「よくやった、七郎」

「まだだ。もうひと暴れしてやる」

刀の血を払う七郎を正成は鼻で笑う。

「よぅ、はどうしたんだ、七郎」

「ん？　そうだった。ハハハ。よぅ、を忘れていたよぅ」

頭を掻く七郎に正成は苦笑を浮かべた。弟の適当さには慣れている。この適当さがあるからこそ、七郎は七郎らしくいられるのだ。

「とにかく……」

正成は門を振り返った。このまま敵の殲滅《せんめつ》は済みそうだった。飛王丸たちが機敏に動いてくれたおかげで、楠木軍は予定通り門を制圧することができるだろう。城を仰《あお》ぎ見たが、館は何事もなかったようにひっそりと静まり返っている。鼓《つづみ》を打つような雨の音が辺りを埋《う》め尽くすばかりだ。

（この雨にも助けられたな）

館の中の兵は外に出ることもなく、館内で過ごしているようであった。楠木軍の襲撃の音を雨がかき消してもくれた。湯浅はまだ正成たちが城内に入ったことに気づいていない。

正成が顎をしゃくると、麾下頭の和田が門の外に出て犬笛を吹いた。山の民が使っている竹の笛である。高く響く音は、人間の耳にはほとんど聞こえないが、犬にははっきりと聞こえるらしい。鈴丸の側にいる山犬が反応し、それが合図になるという仕掛けになっている。

犬笛を吹いてしばらくすると、坂下に兵が現われた。スルスルと坂を上ってきて門を潜り、正成の前に整列する。整然と並んだ兵を見渡した正成は、背筋を伸ばし、短く伝えた。

「湯浅を討て」

兵は声を出さずに、一度、腰の刀を持ち上げた。

三

城内に入った楠木軍は瞬《また》く間に館を占拠した。敵に戦闘態勢を取る暇《ひま》さえ与えないほどの素早さで進み、奥の座敷で直垂姿《ひたたれすがた》のまま刀を抜いた湯浅に迫った。湯浅の刀は正成の脇《わき》をすり抜けた七郎によって宙を飛び天井《てんじょう》に刺さった。それで勝負はついた。奥の座敷まで進んだのは正成と七郎と飛王丸の三人である。三人に囲まれた湯浅は抵抗の意志をすぐに捨てた。

「参った」

どかりと胡坐《あぐら》をかき、膝に両手を叩きつけた。次いで正成を睨み上げてくる。

「俺を貴様の配下にしてくれ」

これには正成も驚いた。湯浅が配下につくということは紀伊全体が正成の支配下に入ることを意味する。

咄嗟《とっさ》に七郎を振り返った。七郎も七郎で目を丸くしている。いくら七郎といえども予想がつかなかったらしい。

湯浅党を支配する湯浅孫六を討ち、そのまま紀伊を攻めるつもりでいた。支配者を失ったことで混乱している状況を突けば、兵が少ない楠木軍でも攻略できると考えていたのである。

今、幕府軍との戦いは間近に迫っていた。幕府としては、死んだと公言している正成が突如姿を現わしたことで動かざるを得ない状況になってしまうはずだ。面目《めんぼく》を保つためにも正成討伐軍を起こさないわけにはいかない。

だからこそ速やかに湯浅党を討つつもりでいたのだ。紀伊を制圧すれば幕府との挟み撃ちに心を砕《くだ》かなくて済むようになる。それが、戦いもせずに紀伊を手に入れることができるかもしれないというのだ。

（どうする？）

正成は七郎と目を見交わした。なにかの計略ではないかとの疑いの気持ちが残っている。このまま飛びついてよいものか逡巡《しゅんじゅん》する。

立ち尽くしていると、飛王丸が進み出て湯浅の前に立った。

「そう言っておいて、我等を裏切るのではないか？」

刀を構えたまま湯浅を睨みつける。正成はオッと口を開きかけた。正成の思いを読み、問いかけたのだ。仲間になりたいと言っている者を頭領が疑っては相手に不快な思いを抱かせる。最初に抱いた負の印象はなかなかその後も取り除くことができず、正成に対する疑念へと繋《つな》がる恐れがあった。そのことを感じ取ったらしい飛王丸は、己が問うことで湯浅の恨みを引き受けようとしたようである。

　飛王丸を睨みつけた湯浅は、しばらく若者と視線を交わした後、勢いよく首を振った。

「信じられぬというのなら人質を出す。それでも足《た》りぬというのであれば、腕の一本ぐらいくれてやる」

「配下になるということは、紀伊の領地をすべて取り上げられるということだぞ。一兵卒からやり直せと言われても飲めるか？」

「構わぬ。一度は殺されるはずだった命。救ってくれるのであれば、どう扱われようと文句は言わぬ」

　飛王丸が、これ以上何も聞き出すことはないといった様子で振り返ってくる。正成は湯浅に目を向け、次いで七郎を見て、小さく頷いた。飛王丸が後ろに下がり刀を鞘《さや》に納める。

　正成は湯浅の下に進み、腕を取って立ち上がらせた。

「人質は取らぬ。家臣になった者は無条件に信じるべきだ、と俺は常々己に言い聞かせている」

　襟《えり》を直された湯浅の顔にみるみる生気が戻り始める。

「湯浅孫六宗藤。湯浅党共々、楠木軍の配下として歓迎する。しっかりと励め」

「ありがたき幸せにござる」

湯浅が膝に両手をつく。正成は湯浅の肩をポンポンと叩くと、背中を向けて七郎と飛王丸と共に部屋を後にした。

こうして正成は、鮮やかな復活を遂《と》げたのである。それだけではない。赤坂城を取り戻すと同時に紀伊の湯浅領も手に入れた。一夜にして畿内に一大勢力を築くまでになったのである。

そのような中、正成は来たるべき決戦の前に、まずは赤坂の民と喜びを分かち合うことにしたのだった。一年間苦労させた償《つぐな》いであった。

正成は民を集めて赤坂の領主に復帰したことを宣言し、同時に、宴《うたげ》の開催の触れを出した。帰還した正成を目にした民たちは涙を流して喜んだ。その喜びは三日三晩続く祭りとなった。たった三日で赤坂荘は以前と変わらない活気を取り戻し、笑いが溢《あふ》れる村に蘇ったのだ。誰もが笑みを浮かべ、喰い、飲み、歌い、赤坂荘は春と秋の祭りが一度に来たような賑《にぎ》やかさで包まれた。

千《ち》早《はや》城の戦い

一

　千早城は赤坂荘の南東に位置する金剛山《こんごうさん》の中腹に建つ城である。四方は深い谷で囲まれ、まさに天然の要害であった。赤坂城を奪い返した正成は、いずれ押し寄せてくるであろう幕府軍と戦うため、この城の整備に取り掛かった。同時に、和泉《いずみ》、河内《かわち》に兵を送り、ほぼ全域を制圧することになる。楠木軍の強さは地方の領主を圧倒しており、ほとんど犠牲を被《こうむ》ることなく勝利を収めることができた。楠木兵はそれだけ鍛《きた》えられているのだ。同程度の兵力であれば、ほぼ間違いなく敗けることはなかった。

　もっとも正成の知略を怖れた敵が、戦う前に降伏を願い出てくることも少なくはなかったのである。正成の戦上手は今や畿内中に知れ渡っていた。幕府軍と互角以上の戦いを演じた後、忽然《こつぜん》と姿を消してから一年。再び姿を現わした正成は、既に赤坂城と紀伊を手中に収めていたのである。その手際の良さに称賛が集まらないはずがなかった。正成の名に飲まれた敵は、楠木軍と積極的に戦おうとはしてこなかった。

降伏した敵を正成は決して処罰《しょばつ》はしなかった。丁重《ていちょう》に配下に迎え入れ、領土の統治を続けることを認めた。ただし、統治は赤坂荘と同じやり方で行わせるようにした。こうして正成の理想を少しずつでも浸透《しんとう》させていこうとしたのである。降伏しても処罰されないことが広まると、戦う者はほとんどなくなった。楠木軍の疾風迅雷《じんらい》の進撃と正成の寛大《かんだい》な処置のおかげで、和泉と河内は難なく楠木軍の手に落ちたのである。

これで幕府軍を迎え撃つ態勢が整った。

京の六波羅《ろくはら》軍ではなく、鎌倉《かまくら》の正規軍が相手だ。

和泉、河内、それから紀伊の湯浅党を従えた正成は、幕府にとって無視できない存在になっている。これだけ領土を拡大されて野放しにしておくわけにはいかないはずだった。圧倒的な兵力で楠木党を潰《つぶ》し、頭領である正成を晒《さら》し首にする。そうしなければ倒幕の意志を持ちつつある他勢力を抑えることができなくなりそうだった。

それともう一つ、幕府にとって見過ごせない事態が発生していた。

同じ時期に護良《もりよし》親王が挙兵したのだ。

尊雲《そんうん》法親王は赤坂城の戦いの後、還俗《げんぞく》して名を護良親王と改め、密《ひそ》かに各地に向けて令旨《りょうじ》を送り続けてきた。一年後、正成の赤坂城奪還と共に世に現われた護良親王は、吉野《よしの》を本拠として倒幕軍を起こしたのである。既《すで》に相当数の勢力を味方につけていた。

幕府にとって護良親王は最も警戒すべき人物の一人であった。自ら日本中を飛び回って有力者を訪ね、倒幕の必要性を説《と》いて回る。また、その説得は悉《ことごと》く成功していた。幕府による支配が揺らいでいることも原因の一つだったが、なにより、護良の人となりによるところが大きかったようである。大胆とも取れる行動力と、元来から備えている誠実な人柄で、人々の心を摑《つか》んでいく。朝廷軍に味方しようとする者は日増しに増えていき、その波は、幕府のお膝元である東国にまで及ぶようになった。幕府をこれまで支えてきた御家人《ごけにん》の中にも護良の説得に靡《なび》きかける者が現われたのである。

その裏で、正成も各地の勢力を説いて回っていたのである。主に護良は御家人や武士を訪ね、正成は悪党《あくとう》や豪族、商人を担当した。かねてより赤坂荘の辰砂取引で面識のあった者たちを訪ねた正成は、利に聡《さと》い彼等にすぐに受け入れられた。正成の理想であり護良の夢である国創りは、武士の支配に行き詰まりを感じていた彼等の気を引かずにはおかなかった。中には播磨《はりま》一円を支配する赤松円心《あかまつえんしん》、伯耆《ほうき》で海運業を営《いとな》む名和長年《なわながとし》といった名だたる悪党も含まれている。二人とも広大な領地と莫大《ばくだい》な財産を持つ地方の有力者であった。近隣に及ぼす影響力も大きい。正成たちの夢に同調した二人は、すぐさま協力することを誓《ちか》ってくれた。命を懸《か》けても惜しくないと思えるほどの値打ちがあると認めてくれたようである。彼等も彼等で独自に仲間を募《つの》るようになり、朝廷軍に味方する動きは西国を中心に加速していった。

　こうして幕府との戦いは刻々と迫るようになったのである。

　戦を目前に控《ひか》えた正成は、千早城の整備を急いだ。それと並行して各地との連携も深めていく。

（俺だけが戦ったのでは意味がない）

　そう思っている。

　楠木軍と幕府軍が戦っている間に、日本各地で倒幕の火を起こしてもらう。その火が燃え広がろうとしている隙に、兵を集中させて京を襲う。隠岐《おき》の島に流されている後醍醐帝《ごだいごてい》を救い出すのもこの時期だ。本土に連れ戻し倒幕を宣言してもらうのである。燃え盛ろうとしていた火は後醍醐帝の復帰の報を受け巨大な焔《ほのお》へと変わるだろう。その焔は京の六波羅探題に迫り、一気に焼き尽くすに違いない。幕府の影響力は西国から一掃《いっそう》され、朝廷が西国のすべてを統治するようになる。その上で、東国を支配する幕府軍と天下分け目の合戦に臨《のぞ》むのだ。その戦で勝った方が日本の頂点に立つというのが正成の描いた戦略だった。

（絶対に敗けない）

　その自信を正成は持っていた。勝つためにはどんなことでもする。あらゆる策を駆《く》使《し》して朝廷軍に勝利を呼び込む。そのために己はいるのだ、そう固く信じていた。

（勝つために……）

同時に正成は思う。

（会っておかなければならないお方がいる）

正成は七郎と二人、千早城を離れて大和《やまと》の吉野山に向かったのであった。


雪の地面を踏みしめる。兎《うさぎ》の鳴き声のような高い音がして脛《すね》まで足が埋まる。冬の吉野は雪国であった。連《つら》なる山々を覆う白は静けさを抱え込み、雪の吉野山、と歌った歌人の心境に思わず頷きたくなる。それほどの絶景が目の前には広がっていた。

（護良親王と最後に会っておかなければな）

正成は白い息を吐きながら、そう思った。

一度戦が始まれば正成と護良は別行動を取ることになる。鈴丸を通して連絡を取り合うつもりでいたが、基本的にはそれぞれが己の判断で戦うことになるのだ。

「寒い」

七郎が両腕を抱えて歯を鳴らす。躰を小さくしながら踏み出す様子は、冗談《じょうだん》ではなく本心から寒いと思っているようだ。

「今のうちに雪に慣れておけ。北国で戦をすることもないとは限らぬからな」

正成が、そう忠告する。

「戦になれば寒さも忘れるさ。俺はそういう男だ。が、この雪は確かに経験しておいてよかったな。足の運びが難しい」

七郎は不意に前屈《まえかが》みになると、雪玉を作って前方に投げた。雪玉は新雪《しんせつ》の上に落ち、そこにスッポリと穴が開く。

（確かに足は取られるだろう）

正成は雪の穴を見ながらそんなことを思う。北国での戦に備えて特別な戦術を考えておく必要があるかもしれない、思いはそちらに飛ぶ。

「どちらにしろ、今からはすべてが経験のないことだ」

正成は真っ白な雪原に目を細めながら七郎の腕を引いた。なぜか新雪の上ばかり歩く七郎は、足が埋まって身動きが取れなくなることを繰り返している。

「俺たちは誰も為《な》したことのない偉業に挑もうとしているのだからな」

視線の先に檜皮葺《ひわだぶき》の屋根が現われた。護良が居住している館だ。雪が滑り落ちたらしい茶色の屋根は、再び舞い始めた雪の中に沈んでいるように見えた。そこを目指して、隣に並ぶ七郎と共に、正成は雪の上を一歩ずつ進む。

二

座敷に通された正成と七郎は、いくらも待たずして護良と再会した。

「いよいよだな」

護良は、頭を下げる二人の腕を取ると、足早に歩いて自らの居室に案内した。

「世を変えるぞ」

まだ挨拶《あいさつ》もしていなかった。部屋に入ると同時に正成が、

「お久しぶりです」

そう述《の》べようとすると、護良は手で制して床を指さした。床には畳《たたみ》ほどの大きさの紙が敷かれている。日本全体を描いた絵図だ。

「多門が千早城で蜂起《ほうき》する」

護良は腰の刀を外して河内をその先で指した。早口なのは正成と話をするのが待ちきれなかったからだろう。戦を前に興奮しているようである。

「幕府軍を一手に引き受けてもらう。その間に播磨が動く。赤松円心だ。西国から駆け付けようとする幕府軍を足止めする。そういうことでよいな、多門？」

護良が上目遣いで聞いてくる。正成は絵図の播磨を眺め、スッと顎を引いた。

「赤松には隙あらば京を攻めるよう伝えております」

正成も刀を鞘ごと外し、播磨を叩いた後、京に動かした。

(円心であればきっと為してくれるはずだ)

そう思いながら赤松円心の豪快な笑みを思い出す。

赤松円心といえばかつては六波羅に勤めた御家人であった。北条得宗《ほうじようとくそう》家の専制政治を嫌って職を辞し、幕府に反抗的な態度を取り始めて悪党となったのだ。そんな円心は、本拠である播磨に籠り、材木を流通させながら自らの勢力を伸ばしてきた。円心の巧《たく》みなところは貧乏《びんぼう》御家人に銭を貸し付け、担保として土地の支配権を得るという仕組みを考え出したところにある。土地の領主は御家人のままとし、実際の統治は円心が行う。その仕組みの中で円心は利益を膨らませていった。幕府は領地を円心に奪われたわけではないために表立って文句を言うことができない。文句を言えば困るのは御家人だと分かっている。担保としている以上、御家人の土地を取り上げると言われれば、それまでだからだ。土地がなくなれば御家人は御家人ではなくなってしまう。幕府体制の根幹を担う御家人が消えてしまうのだ。それを防ぐためにも、幕府は円心をきつく咎《とが》めることができない状況にあった。

さすがは元御家人である。幕府が動けない状況をよく読んで、したたかに自らの勢力を広げている。

それもこれも、播磨を富ませるためであった。円心は己の本拠である播磨をこよなく愛してやまない男なのである。

その円心と正成の付き合いは古かった。辰砂の取引で正成自身、何度も播磨を訪れたことがあるし、円心も赤坂荘に来たことがある。悪党同士、話題に事欠《ことか》くことはなかった。いつからか二人はお互い気ごころを通じ合わせる仲になっていた。だからこそ正成は、今回の件をまずは円心に相談したのである。

播磨を訪れた正成は円心に倒幕の話を語って聞かせた。

「よし、味方する」

終《しま》いまで聞かずに、円心は膝を叩いた。いたずらに加担する子どものようなウキウキとした表情を浮かべている。円心は齢《よわい》五十を超えていた。それでも全身は若々しい気力で満たされている。

「よいのか、円心。幕府軍が播磨に攻めてくることになるのだぞ」

さすがに正成のほうが心配すると、

「分かっている」

円心は腕を組んで顎の鬚《ひげ》を掻いた。

「多門兵衛にばかり目立たれて悔しく思っていたところだ。それほど赤坂城の戦いは見事だった。わしも一度きりの人生。多門兵衛のように戦い、己の存在を世に刻《きざ》みたい」

なによりお主が描く夢に惹《ひ》かれてしまったしな、そう付け加えた円心は大口を開けて笑いながら己の腹を叩いたのである。

（円心に任せておけば大丈夫だ）

目に見えるようだった。幕府軍を相手に、配下を叱咤《しった》しながら突き進む円心の姿を。円心は義に厚い男である。一度引き受けたことは必ずや果たしてくれるに違いない。いや、調子に乗りやすい円心のことだ。正成が期待している以上の働きをしてくれる可能性もある。豪快に笑いながらも酒の支度《したく》を細々と指示している円心を見ていると、そうしたことも大いにあり得そうな気がしてきた。

その時の様子を思い出した正成は絵図から顔を上げ、護良に頷いた。

「赤松円心は、きっと山陽路を押さえてくれます。信頼できる男であることに疑いはありません」

「よし。これで山陽は防げる」

護良はすぐに言った。正成が信じる相手であれば誰であっても信頼できる。そうした考え方をする男だ。

「次に山陰だ」

言いながら、護良が日本海側に刀を滑らしていく。

「伯耆の名和長年。帝《みかど》を隠岐から連れ出すことになっている。手抜かりはないな？」

そう正成を見る。

「ございませぬ」

「帝は元気にしておられたか？」

不意に、護良は正成から視線を逸《そ》らした。少しだけ声の勢いが失われたように思える。

「すこぶる達者《たっしゃ》でおられました。隠岐は魚がうまい、と大層ご満悦《まんえつ》なご様子。身も心も健康そのもののようです」

「そうか。京は内陸だからな。隠岐の海の幸は心身にもよい影響を与えているのかもしれぬ」

護良はフッと寂《さび》しげな表情を浮かべた。それは一瞬表面をよぎっただけだったが、護良の孤独感が滲《にじ》み出ているような気がして、正成は視線を俯けずにはいられなかった。

隠岐の島に渡ったのは正成であった。名和長年を味方につけようと説得しに行った、その後で、帝に倒幕戦の戦略を伝えに向かったのだ。

ちなみに、名和長年は豪胆な赤松円心とは正反対の男だった。海運業に乗り出し財を成してきた名和家は、長年の代になって堅実さを付け加えることで更に富を蓄《たくわ》えるようになった。祖父や父の代には海運業の傍《かたわ》ら海岸沿いの村を襲うなど荒っぽいこともしていたようだが、長年が継《つ》いでからはそれらを一切やめ、人や荷をきっちりと送り届けることのみに精を出すようになった。幕府の御家人からも注文を受けるようになった長年は、武士とも良好な関係を築き、各地に得意先を設けるなど、順調に業績を膨らませるようになったのである。

そんな長年だったが、一方で、ある信念を胸に抱き続ける男でもあるのだった。抑えられないほど熱い信念である。

勤王《きんのう》の志《こころざし》だ。

帝こそこの国の頂点に君臨すべきお方だ、長年はそう強く信じていた。海運業を営む名和一族は海難と隣り合わせのためか海の神を代々信仰《しんこう》してきた。その信仰は長年にも受け継がれ、長年は神の子孫だとされる王家を殊更敬《ことさらうやま》っていたのである。

（名和殿は絶対に味方になる）

いや、味方にならざるを得ないのだ、と正成は思っていた。それほど、帝を崇《あが》め奉《たてまつ》っている。

長年に会った正成が、

「朝廷軍に加わって帝のために働いてくれぬか」

と頼んだ時も、涙を流さんばかりに喜んでいた。帝のために奉仕できる機会を得たことに感動を覚えたようである。

こうして悪党の名和長年は朝廷軍に加わることが決まった。帝を隠岐から脱出させる役割を与えられ、震えながら感謝を伝えて来る長年に、正成は京奪還までの戦略を語って聞かせた。

その名和長年に連れられて正成は隠岐へ渡ったのである。

忍びの藤助も一緒だった。いざとなれば忍びの技が役立つと思ったからだ。

だが、隠岐の島に入った正成は忍びの技を使うことなく後醍醐帝の下まで辿り着くことができたのである。さすがに港は幕府の役人によって厳重に監視されていたが、裏の入り江に船をつけることに成功してしまえば、島の中は比較的自由に動き回ることができた。幕府としては、後醍醐帝から持明院統の光厳帝への変更が終わった今、後醍醐帝が島から脱出することを阻止《そし》さえすればあとは先の帝がなにをしようが関知しないつもりでいるようだった。

宵《よい》の口に上陸した正成は月明りの下を歩いて御所《ごしょ》に向かった。

（本来なら……）

と波の音を耳にしながら正成は思う。子の護良が後醍醐帝に戦の流れを説明すべきところのはずだ。

正成と帝ではあまりに身分が違い過ぎた。護良が語る方が帝も聞く耳を持ちやすい。そう護良に進言したが、護良は正成が行くべきだ、と言って譲《ゆず》らなかったのである。

「余の言葉より多門の言葉の方が帝に届く」

そう頑《かたく》なに言い張って、それ以上、帝の話は受け付けないといった態度を取り始めた。その様子に、護良の、父である後醍醐帝に対する複雑な思いが表われている気がして、正成は、己が隠岐に赴《おもむ》くことを決めたのだった。

「それで？」

正成から帝の近況を聞いた護良は表情を崩さずに尋《たず》ねて来た。

「すべて私が申した通りに動くとのお言葉を賜りました」

「すべて、か……」

言って、護良は何度か頷いた。

「そうしたところはさすがだ。危険は大きいとご存じのはずだ。隠岐から脱出するところを見つかればおそらく殺されることになる。その後も、命の危機は至る所に待ち受けている。それでも多門の戦略に行く末を委《ゆだ》ねようと言われたのだ。人としての器が大きいのは生まれ持ってのものだろう」

「悪党の私の話にも疑義を一切挟まずに聞いてくれました」

「悪党かどうかは関係ない。楠木多門兵衛正成は信頼できる。余はそう思っている。多門の人となりがそう思わせてくれるのだ。それは帝も同じだろう。帝も余と同じように多門を深く信用している」

そう語る護良に、正成は、

「身に余るお言葉。ありがたき幸せにござりまする」

頭を下げた。そのまま止まって床を眺める。

（いや、帝は俺を信用していない）

床を見ながら、正成はそう思った。少なくともある点においては帝は俺に疑いを抱いている。そのことは間違いないと思えた。

隠岐で会った時のことだ。倒幕戦の戦略を伝え終えて帰ろうとする正成を、後醍醐帝は呼び止めた。

「京に戻れば朕《ちん》の思い通りの政治を行えるのだな」

振り返った正成を待っていたのは射抜くような眼差しだった。瞬間、正成は全身の毛が逆立《さかだ》つのを感じた。

（初めて会った時と同じ感覚だ）

化物《ばけもの》を前にしたような圧迫感が全身を羽交《はが》い締めにしてくる。四肢が固まったまま動かなくなる。

（試されている）

咄嗟に正成は判断した。正成や護良が別の腹を抱えていないか、後醍醐帝は正成の反応を見て確かめようとしているのだ。

全身に緊張が走る。下手《へた》なことを言えば丸飲みにされてしまうのではないか。大蛇に巻き付かれているような感覚に襲われた正成は、喉《のど》に溜《た》まった唾をゴクリと飲み込んだ。

「それは……」

かろうじて声を出した正成は後醍醐帝に向かって深々と礼をした。

「廷臣の方々とご相談されたらよろしいかと」

「楠木は政治に口を出してこぬと、そう捉えてよいな？」

「今は、いかに幕府を倒すかで私の頭の中はいっぱいです」

「口を出してこぬのだな」

後醍醐帝が念を押してくる。

「口を出せるだけの役職をお与えくださるのですか？」

言いながら正成は帝を睨み返した。後醍醐帝は驚いたように目を丸くした後、口の端に笑みを浮かべた。

「おもしろいな」

呟き、正成を睨みつけたまま笑い始める。だが、目は全く笑っていなかった。正成を見据えたまま、口を深淵《しんえん》のように開けて、ハハハ、と乾いた声を漏らしている。

「お前は確かにおもしろい男だな、楠木」

後醍醐帝はそう言って真顔に戻った。まるで己の声がなにかの形を得るのを確かめようとでもするように、十分な時をかけて正成を見つめた。正成の全身からドッと汗が溢れ出す。

やがて後醍醐帝が口を開いた。

「無位無官の悪党から一気に宰相《さいしょう》にまで登り詰めようと申すか？　それがお前の望みなら、そうしてやってもよいぞ、楠木多門兵衛正成」

聞いて、正成は深々と頭《こうべ》を垂れた。

「過分の御心遣い、まことにありがたく存じます。しからば、京にて宰相の地位を賜《たまわ》れるよう一層忠勤に励みたく思います」

面《おもて》を上げて後醍醐帝と睨み合ったのだった。

三

護良の隣で正成は後醍醐帝とのやり取りを思い出す。

(勘づいている)

そう思う。

護良は絵図の上に刀を這《は》わせ、なにやら小声で呟きながら思案している。戦がどう進むかを己の中で組み立てているようだ。

(幕府打倒後、俺と護良様は政治を己等の手で動かそうとしている)

そのことに後醍醐帝は気づいている。

どのような国創りを行おうとしているかまでは、まだ察していないに違いない。だが己等に対する警戒を強めていることは確かだ。警戒しながらも、まずは敵を幕府だと定め、策に乗ろうとしている。踊らされながらも己等を利用しようというつもりだ。

(侮《あなど》れぬ)

権力への執着《しゅうちゃく》が独特の嗅覚《きゅうかく》を働かせているのだ、と正成は思う。己の権力を少しでも減じようとする者は絶対に許さない。後醍醐帝は正成のことを信用してはいけない男と見定めたようであった。

(護良様には話せぬな)

絵図を眺める護良を窺《うかが》いながらそう思う。今は、戦に集中すべき時だ。護良の役割は、この戦で最も大きい。今、戦以外のことで心を騒がせてしまえば、考えられないような失敗を犯してしまう恐れがある。これからは失敗が直接死に繋がるかもしれないのだ。護良だけはなんとしても死なせるわけにはいかなかった。護良を失えば、己等の、戦いの意義がなくなってしまう。

「帝は名和長年が隠岐から連れ出してくれます」

正成は絵図の日本海を刀で叩いた。護良が、

「うむ」

と言って、顎に指を置く。

「帝が伯耆に移られたら、すぐに倒幕の詔《みことのり》を発していただきます。各地から朝廷軍に味方する者が押し寄せてくるはずです」

　正成は伯耆の上で円を描いた後、山陰から京までを刀でなぞった。

「目標は二万。二万集まった時点で軍を率《ひき》いて京を目指していただきます。その後も兵は続々と集まってくるでしょう。京に着く頃には四万程に膨れ上がっていると私は考えています」

　しばらく絵図を眺めていた護良が、不意に腕を組み、天井を見上げた。

「勝てるな」

　呟き、正成に目を向ける。瞳《ひとみ》の奥が燃えていた。頬《ほお》も赤味を帯《お》びている。いよいよ天下を手に入れる時が訪れたのだ、そのことを今、護良は確信したようであった。

「絵図の上では、ですな」

　正成は敢えてたしなめるようなことを言った。護良は眉を寄せた後、肩をそびやかしながら苦笑した。

「分かっている。戦は生き物だ。なにが起こるかは想像がつかぬ。余もそこのところは充分理解しているつもりだ。が、多門は堅《かた》くなったな。いつからそんなに堅い考えを持つようになった？」

「此度は堅すぎるくらいがちょうどいいかと思っております。本当になにが起こるか分かりませぬ。思い込みを捨てなければ、いざという時、柔軟に対応できるか危ぶまれます」

「余も常々己に言い聞かせている言葉だ。それでも、いよいよ夢へと動き始めるのだと思うと胸が弾《はず》んで仕方がなくなってしまう。そして、それが悪いことだと余は思っておらぬ」

「だからこそ私は堅くなろうと心掛けているのです。護良様は前だけを見て進んでください。大将はそういうものでなければなりませぬ。ですが、護良様が未来を見てくださる分、私は嫌になるほど今を見つめるぐらいがちょうどいいのだろうと思っています。それに……」

正成は言葉を切った後、唇を摘まんだ。

「堅くならなければならない理由が私にはあります」

「なんだ？」

「ここに厄介《やっかい》な男が一人……」

正成は刀で絵図の一点を指し示した。

鎌倉の北の地。

下野《しもつけ》である。

ここに最大の敵がいる。

す」

「足利《あしかが》か……」

護良が溜息を漏らす。頷きながら正成は唾をゴクリと飲み込んだ。

「この者がいる限り、頭の中で描いている通りに進むとは、どうしても思えぬので
す」

言いながら正成は赤坂城の戦いを思い出す。

足利軍の突撃を間一髪で躱《かわ》すことができたあの一戦。

あの時、突撃を受けていれば己等はここに集《つど》うことはできなかった。己か護良のどちらかを倒すことだけを見据えて高氏は駆けていた。あの眼、疾風怒濤《どとう》の走り。鬼が宿っているようにしか見えなかった。

（足利高氏がいる限り……）

正成は奥歯を嚙《か》みしめる。幕府との戦いは厳しいものになる、その思いが悪霊のように頭の奥に巣くっている。

「足利は北条と縁続きだ」

正成の心情を察したのか、護良が刀を持ち換《か》え、そう発してきた。

「我等に味方してくれる可能性は万に一つもない。だからこそ、徹底的に戦わねばならぬ。少しでも油断を見せればおそらく敗れる。多門が心配せずとも、余も充分に心

得ておる」

護良は険しい表情を浮かべていた。唐突に高氏の存在が護良の中で大きく膨らんだような感じに見えた。

「なに、心配ないですよ、尊雲様」

今まで黙って聞いていた七郎が、突然絵図の上まで歩き、両手を広げて飛び跳ねた。

「敵が誰であろうと、俺たちが倒します。俺と兄者が相手をすればどのような敵にも敗れることはない。この国を手に入れましょう、尊雲様」

そう言って絵図を片足で踏み鳴らす。護良は七郎に目を向け、次いで、フッと頬を緩めた。背負っていたものが取り除かれたような和らいだ表情を浮かべている。

「余も、そう思っていたところだ、七郎。多門と七郎であれば充分幕府軍と渡り合うことができる。たとえ足利軍といえども、楠木軍が相手であれば簡単に破ることなどできはしない」

「渡り合うだけじゃない。打ち負かしてみせますよ、尊雲様」

七郎が拳で胸を叩くと、護良は、

「だそうだ」

正成を振り返って言った。護良に笑われて、正成は頬を指で掻く。正成もまた憑《つ》き物がとれたように気持ちがさっぱりと晴れていくのを感じていた。

「護良様の仰る通りです。確かに足利高氏は強い。ですが、我々も同じように強い。戦えない相手ではないと考えています。いえ、互角以上の戦いができる、私はそのように思っています」

正成が息を吐き出すと、七郎が地《じ》団太《だんだ》踏んで怒りをあらわにした。

「打ち負かすと言っているだろう！　互角以上なんて、おもしろくない。必ずや勝利を収め、足利高氏を討ち取ってみせる、俺ならそう宣言するぞ」

「七郎に言われると、本当にそうなってしまうんじゃないかと思えるから不思議だな」

護良が顔を寄せて囁きかけてくる。

「俺の強さを知っているからな、尊雲様は。不思議でもなんでもないだろう？」

「確かに余は知っている。古今無双のつわもの。それが楠木七郎正季だ」

「どんな相手でも、俺に敵《かな》う者はいない。必ずや蹴《け》散《ち》らしてみせますよ」

「頼もしい限りだな。七郎が味方にいてくれることを、余は心より嬉しく思うぞ」

言われて、七郎は急に恥ずかしくなったようだ。身をくねらせ、首の後ろを掻き始める。七郎は護良のことが好きだった。だからこそ褒《ほ》められると照れてしまう。そんな弟を見て正成は、つい笑みを浮かべてしまった。

柄にもなくもじもじする七郎に、護良は、

「ということでだ」

ニヤリと笑った後、七郎の隣に飛んだ。豪快な音を響かせて両足で絵図に着地する。

「足利軍を楠木軍が引きつけている間に、余が京を奪う」

そう言って絵図の京を足で踏みつける。

「伯耆で帝が挙兵し、その軍勢が援軍として駆けつけてくれる。帝の挙兵の報せは瞬く間に日本中を駆け巡るだろう。朝廷軍に味方する者が続々と現われるはずだ。当然、余のもとにはせ参じる兵も増える。そいつらを率いて、余の手で六波羅を落とすのだ」

「いやいや、尊雲様。よろしいですか？　だから、俺たちは足利軍を引きつけたりはしないんですよ。任されたからには必ず足利高氏を倒してみせます、とずっと言っているではないですか」

七郎が護良を諭すのを見て正成は吹き出した。笑いながら七郎に言う。

「いや、護良様の言う通りだ。今回の戦は護良様に京を奪ってもらうことが最大の目的。足利軍とはまともにやり合わず、護良様の邪魔をさせぬよう、策を巡らして引きつけるのが、俺たちの役割だ」

「兄者、戦の目的は俺も分かっている。何度も話し合ってきたからな。しかしだな、足利軍と本気でぶつかれないとなるとやっぱり張り合いがなくなってしまうではないか。そんな戦は俺の求めているものではない」

眉をひそめる七郎に正成は溜息を漏らした。勝利よりも、楽しめるかどうかこそが七郎の行動の決め手になっているのだ。そんな二人を見たからか、護良が、

「そうだ、七郎」

思いついたように手を打つ。

「足利高氏ではないが、それに匹敵《ひってき》する武士がいるぞ。いや、武術だけでいえば足利高氏より上かもしれぬ」

「高氏よりも上？　誰だ？」

七郎が護良の両肩を摑む。護良は七郎の怪力に一瞬眉を寄せたが、黙って手を外すと、

「新田小太郎義貞《にったこたろうよしさだ》」

声を低めた。

「新田？」

七郎が首を傾《かし》げる。

(新田小太郎義貞?)

正成も護良に視線を向けた。一度頷いた護良はおもむろに刀を抜くと、東国の一点を指した。

「下野足利荘の隣。上野新田荘《こうずけにったのしょう》。ここを治めているのが御家人の新田義貞だ」

絵図を見下ろしていた七郎が顔を上げる。

「その新田何某《なにがし》が強いんですか?」

「新田義貞だ。……そうだな。怖ろしく強い」

「どうして分かるのです?」

「実際に立ち合った」

「え?」

驚いたのは正成だ。護良には御家人や武士を説いて回る役目を担ってもらっていた。が、そのような危険を冒《おか》しているとは想像していなかった。東国の御家人と立ち合うなど、下手をすれば命を落とすかもしれない行為だ。

「なに、心配はいらぬ」

正成の狼狽《ろうばい》を見た護良は自身の安全を訴えるように両手を上げた。

「やられるとは思っていなかった。新田も余を殺そうとは思っていなかったはずだ。そのことはあいつと向かい合ったとき、すぐに感じた。その上でなお、新田に己のすべてをぶつけてみたいと思ったのだ。どれほど強いのか、純粋に確かめてみたいと思った」

「それで？」

護良が目配せしてくる。正成は護良の意地悪そうな目を無視して、

続きを促した。

「それでどうなったんだ？」

七郎が正成を押しのけるようにして前に出て来た。正成とは打って変わって七郎は目も鼻の穴もめいっぱいに開いて興奮を露《あら》わにしている。

「分けた。が、本気でやり合っていたらどうなっていたかは分からぬ。新田は最初から勝とうとは思っていなかった、そんな風に思う」

「それは護良様も同じなのでは？」

正成が尋ねると、護良は少しだけ目を落とした。

「もちろんだ。余も新田を殺すつもりで挑《いど》んではいなかった。それでも、余は……」

護良は顔を上げ、下唇を噛みしめた。

「余は本気だったのだ……。新田と戦っているうち、本気を出さずにはいられなくなった。……楽しかったな、あの立ち合いは。刀を合わせる度、まだ見ぬ己が現われてくるようで新田と二人の世界にのめり込んでいった。……そうだ。確かに余は本気だったのだ。それでも分けた。新田にはまだ余力があるように見えた」

「護良様ほどのお方が？」

「戦いながらこのような感じを抱いたのは楠木七郎正季と立ち合って以来のことだ」

護良は急に元気を取り戻すと、隣の七郎を仰いだ。護良は七郎より頭一つ分背が小さい。

「その新田義貞と戦わせてくれるのか？」

七郎が己の鼻を指さして言う。その様子を見て護良は吹き出した。護良のことを気にかけず、戦にしか興味がないらしい七郎がおかしかったのである。同時に、己が新田義貞に敵わなかったという事実を紛《まぎ》らすことができたのかもしれなかった。

「新田義貞というのは変わった男でな」

護良はこめかみを掻きながら、そう続けた。

「余は朝廷側につくよう誘ったのだ。新田家というのは幕府の中で冷遇されてきた家系だからな。今も、足利高氏に従属する形に押しやられている。大身の足利家に従っていなければ、幕府から領地を取り上げられかねない状況なのだ。取り上げられた領地は得宗家に近い者に与えられることになる。新田は幕府の中で居場所を失っているようだ」

「それで新田はどう答えたのです？」

正成が聞く。

「我等に味方すると言ってくれた。新田が世に出るにはそれ以外に方法はないからな。そのことを義貞はよく理解している」

「それはまことに頼もしい」

正成は手を打った。護良がこれほどまで言う男なのだ。きっと心強い味方になってくれるに違いない。

「が、条件を付けて来た」

護良が顔の前で人差し指を立てて、そう言った。

「朝廷軍と一戦交《まじ》え、己が味方してもいいと思えるほどの強さを示してくれたら味方をする、そう言うのだ」

「強さを示す？　どういうことですか？」

「弱い者とは組みたくないと新田は言った。弱い者と一緒にいると己まで弱さをうつされる気がする、そのことが嫌なようだ」

「つまり！」

七郎が掌《てのひら》に拳を打ち付ける。

「俺が戦って勝てばいいということか！」

「戦のことになると頭の回転が速いな、七郎」

護良が七郎の肩を小突く。よろけた七郎は鼻の下を人差し指で擦りながら、みるみる顔を輝かせていった。意識は既に義貞との戦いに飛んでいるようだ。そんな七郎を見た護良は、頰を緩めて正成に目を向けた。

「新田は幕府の楠木党討伐《とうばつ》軍に名乗りを上げるそうだ。これは十中八九通るだろう。冷遇されているとはいえ、新田の武勇は幕府内でも一目置かれている。幕府にとっては貴重な戦力だ」

「千早城で、楠木軍が新田軍と戦うのですね？」

正成が念を押すと、護良は頷き、眼光を鋭くした。

「楠木軍の強さ、見せつけてやれ」

「おぉおおお！」

七郎が腰の横で拳を握りしめ、吠《ほ》えたてる。

「やってやるぞ、新田義貞。どれほどの男か試してやる。必ずや、討ち果たしてみせるぞ、義貞」

「だからな、七郎」

正成は額を押さえて首を振った。

「話を聞いておらぬのか、お前は？　討ち取ってはならぬのだ。新田を討ち取らないようにして勝ち、味方に引き入れなければならぬ」

「そういうことだ」

護良も続く。

「しかしな、尊雲様」

七郎が唇を尖《とが》らせながら後頭部を掻きむしる。

「こちらも本気を出さなければ新田に強さを示すことはできないですよ」

「無論だ」

護良は腕を組んだ。

「殺さぬようにしながら本気を出せ。なんなら生け捕りにしてもよい」

「いや、それではやはり本気は出せませぬ。俺は新田を討ち取る気で戦います」

七郎はどうしても討ち取ることにこだわりたいらしい。

「しかしな、七郎」

正成がなだめようとすると、

「義貞が死ぬのであれば、それだけの男だったということでいいのではないか？　味方になってもらう必要などないぞ」

七郎が真面目《まじめ》くさった顔で反論してきた。

「ほう」

護良が口をすぼめる。

「先程もそうだったが、七郎は、戦のことではこうして本質を突くことをよく言ってくるな」

正成は苦笑を浮かべながら肩をすぼめた。

「なにも考えていないとは思いますが、考えない分、出す答えは単純で本質に近いものになるのかもしれませぬ」

「違うぞ。俺だってちゃんと考えている」

七郎が拳を頭の上に振り上げ憤《いきどお》りを表明した。

「底の底まで考え抜いて、そして最もよい行動を選んでいるのだ」

「嘘《うそ》をつけ。考えていたら、もっと行いに思慮《しりょ》深さが表われるはずだ」

正成の苦言に護良が声を出して笑う。笑いながら護良は七郎の腰に手を置いて語りかけた。

「七郎は今の七郎のままがよい。お前が七郎でいてくれることで、俺たちは気づかされることがたくさんある。一緒にいて楽しいしな」

「尊雲様もようやく俺の魅力に気づいたようだな」

七郎がふんぞり返る。護良は目を丸くした後、再びおかしそうに笑い始めた。

が、しばらくして不意に護良は真顔に戻った。目を伏せ、なにやら思いつめたような表情を浮かべ始める。

「どうされたのです？」

正成が心配して聞くと、

「戦の前にな、七郎」

護良が重々しい口調で七郎に告げた。

「先程から気になっていたことが一つだけある。どうしても言っておかねばならぬことだ」

護良の改まった様子に、七郎が動きを止める。

「なんですか？」

「余は護良だ」

言われて、七郎は眉を持ち上げた。

「ん？　あ、そうか。尊雲様は護良様だった。何回注意されても忘れてしまうな。すみません、尊雲様」

「七郎。護、良、だ」

言い聞かせるようにゆっくり反芻《はんすう》する。

「そうでした、護良様」

七郎が頭に手を乗せて謝ると護良は溜息交じりに首を振った。

「まだ、護良になってからなにも為しておらぬからな。だから、名も昔のままで呼ばれてしまうのだ」

言った後、護良は大きく息を吸い込んだ。

「それもこの戦で変えてみせるぞ。日本を奪い返すのだ。護良親王の名を天下に轟かせてやる」

護良は正成を振り返った。

「頼むぞ、多門。すべてはお前にかかっておるぞ」

「はっ」

瞬間、血が滾《たぎ》るのを感じた。

いよいよ日本を獲《と》りに行くのだ。

河内の片田舎《かたいなか》で領主をしていた悪党が日本中の民の暮らしを変えるために幕府に挑もうとしている。

少しばかりの緊張はあった。

それ以上に、期待が大きい。己等に対する期待で胸が溢れ返っている。

「戦うぞ、多門。俺たちの手で武士の世を終わらせるのだ。そして、この国を変えてみせる」

護良が手を差し伸べて来た。正成はその手を見て、次いで護良の顔を見つめ返した。

護良は力強い眼差しのまま、

「さぁ」

ともう一度、正成を招く。

決意した正成は護良の手を取った。護良が力強く引っ張り、絵図の上に飛び移る。

瞬間、なんとも言いがたい感慨に襲われた。

己の足許《あしもと》に日本が広がっている。海に囲まれ、山と緑に覆われた美しき国、日本。

そこを今、己は踏みしめている。

そのことに興奮が呼び覚まされる。

いや、気持ちの昂《たかぶ》りだけではない。奥から溢れてくるのは愛情であった。

四十年近く生きて来て改めて思う。

この国で暮らしていられることがありがたい。

護良と会い、日本を創り変えるために奔走《ほんそう》し、今、重大な戦を前にしている。己は日本という国のために生きている。そしてそれはこれからも続くはずだ。己等は日本を理想の国にするために挑み続ける。

「絶対に勝ちましょう、護良様」

正成は足許の日本を見渡し、口から息を吸い込んだ。

「絶対に」

正成が顔を上げると、護良と七郎が同時に頷いた。

四

元弘《げんこう》三年（一三三三年）二月。畿内に到着した幕府軍は兵を三つに分けて赤坂城、千早城、それから吉野の攻略を開始した。兵の総数は三万。阿蘇治時《あそはるとき》を大将とし、その他、先年の赤坂城の戦いを率いた大仏貞直《おさらぎさだなお》、北条一族の名越時見《なごえときみ》が連なり、護良が言っていた通り新田小太郎義貞も一軍を率いて参陣していた。

まず攻められたのは赤坂城だった。この小城は七郎が兵を指揮《しき》して籠り、押し寄せる幕府軍相手に数日耐えたが、水源を押さえられたこともあって潰走《かいそう》させられた。七郎は果敢にも城を出て突撃を試みたが本陣までは届かず、生き残った兵をまとめて早々と千早城へ引き返していった。七郎の退却《たいきやく》を見て幕府軍は大いに沸いたようである。畿内中に知れ渡る猛将の七郎正季を破ったのだ。千早城を取り囲む幕府軍に意気揚々《ようよう》と合流した兵たちは、己等に対する自信を全身から溢れさせていた。

同じ頃、吉野も幕府軍の手によって落ちた。ここに籠っていたのは護良親王である。尊雲法親王の頃から従ってきた僧兵たちと共に戦った護良は、幕府軍を相手に数度押し返すなど奮戦した。が、それでも兵力差はいかんともしがたく次第に押されるようになり、吉野自体防御に適した地ではなかったこともあって敗色濃厚となった。この時、護良自身あわや殺されるかもしれないという危機を迎えることになる。だが、ここで、従者の一人が護良に変装し、幕府軍を引きつけるという行動に出て護良は命を取り留める。従者が戦っている間に護良は山に紛れて吉野を脱出することができたのである。殺された従者は護良を幼少時から支えてきた兵の一人だった。護良を一人の人間として認め、護良もその従者には心を許して過ごしてきた。従者に逃がされた護良は鈴丸たちと合流して、しばらくの間、世間から身を潜めた。時期を見て京近辺に現われ、六波羅を襲撃する手筈《てはず》になっている。

戦の経過を千早城で聞いた正成はただちに兵の下に向かい、戦況を伝えた。

「幕府軍は赤坂城と吉野を攻略したことで勢いを得ている。その勢いに乗って千早城を落としに来るはずだ。前のめりになって攻めて来るぞ。決して気を抜くな。悪党の戦を武士どもに見せつけてやれ！」

兵たちは正成に声をかけられたことで緊張をほぐされたような顔をした。三万という軍勢を前に神経を昂らせていた兵たちは、正成が言っていた通りに戦が進んでいることを確認して、己等の戦いに自信を得たようである。

「前のめりになっている敵ほど戦いやすい敵はない」

正成は軍議で兵たちに伝えていた。兵たちはそのことに納得し、今、敵が実際に前のめりになっている姿を目撃している。その事実に、兵たちは平常心を取り戻すことができたようである。

（あとは敵をどう誘い込むかだ）

正成は楠木兵を見ながらそう思う。

戦の前、報せがもたらされていた。忍びの藤助からである。藤助が言うには、大仏貞直や名越時見など、先年の赤坂城の戦いに参戦した武将は正成の知略を警戒して待機を指示しているとのことだった。一方で、赤坂城と吉野の戦いに勝って合流してきた兵はその指示に反感を抱いているという。中には大仏たち上層部の命令を無視して独断で千早城に攻め込む姿勢を見せている者までいる。三万という大所帯である。しかも、幕府が御家人に兵を出させて作らせた軍は、寄せ集めの軍でもあった。それぞれがそれぞれの思惑を抱いて戦おうとしている以上、一つにまとまるには時がかかる。

（仕掛けどころだな）

正成は藤助を呼び出し、指示を与えた。幕府兵の中に紛れ込んでいる忍びたちを千早城に向かって攻め上がらせようというのである。

血気に逸《はや》る気持ちをかろうじて押さえつけている幕府兵だ。命令を無視して千早城へと駆ける者を見つければ、出し抜かれたと思って後を追いかけるに違いない。

（明朝だ。明朝、仕掛ける）

そう心を決めながら兵の前から去った正成は、

「兄者、俺たちも戦うぞ」

隣に並んできた七郎に気づいて立ち止まった。

「赤坂城からの帰還組は、今しばらく休んでおれ」

早口に言い、再び足を速める。

「戦っていた方が楽だ。休まされると、逆に躰がおかしくなる」

七郎は兄と同じ歩調で歩きながら、そう述べてきた。なんとしても正成を納得させようとの思いを抱いているらしく、今までにないほど生真面目な表情をしている。

「それはお前だけだ。他の兵はお前ほど強靱《きょうじん》なつくりにはなっておらぬ」

正成は反論する。

「激戦の後だ。ゆっくり休み、これからに備えてくれれば、それでいい」

「兵たちこそ言っておるのだ。早く戦いたいとな。皆、この一戦になにがかかっているかを知っている」

「兵たちがか？」

正成は足を止めた。七郎が勝ち誇った表情で顎を上げている。だが、瞳の奥には真剣さが漂っていた。どうやら嘘はついていないようである。

（よい兵に恵まれたな）

途端に正成はその思いで満たされた。

赤坂城ではわざと敗ける戦をさせていた。通常よりも難しい戦だったに違いない。その敗け戦のために仲間を何人か失っている。共に切磋《せっさ》琢磨《たくま》し、同じ釜《かま》の飯を食ってきた同士だ。そうした犠牲を目にしてもなお、まだ戦いたい、と言ってきてくれる。正成は兵たちからの信頼をひしと感じることができた。

正成は下唇を噛みしめ、顔を上に向けた。晴れ渡る空が広がっていた。戦を前に昂っていた胸に、しんみりと爽《さわ》やかな風が流れ込んできたような気がして、正成は全身の力を抜いた。

「分かった。戦の支度《したく》をしろ」

正成は弟の腰を叩いた。

「お前たちの思いに感謝する。兵は多いにこしたことはないからな」

七郎が顔中に笑みを広げる。

「兵たちに伝えてくる。きっと喜ぶぞ」

言うなり、背中を向けて走り去っていく。よほど戦えることが嬉しいらしい。門の前を駆ける姿はまるで鹿《しか》が跳《は》ねるように軽やかだ。

「せわしない奴《やつ》だ」

言ったが、それでも頼もしいという思いは拭《ぬぐ》うことができなかった。千早城の楠木軍の兵力は二千だ。城内に避難させた民も含めれば六千になるが、彼等は戦う際の人数としては数に入れることはできない。民はあくまで民であり、前線で戦うのは兵だけである。

（だが、民の力も使わせてもらうがな）

正成はそう思っている。直接戦わせるわけにはいかないが、民も用い方によっては戦力になるのだ。

まずは飯の支度であった。炊《た》き出しなどで貢献《こうけん》してくれる。他にも、木を伐《き》り出したり、岩を削ったりといった作業もそれを専門にしている民のほうが得意だ。城が損傷すれば補修にも手を貸してくれる。土木を生業《なりわい》にする者も城には大勢避難しているのだ。

（全員で戦う）

赤坂荘の力を総動員して幕府軍を討ち倒す。

その思いを抱いて、正成は千早城に立っている。

「支度が整ったぞ」

門の前まで来た頃、どこからか囁かれるのを聞いた。だが、どこにもそれらしき人の姿は見当たらなかった。正成は辺りに目を配りながら、声の主を探した。

「こっちだ」

背後を見ると、門扉《もんぴ》に背中を預けた藤助が己を手で招いているのが見えた。藤助は軽輩《けいはい》の兵と同じ格好をしている。どうりで気づかなかったわけだ。藤助の変装は完全に楠木兵そのものだ。

正成は藤助の下まで向かい、

「明朝に頼む。この城に向かって駆けさせてくれ」

そう告げた。藤助は無表情のまま、

「分かった」

一言だけ答えた。

これで、幕府軍をおびき出す手筈が整った。

(蹴散らしてやる)

日本の行く末をかけた戦が遂に始まるのだ。

正成が腹に力を込めると、藤助が咳払《せき》いして唇を舌先で舐《な》めた。

「もう一つ。報せがある」

「なんだ?」

正成は手招きする藤助に並んで門扉にもたれかかり、そこで腕を組んだ。

「足利高氏の動向だ」

「動いたか?」

正成は咄嗟に尋ねた。視線を受けた藤助が静かに首を振る。

「そうか……」

言いながら、正成は姿勢を元に戻す。

足利高氏の動きが気になっていた。高氏をどう抑えるかで戦の趨勢《すうせい》が決まる、そのように感じてならないのだ。

だが、どういうわけか足利高氏はこの度の遠征軍には同行していなかった。病を理由に辞退し、そのまま足利荘《あしかがのしょう》の館に籠り続けているのである。

不気味だった。なにかを企《たくら》んでいるに違いない、と正成は思っている。それがなにかを突き止めない限り、戦にすべてを集中させることができない気がした。

「病というのは嘘だな」

藤助が抑揚《よくよう》のない声で語る。

「弟の足利直義《ただよし》や重臣の高師直《こうのもろなお》が毎日のように館に通っている。そのまま何刻も籠ったまま出て来ぬのだそうだ。帰りが深夜になることもあるという」

「なにかを話し合っている、そういうことか？」

「おそらくな。しかも重大ななにかだ。部屋の周囲は館の召使いであってもむやみに近づくことができぬほど警戒されている。召使いにも漏らしてはならぬ話など、一体どのような内容なのか……」

藤助は配下を足利荘に忍び込ませていた。服部《はっとり》座でも古株の男が率いる五人組だ。藤助の配下では最も優秀な者たちだという。その五人を忍びとして放っているのだが、彼等でも高氏の館に潜入することは困難だとのことであった。警戒という衣を幾重《いくえ》にも重ねた高氏の館は、近づいただけで射ち落とされそうなほどの緊迫感が満ち満ちている。戦中であるかのように見張り兵が至る所に配置されている、そう聞いている。

「ただ、高氏が各地に文《ふみ》を出しているということは突き止めることができたぞ」

藤助が唇だけを動かして喋る。

「四方八方、手当たり次第《しだい》に送っているようだ」

「突き止められぬか？」

「足利兵を二度、捕らえた。その時は鎌倉の執権に向けられたものと京の六波羅に向けられたものだった。どちらも中身は挨拶程度のことしか書かれていなかった」

「偽装だな」

正成は顎を摘まむ。

「高氏は捕らえられることを警戒しているのだ。本当に伝えたい文はあちこちに送られている中に紛れ込んでいるに違いない。捕えさせないために一度に大量に送っているに違いない」

「すべての文を手に入れようとすると難しくなる。服部座だけでは人手が足りなすぎるからな。高氏はそうしたところまで見抜いて、文をひっきりなしに送っているのかもしれぬ」

藤助は足利荘の他にも鎌倉、京、河内、隠岐に忍びを放っている。全員が重要な役目を担った者で、足利荘だけに手の者を集中させるなど無理な話だった。足利荘に五人が忍び込んでいるのは、服部座の規模からするとむしろ多い方なのである。

「足利高氏……。なにを狙《ねら》っている？」

正成は顎鬚を撫《な》でながら考えを巡らせる。

北条と縁戚関係にある足利高氏の目的は倒幕を阻止することで間違いない。そのためには遠征軍に交じって朝廷勢力を一掃することが最も有効だと思われていた。が、高氏は戦には加わらず、足利荘に引きこもり、どこかに文を送る暮らしを送っているという。なにかを仕掛けようとしていることは明らかだった。だが、そのなにかが分からない。

（俺だったらどうする？）

幕府を守るため、俺ならどう動く？

しばし考えた正成は、突然、目を見開いた。

「帝だ」

そう零す。

後醍醐帝を討てば朝廷軍の倒幕戦は破綻《はたん》する。後醍醐帝こそ朝廷軍の大将であり、後醍醐帝を復権させることが朝廷軍に集う者たちの戦う意義になっているのだ。

（だが、帝を討っても……）

正成は藤助を見つめた後、

（いや）

と考えを改める。

（帝が亡くなっても倒幕の勢いは止まらない）

熱は一時の間、鎮《しず》まるだろう。だが、すぐに帝の仇《かたき》を討つためという大義名分を掲げて兵たちは立ち上がる。死をも恐れぬ兵となり、後醍醐帝が亡くなる前よりもはるかに大きな勢いを得て幕府を飲み込もうとし始める。帝を殺したとなれば、倒幕から距離を置いてきた者たちも幕府に対して嫌悪《けんお》を抱くようになるかもしれない。そうなれば兵力は一気に膨れ上がる。

なんといっても帝だ。太古から続く王家の血を人々は本能的に崇めている。

（もし、本当に帝が討たれれば……）

倒幕軍をまとめるのは護良になる、そう正成は考える。

幕府軍との戦で先頭に立って戦う護良のもとに、兵は一斉に集うことになるだろう。護良を大将として担ぎ、後醍醐帝の弔《とむら》い合戦として幕府軍と戦う。血を見た牛のように、倒幕へと休みなく進み続ける軍が生み出されることになるのだ。

（であれば高氏は護良様も討たねばならぬことになる）

後醍醐と護良を同時に討てばひとまず戦は終息させることができそうだった。旗頭が居なくなれば、どこを向けばよいか分からなくなるからだ。朝廷軍の参謀格である楠木正成では全国の兵をまとめ上げることはできない。悪党である正成は身分が低く、下につこうと思う者は皆無と言っていい。

（高氏ならやるかもしれぬな）

正成は考えを巡らせる。足利高氏による二人の殺害は、決してあり得ない話ではない、そう危機感を募らせていく。

「いや、無理だ」

しかし、正成はすぐに考えを改めた。己なら本当に殺すかを考えた時、あり得ぬ、という答えが導き出されたのだ。

正成であれば後醍醐と護良を討つことは初めから頭から消し去ろうとする。二人を殺すことは最も手っ取り早い方法かもしれなかったが、不確定要素が大きすぎて、逆に危険が増してしまう。後醍醐は隠岐に流されたままで、正成が出向いて以来、身辺の警護を強化させているし、護良にいたっては吉野の戦いの後、山に潜んで行方《ゆくえ》知れずになっている。暗殺をしようにも、人を近づけることさえできない状況になっているのだ。今の状況では二人を殺すことは確実に失敗することになり、結果、卑怯《ひきよう》な手を使った者として悪評を流されることになる。その悪評は御家人たちの耳に届き、幕府重臣の高氏の行動だけに、幕府を見限る者を生む恐れがあった。

（俺なら……）

正成は考える。楠木党討伐軍に加わりながら西国の倒幕勢力を掃討することを優先する。

確かに正攻法かもしれなかったが、結局はそれが最も確実な方法なのであった。

だからこそ正成には高氏の行動の真意が分からないのだ。

なぜ遠征軍に加わっていないのか。なぜ病と称《せ》してまで足利荘に籠るのか。その理由が見当たらず、分からないだけに気が急く思いばかりが募っていった。

「なにを考えておる、足利高氏！」

正成は拳を門に打ち付けた。手に痛みが走り、それでも苛立《いらだ》ちは治まってはくれない。

「とにかく、だ」

藤助が背中を離して語りかけてくる。強張《こわば》った正成の肩を見つめ、正成が息をついたところで再び口を開いた。

「俺たちは全力で調べる。なにか動きがあれば、すぐにお前に知らせる。お前は目の前の戦に集中すればよい」

「分かっている」

「足利軍がいないから張り合いがないか？」

藤助が眉を持ち上げて言う。涼《すず》やかな目元に一瞬だけ剽軽《ひょうきん》さが顔を覗かせ、それを見た正成は大きく息を吐き出した。

「確かに張り合いはないな」

頬を緩めて言う。藤助もつられたように笑った。正成は今、冗談を言えるだけの冷静さを取り戻すことができたのだった。藤助のおかげである。藤助は、昔から相手の呼吸の測り方がうまかった。山で遊んでいた時も、時に熱中し過ぎる正成を見て、落ち着いた物言いでなだめてくれたのは、いつも藤助だった。

「いずれにしろ、願っていたことなのだろう?」

藤助に言われ、正成は素直に頷いた。

(そうだった)

足利軍を倒そうとは思わないこと、護良と吉野で話をした時、そう確認していたはずであった。京を攻める護良の下に足利軍を向かわせなければそれでいい。戦いたい、と興奮する七郎を詰《なじ》ったのは誰であろう正成自身だ。

「そうだったな、藤助。足利軍がいないのであれば、この戦はだいぶ楽になる」

今は千早城の戦いでいかに勝つかが重要だった。

三万の幕府軍に勝つことで朝廷軍に流れを引き寄せることができる。

「藤助、足利軍の動きは常に追うようにしてくれ。どんな些細《ささい》な事でもいい。なにかあったら即座に俺の耳に入れるのだ。報酬は倍出す」

正成の声は常の調子に戻っている。聞いた藤助は正成を横目で見て、静かに首を振った。

「報酬は今のままでよい。それよりもお前に頼みたいことがある」

「頼み?　お前が頼みとは珍しいな」

正成が聞き返すと、藤助は急に照れたような顔になって小鼻を掻いた。

「この戦が終わり、天下を護良様が治めるようになれば」

　そう言って一度息を飲む。

「皆の前で舞わせてくれぬか。その時に舞の報酬を弾んでもらえれば、それでいい。お前たちは服部座を忍びだと考えている。今まで、俺たちの舞を真剣に見たことはなかったはずだ。俺たちは猿楽師だ。忍びではない、猿楽師だ。俺たちの舞でお前たちを感動させてみせる。それが俺の願いだ」

　正成は口を開けて藤助を見つめた。なぜ今、猿楽舞の話が出てくるのか、そのことが理解できなかった。

（藤助は気遣ってくれたのだ）

　が、すぐに思い至る。高氏に固執する己を気遣い、張り詰めた神経をやわらげようとして、わざと関係のない猿楽舞の話を持ち出してくれたのだ。

　正成は人差し指で頬を掻いた。藤助の心配りが少しだけくすぐったく思えた。

「確かに、お前の言う通りだな。服部座の舞を俺は今まで、じっくりと見たことがなかった。ずっと忍びと雇い主の関係で居続けてきたからな」

「感動させてやるぞ、多門。服部座の舞はなかなかに評判がよいのだ。畿内一の悪党と呼ばれる楠木党を猿楽師の俺たちがむせび泣かせてやる」

藤助が胸を突いてくる。正成は突かれた胸をそっとさすった。その時不意に、服部座の舞を目にすることが心から楽しみで仕方ないと思うようになった。

理由はなかった。

ただ見てみたい。

藤助はどんな舞を舞うのだろうか。

藤助の舞は己にどのような感情を呼び起こさせてくれるのだろうか。

見てみたい。

心の底から強く思う。

しかし正成は、その思いを抑えつけるようにして、息を大きく吸い込んだ。

「まずは明朝だ。藤助、頼むぞ。戦に勝って、服部座の舞、必ずや見せてくれ」

友の胸を殴《なぐ》り返しながら笑った。

五

千早城であった。

深い堀を築き、周りの斜面を削った頂上に城はある。

まさに要害だ。

堀に架けられた三つの橋はすべて外してあった。敵は一度堀に降りてから岩肌を上ってこなければならない。敵から攻められにくいという山城の利点を活かした造りになっている。

幕府軍が攻めてきたのは夜が明けてすぐのことであった。橙《だいだい》の光でこの世のすべてが満たされる中、喉《のど》を嗄《か》らすほどの叫声を上げて山道を駆け上って来た。

城まで伝わる声の礫《つぶて》を浴びながら正成は櫓《やぐら》からその様子を見下ろしている。

「藤助たち忍びはうまくやってくれたみたいだな」

麓にかけて広がる森に目を向け一人呟く。

幕府兵が続々と森を抜けて来る。堀の前に並ぶ兵は数千を遥《はる》かに超えるほどだ。

抜け駆けした五人の忍びを見て、

「我も」

と続いた兵がこれほどいたのだ。突発的に動いた者でこれだけである。

(兵はまだまだ増えるに違いない)

正成は唇を親指で擦《こす》る。武士の世では後《おく》れを取ることが最も嫌われる。臆病者《おくびょうもの》を恥《は》じる文化が根付いているのだ。

(我等とはまるで違うな)

悪党は臆病と謗《そし》られても全く気にしない。最終的に勝てればそれでいい。名よりも利を取る計算高さこそ己たちの身上《しんじょう》だ。

考えているうち、早くも先頭の兵が空堀に降り、岩肌に取りつき始めた。それを合図にしたように、一気に城の周囲が黒い甲冑《かっちゅう》で埋めつくされる。まるで樹液に群がる甲虫だ。黒い甲冑が城を目指して這い上って来る。

「まだだ。まだ、引きつけろ！」

正成は櫓から身を乗り出して敵の動きを注視した。先頭の敵兵は既に三分の二ほど上っている。が、堀にはまだ敵兵が残り、己の番が来るのを今か今かと待ちわびている状態だ。

「先頭が塀に手をかけた時だ」

正成はそう呟く。

「焦るな。限界まで引きつけろ！」

果敢《かかん》に城を目指す先頭の兵が塀に辿り着いた頃には、堀にいる他の兵も岩肌を上り始めているはずだった。

そこで仕掛ける。引きつければ引きつけるだけ効果は大きくなるのだ。

「よし、今だ！」

正成は、先頭の兵が岩肌を上りきったのを見て城内に指示を出した。

「落とせ!」

声の限り叫ぶ。

途端に、城内の楠木兵が板塀にかけられた縄を切り始めた。

ゴゴゴゴゴッという轟音《ごうおん》と共に、敵兵もろとも外塀が傾き、内側に積んでいた丸太が転がり始める。

赤坂城の戦いと同じ戦法であった。ただ、今回の方が山の傾斜が急な分、威力も大きい。

岩壁を上っていた幕府兵は一斉に転がり落ちて来た丸太に巻き込まれ、堀へと落下していった。阿鼻叫喚《あびきょうかん》が城の周囲で上がる。命を失った者は数知れないはずだった。負傷者も含めると相当な被害が出たに違いない。

「放て!」

正成は楠木兵に命じて、丸太の下敷きを免《まぬか》れた敵兵目掛けて弓矢を射させた。それで悉く幕府兵は岩肌から一掃された。

「休むな。二段目を構えろ!」

城内の楠木兵が再び縄を張り、丸太を積んで次の襲来に備える。何度も訓練してきたため、動きに無駄はない。作業する者の中には民も交じっている。辰砂の採掘師や木こりといった、土木業に従事する者たちだ。おかげで二段目の備えを瞬く間に完成させることができた。

（敵が上って来る度、丸太で応戦する）

今の戦闘ですべての幕府兵を倒せたわけではなかった。堀の向こう側には続々と新手が出現している。彼等は今の攻撃を見て呆然《ぼうぜん》と立ちすくんでいたが、その中の指揮官らしき男が手を上げると、弾かれたように堀へ飛び込み、再び岩肌を上り始めた。

「何度でも。何度でもだ！」

正成は声を嗄らした。幕府軍は圧倒的な兵力を誇っている。それを頼りにして、攻め込もうというのだ。楠木軍の丸太の仕掛けが底をつくのを狙っているのである。それまでは斜面を上り続けてくるに違いない。

「底などない。跳ね返し続ける」

正成は眼下に向かって言い放つ。幕府軍の被害が拡大し、

「これ以上攻めても犠牲が増えるだけだ」

そう諦《あきら》めるまで応戦し続ける。丸太の仕掛けは幾らでも作り直すことができるのだ。密かに運び入れている丸太は絶《た》やされることがない。山の民が里の者には分からない

道を見つけ、城の地下に掘られた坑道と繋げている。その坑道を通って丸太はひっきりなしに運び込まれている。

「この戦、圧倒的な勝利を収めるぞ！」

正成が兵に向かって叫んだのと同時だった。

空気が軋《きし》む音を聞いた正成は咄嗟に頭を下げた。

ドン。

櫓が揺れる。見張り兵がたたらを踏む。うつむいた正成は顔を上げ、音のした方を見た。正成が立っていたすぐ隣の柱に矢が突き立っている。

「誰だ！」

乗り出して叫んだ。正成の目は捉えていた。小さな光が己に向かって迫って来るところを。

再び避《よ》けた。柱に矢が複数突き刺さる。案の定、小さな光は鏃《やじり》で、正成を狙って誰かが矢を射たことは明らかだった。

辺りに目を配った正成は、堀の向こうに立つ男を見つけて、

「あいつか」

奥歯を嚙みしめる。

鎧《よろい》を着た武者が弓を手に立っていた。表情は識別できなかったが、こちらを睨みつけていることは上向けた顔の位置から想像できる。

（あそこから射たのか？）

正成は、柱に刺さった矢と鎧武者を見比べた。

堀の向こうと城の間にはかなりの隔《へだ》たりがあった。とても弓矢が届く距離とは思えない。櫓の上の正成はそうしたこともあって、身の危険を感じることなく采配を振っていたのだ。

だが、違った。

想像を遥かに超えた強弓の使い手がいる。

全身に粟《あわ》が立つ。

正成は手すりを摑むと、堀の向こうの鎧武者を睨みつけた。

赤い草摺《くさずり》。黄色の胴丸《どうまる》。三又の前立てを付けた兜《かぶと》は陽光を金色に変えて跳ね返している。

「あいつは……」

しばらく視線をぶつけ合った正成は、唸った。

距離を超えて、激しい闘気が伝わってくる。視線を逸らした瞬間、再び矢を射られるのではないか、そんな思いが全身を駆け巡る。

鎧武者の存在は、この場にあって明らかに際立っていた。他の武士とは異なる雰囲《ふんい》気《き》が放たれている。

（強い）

思わず息を飲んだ。視線を合わせただけなのに圧倒的な強さが伝わって来る。それほど鎧武者が放つ迫力は凄《すさ》まじいものがあるのだ。

睨み合いの均衡《きんこう》を崩したのは鎧武者の方だった。不意に背中を向けると、大弓をかつぎ直して森の中へと消えて行った。続いて何人かの兵がそれに続く。おそらく家臣なのだろう。ぞろぞろと森の闇《やみ》に溶け込んでいく男たちは、堂々としていて、それが不気味さを増長させていた。男が完全に見えなくなると同時に、山全体がしんとした静けさに沈んだ気がした。

しばらく呆《ほう》けたように見守っていた正成は、山肌を駆け上がる喚声を聞いて我に返った。

（意識を奪われていた）

そう思う。男が放つ鮮烈な印象に正成は釘付けになっていたのだ。

その間も戦は進んでいた。敵の声がそのことを物語っている。正成は慌てて岩肌を見下ろしたが、幕府兵は城と堀の中間あたりを上っているところで、丸太を落とすのはもう少し先でよさそうだった。

息をついた正成は目の端に白い影が映るのを見て、眉を寄せた。

柱に突き立った矢。

その一本に紙が結わえられている。

矢を引き抜いた正成は、紙を広げて目を走らせた。

「新田、小太郎、義貞……」

瞬間、全身が熱くなる。

（やはりあいつが……）

新田義貞か。

護良がかつて語って聞かせてくれた男。

足利高氏に匹敵するという武術の使い手。

その新田義貞こそ先程の鎧武者だったのだ。

正成は手の中の紙をグシャリと握りしめた。昂る気持ちが握りしめた手を震わせる。

「勝負か……」

正成は目を鋭くしながら、そう呟く。

「おもしろい。楠木軍の強さ思い知らせてやる」

新田義貞は文《ふみ》の中で楠木軍に勝負を挑んでいた。戦って、朝廷軍に味方するかどうかを決める、そうしたためられていたのだ。それを正成に伝えるために義貞は矢を射たのである。

「派手《はで》なことをする男だ」

正成はほくそ笑む。

矢に結わえられた文には、正午に山の西麓《さいろく》で五十の兵と待つ、と書かれていた。正成はその紙を、両手で引き裂いた。

六

森の中。確かに感じる。敵兵の息遣い、真っ直ぐこちらに向けられた視線。その視線は針のように尖っている。

陽《ひ》は中天に達していた。葉の隙間から零れる光は帯となって地面に降り注ぎ、そこだけ空気が白い渦《うず》を巻いている。兵たちの体臭に混じって漂うのは土の匂《にお》い。重く湿り気のある香りは鼻孔《びこう》から流れ込み、高まる胸の熱を冷ましてくれた。

（落ち着いているな）

正成は周りの楠木兵を見渡した。前方に見え隠れする武士の一団からの圧力は計り知れないものがある。それでも楠木兵は余裕さえ浮かべた表情で、森に潜んでいる。興奮を乗り超えて逆に冷静になっているようだ。

（これなら普段の力を発揮できそうだ）

楠木兵は転戦を重ねるうち強くなっていた。特に今連れている兵は、大和や紀伊の地頭軍と戦うなど、初期の頃から楠木軍に携わってきた古参の兵たちだ。先日の赤坂城の敗け戦でも、七郎の指揮のもと戦い、見事当初の目的を遂行《すいこう》してくれた。死地を乗り越えた彼等は、さらに一段己を成長させているようだった。

突如山の上の千早城から地鳴りのような音が響いて来た。続いて衝撃が起こり、山全体が揺れたような感覚に襲われる。木に止まっていた鳥たちが羽音をたてて飛び立ち、どこかで鹿の甲高《かんだか》い鳴き声が上がった。木から飛び立った鳥たちは、群れになって上空を目指すと、空の中ほどで向きを変え、今度は山の麓に向かって飛翔していった。

「それでいい」

正成は山上に向かって声をかけた。剝き出しの岩肌の上の櫓を見る。

義貞がわざわざ兵数を記したのは、正成も同じだけの兵を率いて来いと知らせるためだった。五十と五十でぶつかり、どちらが強いかを競おうというのだ。

そのことを知った正成は、櫓を下りて麾下頭の和田正隆を呼び、城の防御を頼んだのである。そして、正成は兵を選抜し、七郎と安田飛王丸を連れて裏門から出たのであった。本来であれば麾下頭も連れていきたいところだったが、正成の用兵を知悉《ちしつ》している和田は指揮が巧みだった。判断力も優れている。千早城を任せられるのは和田以外にはいなかった。

実際、和田はしっかりと城を守っているようである。先程、山上から響いてきた音は、楠木兵が丸太を転がした音で間違いない。まだ丸太が転がっているということは、幕府兵は山肌を上りきれてはいないということだ。やはり、和田は正成の指示を堅実に守って戦ってくれているようである。

五十の兵と共に麓《ふもと》の杉林に潜んだ正成だったが、今、前方に敵の気配を感じるようになって額に汗を浮かべ始めている。これが新田軍か、そんな心境だ。

「今までの敵とは明らかに違うな。空気が張り詰めている」

隣から顔を覗かせた七郎が声をかけてくる。目の奥が光っているのは、昂る気持ちを抑えることができないからだ。唇の端を不敵に歪《ゆが》めた七郎は、拳を握りしめては開くことを繰り返している。

「気に乱れがないですね。静かなくせに激しい。飲み込まれてしまいそうです」

後ろの飛王丸が唾を飲む。戦ってもいないのに、こめかみからは汗が滴り落ちている。新田軍の強さを肌で感じているのだ。

「さて、どう戦う？」

正成は呼吸を細く吐き出しながら二人に聞いた。新田軍の強さはヒシヒシと伝わっているのに、余計な緊張感はまるでなかった。むしろ早く肉体の縛りを解き放ちたいというように疼《うず》いてさえいる。

「全員で正面から突っ込む」

真っ先に答えたのは七郎だった。握りしめた手をグッと鳴らす。七郎は新田軍との戦が待ち遠しくて仕方ないのだ。

「それではこちらに犠牲が出ます」

反論したのは飛王丸だ。

「なに？」

眉を上げる七郎を無視して、飛王丸は額に人差し指を当てた姿勢で新田軍を睨みつける。

「新田義貞の狙いはこちらの強さを測ること」

飛王丸が慎重な物言いで、そう続ける。

「となると、七郎様が言われた通り正面からぶつかることもやはり必要なのかもしれませぬ。相手の意表を突く戦では義貞は納得しないはずですからね。ですが、全員でぶつかるのは反対です。おそらく決着がつきませぬ。私の見たところ力は互角。七郎様という豪傑《ごうけつ》がおられる分こちらが有利かもしれませんが、それでも確実に勝利を得られるとは限りません。正面からぶつかって義貞を納得させるとともに、楠木軍の、型にはまらない戦を見せつける必要があります。そうすれば、義貞は満足するに違いありませぬ」

「なるほどな」

聞いた正成は素直に感嘆《かんたん》した。

(戦をよく理解している)

ついこの間、紀伊から正成の本隊に合流したばかりだ。それなのに、目を瞠《みは》るほどの成長を遂《と》げている。正成は飛王丸を己の近くに置いて、戦を教えて来た。七郎に迫るほどの剣の腕前を持っているのだ。いつかは一軍の将にしようと考えている。その飛王丸は兵法を駆使することにも、適性があるようだった。少し教えただけなのに、みるみる理解を深めていった。この分だと一軍を任せる日も、そう遠くはなさそうである。

「では、飛王丸ならどう攻めるのだ？」

七郎が頬を膨らませながら飛王丸に聞く。

七郎も分かっているのだ。正面からぶつかるだけでは戦には勝てないことを。そのことを知っていながらも、正面突破を主張しないわけにはいかない理由がある。

それが七郎の戦い方なのである。

己の戦いをし、それで勝ってきたという自負が七郎にはあった。策を用いることも必要だが、戦の本質を忘れてはならない、そう七郎は常々言っている。戦は力に優れている方が圧倒的に有利なのだ。そのためには兵を鍛え続けなければならない。そうして、厳しい調練を課し、楠木軍をここまで強くしてきたのは七郎なのである。

「七郎様に四十を率いてぶつかってもらいます」

飛王丸が額の人差し指を外して七郎に目を向けた。

「七郎様であれば四十でも互角以上に渡り合えるはずです」

「よく分かっているではないか、飛王丸」

七郎が若武者の背中を叩く。飛王丸は咳込んだが、すぐに前方の新田軍を見ると目を細めた。

藪の背後の敵が動いている。楠木軍を見て陣形を変えようとしているのだ。

「七郎様が戦っている隙に残りの十を率いて私とお館様が背後に回ります。そのまま大将の義貞に突撃します」

飛王丸の考えを聞いた正成はジッと若者を見つめた。精悍《せいかん》な横顔が頼もしく見える。

(まだ、甘いな)

だが、正成は思う。飛王丸の策は新田義貞に見破られるだろう。義貞は戦で驚異的な勘を発揮する類の男のはずだ。でなければ、これほどの強烈な圧力を発することはできない。七郎と同じ匂いがするのである。七郎は戦場では、どんな策も見破り敵陣深く攻め入ってしまう。その時の勘のよさは、正成も驚愕するほどだ。

だからこそ新田義貞は侮れない。

(俺なら……)

と正成は顎を撫でる。

(三十を七郎に預けて、一度正面から戦わせるか)

互角の戦いを演じた後、七郎を退却させ、後を追ってくる新田軍に十を率いた飛王丸をぶつける。だが、新田軍は横からの突然の攻撃も見破ってくるだろう。それでも、陣は乱れ、七郎を追うどころではなくなるはずだ。そうなれば新田義貞は後方に退かざるを得なくなる。混乱した自陣の中に身を置き続けることほど危険なことはないからだ。退いたところで、更に正成が残りの十を率いて背後を襲う。退却したばかりの義貞は正成の奇襲に驚くはずだ。そのまま義貞の首に迫り、勝利を得る。

そう考えたが、正成は、

「よし、飛王丸の考えた通りに戦おう」

飛王丸の策を採用することにした。飛王丸には実戦を積んでもらいたいと思っている。うまくいかないことも含めて、すべてが糧《かて》になる。飛王丸は新田軍との戦を経てさらに上へと昇っていくはずである。

正成が新田軍に視線を移した時だ。木の陰に潜んでいた敵が一人、また一人と木漏れ日の中に姿を現わしてきた。新田兵は数歩進んだ後、突然、

「うぉおおお！」

全兵が躍り出て駆け出してきた。

「四番まで！　俺に続け！」

七郎が飛び上がる。刀を抜いて掲げ、前方へと走り始める。指示を聞いた兵が七郎に続く。四十人だ。光の中を進む楠木兵は、皆、刀の刃を返している。

「我々も行きましょう」

飛王丸に促され、正成は頷いた。身を屈めて移動しながらも楠木軍と新田軍の戦いを横目で見る。

楠木軍と新田軍がぶつかっている。楠木軍の先頭は七郎で、敵の攻撃を避け、撥《は》ねのけながら進んでいる。

戦は楠木軍が押しているように見えた。やはり七郎の存在が大きいのである。戦場に一度《ひとたび》立てば武神のように躍動《やくどう》する七郎は、敵が誰であろうと蹴散らしてしまうのだ。

だが七郎は、いつものように敵中をスルスルと進んでいくことはできていなかった。新田兵の動きが今までの敵より優れているのだ。七郎の攻撃は三回のうち二回は防がれている。他の楠木兵に至っては刀を打ち合うばかりで、ほとんど効果的な一撃を見舞えることができていない。それでも敵を倒して進む七郎の剣はやはり図抜けていると言わざるを得ないが、一方でそれと渡り合う新田兵もよく鍛えられていることは疑いようがなかった。

(さすが、護良様が一目置くだけの男ではある)

兵たちが地面を踏み荒らすせいで空中に土埃《つちぼこり》が舞っている。白く煙る戦場を見ながら、正成は藪の中を進む足を速めた。

そのまま新田軍の後方へと回り込む。七郎と戦っている新田兵の中には堀の向こうから弓を射てきた鎧武者は含まれていなかった。

おそらく後方に陣取って戦いを見守っているのであろう。前線を兵に任せる辺り、まさに武士の大将らしい戦い方だ。だが、正攻法の戦いをしても、逆に敵に不気味さを抱かせてしまう。それほど新田兵は強く、大将の義貞の存在感は大きいのだ。

鎧武者は七郎たちの戦いが見えなくなってすぐ姿を現わした。正成がぬかるみに足を踏み入れ、泥を周囲の草木に飛び散らした時だ。

兜の三叉が金色を放っている。黄色い胴丸、赤い草摺の鎧姿は、森の中、そこだけ凜《りん》と映《は》えているように見えた。腕を組んで顎を引き、前方を睨みつける男は新田義貞に間違いないだろう。サッと目を走らせたが、周囲に新田兵が潜んでいる様子はなかった。義貞は護衛もつけず、一人、この場に佇《たたず》んでいるのだ。

「あいつだ」

振り返って目で合図を送ると、後ろを駆けていた飛王丸が藪の中に身を沈めた。飛王丸は義貞を見つめると、

「行きます」

声を出さずに言う。同時に刀を抜き、藪の中から飛び出した。

「新田小太郎義貞、覚悟！」

義貞が振り返る。そこに他の楠木兵を引き連れた飛王丸が襲いかかる。義貞は慌てない。まるで敵の顔を目に焼きつけようとでもするように飛王丸を見据え、それから刀に左手を添えて身構えた。

「うらぁあああ！」

飛王丸が跳躍したまま刀を振り下ろす。義貞は抜き打ちの刀でそれを弾いた。簡単に払ったように見えたが、義貞の力は想像以上に強かったらしく、受けた飛王丸は、横に飛び、肩から地面に落ちた。

そこからの義貞が圧巻だった。襲い掛かる楠木兵をまるで子ども扱いでもするように次々と地面に倒していく。

正成は息を飲んでその動きを見守った。

足の運びは緩やかである。むしろ緩慢《かんまん》にも見える。上半身もほとんど動いていない。ただ、楠木兵が刀を振る寸前に目にも止まらないほどの速さで懐に潜り込んでいる。柳の枝のように刀を振り、そのひと振りが悉く重いらしい。楠木兵は吹き飛ばされるわけでもなく、背骨に罅《ひび》が入ったといった具合にその場に崩れ落ちる。

（まさに一騎当千のつわものだ）

思わず見入ってしまった。優美でさえある。

並の兵では相手にならないことはすぐに分かった。鍛えてきたはずの正成の麾下でさえ、手も足も出ないのだ。

正成は刀を抜いた。静かに足を送って藪から出る。

躰中の力が上半身に集まる。刃を返す必要はない、そのことを悟《さと》る。刃を返さなくても義貞を殺すことはできないからだ。

義貞も正成を見て、同じことを考えたようだ。正成の前を塞《ふさ》ぐ二名の楠木兵を倒すと、刃を戻しながら八双《はっそう》に構えた。

「楠木多門兵衛正成か？」

義貞が聞いてくる。声は低いわけではない。むしろ青年のように澄んだ声だ。

「いかにも」

正成も足を配って八双に構えた。

「名高き楠木多門兵衛殿と刀を交えられるなど光栄だな」

「こちらも同じことを思っていた。お前ほどの敵に出会ったことはないぞ、新田小太郎義貞」

「実際に戦えば、お前が思っている以上に強いことが分かる」

義貞は視線を下げ、

「……参るぞ」

言い終えるやいなや、地面を蹴って迫ってきた。

ギンッ。

刀を倒して頭上からの攻撃を受け止める。全身に衝撃がのしかかって来たように重い。歯を食いしばって押し返す。義貞は正成を見て後ろに飛び退《すさ》り、一度、間を開けて呼吸を吐き出した。

刀を下段に下ろしながら声をかけてくる。

「言った通りだろう？　想像を超えて遥かに強いぞ、俺は」

正成は刀から手を外して開閉した。少し痺《しび》れたようだ。が、数度拳を握りしめただけで、痺れはすぐに引いていった。

「河内源氏の血を引く新田家の当主とやり合えるなど、またとない誉《ほま》れだな」

正成は刀を地面すれすれに下げると、そのまま走り寄りサッと振り上げた。

「ほぅ」

義貞が顔を後ろにそらす。正成の攻撃を避けた後、上段から振り下ろしてきた。

半身になって避ける。

義貞は笑むと、正成から一歩退いて正眼《せいがん》に構えた。刀の向こうから正成を睨みつけてくる。

「さすがは楠木殿だ。今まで会った誰よりも強い」

瞬間、義貞から表情が抜け落ちた。腰を屈め、全身から闘気を溢れさせ始める。義貞から風が放たれているような、そんな感覚に襲われる。

「はっ！」

義貞が気合を発したのと同時だった。時が止まったような気がした。義貞が地面を滑りながら刀を振り下ろすまでの間、周りの景色が止まって見えた。

（それだけ……）

速いのだ。

義貞は跳躍すると同時に刀を振ってきた。正眼の構えが一瞬も崩れたようには見えなかった。刀を振り上げてはいるのだろうが、その動作があまりに滑《なめ》らかすぎて、構えたままの姿勢から刀が降ってきたように感じた。

正成は刀を上げ、それを受けた。

「ぐっ……」

なんとか防ぐことはできた。

が、義貞は止まらない。二の太刀《たち》、三の太刀を繰り出してくる。

面、胴、それから肩。

正成はかろうじて防ぎ、防ぎながらも間で反撃を試みた。

正成の攻撃は悉く刀で弾かれるか避けられる。

胴を切り上げた時など地面に胸がつくほど躰を倒され、立ち上がる勢いそのままに刀を撥ね上げられてきた。

すんでのところで身を引いて避けた。

下で光を反射した刀を見逃していたら、顔を真っ二つに切り裂かれていたに違いない。

「なかなかっ……」

義貞の息が荒くなる。義貞も義貞で己の中の力を出し尽くそうとしているようだった。表情は少しずつ険しくなっていくくせに、振る刀は宙を舞う花びらのように軽やかさを増していく。

(これは……)

勝てぬ。

そう思った正成は、ふと、流れる景色の中に視線を向けた。ぼんやりと人の形をした影が目に映る。

「飛王丸！」

正成が声をかけると、影は弾かれたように地面を離れ、正成と義貞の間に飛び込んできた。

間に入った飛王丸が刀を振り下ろす。正成との立ち合いに集中していた義貞は、一瞬動きを止めたが、飛王丸の刀を頭の上で弾いた。

「二対一だと卑怯《ひきょう》か？」

正成が刀を薙《な》ぎながら問う。

「それが戦だ」

義貞は後ろに下がって刀を避けた。顔には笑みが広がっている。

「新田義貞、今度こそ！」

若者らしい鋭い声を発して飛王丸が飛びかかる。義貞に次々と刀を振り落としていく。ほとんど力任せだ。我を忘れたように攻撃を仕掛けていく。

飛王丸は己を捨て駒にするつもりのようだった。わざと荒い剣を使い、義貞の隙を作ろうとしている。それでも振る刀は鋭く、飛王丸の腕前がかなりのものであることは疑いようがない。

そこに正成も加わる。二人で入れ替わりながら義貞を攻め、息をつく暇さえ与えない。

義貞は退《ひ》かなかった。左右から伸びてくる刀を防ぎながらも、時折、ハッとするような反撃の一手を繰り出して来る。

三人は立ち位置を激しく変えながら、時の経過を忘れるほど刀を振り合った。

やがて——。

正成は義貞の首の寸前で刀を止めた。風が吹き、上空から零れる光が一瞬だけ強くなる。

「参った」

義貞が笑みを浮かべて言う。止まった途端、汗が噴き出したようで、顔を上気させ、荒い呼吸を繰り返し始める。

「さすがだ、新田小太郎」

正成は刀を首に当てた姿勢で、己の腹部に目を落とした。

正成の左脇に切っ先が突き付けられている。このまま貫かれていれば、心の臓まで達していたに違いない。

「やはり楠木殿は強いな」

義貞がフッと息を漏らしながら刀を離した。

「共に戦えると思うと、心強く思えるだろう？」

正成が返すと、義貞は一瞬驚いたような表情を浮かべた後、すぐにおかしそうに笑い始めた。

その声を聞いて、正成は刀を引いた。刀を振り上げたまま固まっていた飛王丸も正成に倣って刀を納める。

「新田殿」

立ち上がる義貞に正成は声をかけた。

「幕府を倒そう」

「承《うけたまわ》った」

義貞が鞘に刀を納める。そのまま正成には目もくれず、背を向けて歩き始めた。起き上がって戦いを見守っていた楠木兵が義貞の接近に後退し、道を開ける。

「おぉい、遅くなったなぁ。新田軍を倒したぞぉ」

背後から快活な声が聞こえてきて、正成は唇の端を持ち上げた。七郎である。新田軍を蹴散らし、こちらに向かって駆けて来ているのだ。

「やはり心強いな」

振り返って七郎を見つめた義貞は、そう一声だけ発し、手を振りながら森の中へと消えていった。

七

その後、新田義貞とは三度会った。いずれも千早城の麓の森の中である。深夜、お互いわずかな供だけを連れて落ち合った。

一度目は朝廷軍に味方することが話題となった。義貞は応じ、幕府軍に反旗を翻す誓約《せいやく》を立ててくれた。

二度目は義貞に東国で挙兵してもらうことについてだ。幕府のお膝元の東国で反乱を起こすことで人々の心を揺さぶろうというのだ。

東国の反乱は幕府の支配力が弱まっていることを内外に知らしめることになる。反乱を知った御家人のうち何人かは朝廷軍に合流する動きを見せるに違いない。それらを取り込み、幕府を内部から揺さぶることが狙いだ。

正成が説明すると、義貞は眉間に皺《しわ》を刻んでむっつりと黙り込んだ。東国は幕府に味方する者が多く、単独で挙兵するとなると、それなりの危険が伴うことになる。そのことを案じているらしい。義貞は、

「少し考えさせてくれ」

そう言って、その日は結論を出さずに己の陣へ戻っていった。

そして、三度目。

義貞は東国で挙兵することを承諾《しょうだく》してくれた。

「武士としてこれほどの役目を与えられたこと誇りに思う」

そう息巻くほどである。

正成は手を取り感謝を示した。義貞なら挙兵を受け入れるだろうことを、正成は読んでいた。挙兵しなければ、義貞はこれから先も幕府の中で飼い殺しにあい続けることになるのだ。正成は決意した義貞に、いつ東国で起《た》つか、幕府と一戦交えた後どのように朝廷軍と合流するかを事細かに伝え、次いで、今、千早城を囲んでいる幕府軍から離脱する方法を説いた。

初戦で楠木軍が大勝してからというもの、幕府軍は戦術を兵糧《ひょうろう》攻めに切り替えたようだった。千早城の周りを隙間なく囲み、外部からの侵入を完全に防いだ。だがそれは、楠木軍にはあまり効果のないことだったのである。正成はあらかじめ山中に坑道を掘って道をつくっていた。これには辰砂掘りの職人が手を貸してくれている。かつて赤坂荘を訪れた護良と話をした耕吉《こうきち》もその中に含まれていた。掘り手の頭に昇進した耕吉は朝から晩までつるはしを振り続け、その耕吉の指揮の下、複雑に入り組んだ坑道を職人たちは幾本も作った。その坑道を使って丸太を運び、また、紀伊からの兵糧も入れるようにしていたのである。楠木軍は籠城《ろうじょう》しながらも飢《う》えとは無縁の日々を送れる体制ができていた。

その反対で、幕府軍はというと、兵糧が枯渇《こかつ》し始めたのである。

これも正成が絡んでいた。

京から河内まで伸びる幕府軍の兵站《へいたん》線を正成は幾度も襲わせていた。その役を請《う》け負ったのは山の民を始めとした非人《ひにん》たちである。先年の諸国行脚《あんぎゃ》の道中、畿内の非人と繋がりを持った正成は兵糧を運ぶ荷駄を攻撃するよう頼んでいた。兵糧担当は武士の中では軽く見られがちで、警護も厳重ではなかった。非人たちが追い剝《は》ぎになりすまして襲ったところで充分な戦果を挙《あ》げられるだろうと正成は考えていた。

「警護兵が強ければ無理する必要はない」

そう伝えていたのだが非人たちは武士を圧倒するほどの戦いを演じたのであった。

元々、己等を守るために鍛えなければ暮らしていけない者たちだった。敵が兵站担当であれば充分に戦えるだけの戦力は持っている。

正成の指示を受けた非人たちは兵糧の三分の二を奪って逃走し、残りの三分の一は残すというやり方で襲撃を繰り返した。兵糧がすべて奪われなければ、幕府軍は危機感を強くは持たない、そう正成は読んでいた。運ばれてきた兵糧の少なさを嘆《なげ》きながらも、兵たちの空腹をいかに満たすかを考えるばかりで積極的な追い剝ぎ狩りには出ないはずだった。事実、正成が考えた通り、幕府軍は見張りの兵を数人増やした程度で、相変わらず荷駄隊を率先して守ろうとはしなかったのである。

こうした浅薄な対応のせいで幕府兵は飢えたのであった。死ぬほどとはいかないまでも確かな飢えを感じるようになるには、それほど時はかからなかった。

幕府軍から逃亡する者が現われ始めたのは開戦から二十日が過ぎた頃である。軍を抜け、どこかで食べ物を奪って腹を満たし、そのまま姿を消すという者が現われ始めた。特に、兵糧が充分に行き渡らない軽輩の兵に多く見られるようになる。

これが義貞にも使えそうだった。

逃亡者に混じって軍を離脱する。離脱した後は鈴丸たち山の民に導かれて山中を進み、幕府軍の目の届かないところまで向かう。そこからは街道を進んで東に行き、上《こう》野《づけ》の新田荘《にったのしょう》に戻るという道筋だ。

正成の案に納得した義貞は時期を待った。そして遂に、正成と打ち合わせてから八日後、新田軍は幕府軍から離脱して、東国に向かったのである。

「寡黙《かもく》な男だったな」

新田軍離脱の報を聞かされた正成は義貞の人となりを、そう評した。

武士の中の武士といった男だった。

己に厳しく、他人にも厳しい。

強くなることだけをひたすら求め、それ以外には努《つと》めて目を向けないようにしていた。

戦うために生まれてきたような男だった。

まさに軍神という言葉がぴったりくる、そんな武将だ。

「俺なんか、ほとんど喋《しゃべ》ってもらえなかったぞ」

七郎が首の後ろを揉《も》みながら言う。そんな七郎を見て報せを持ってきた服部藤助が同感だといった様子で首を縦に振った。

三人は広場で調練する兵たちを眺めている。数列に並んで剣の型を繰り返す兵には安田飛王丸が交ざっていた。義貞との戦で己の未熟さを痛感したらしい飛王丸は、なにかにとり憑《つ》かれたように調練に励み続けている。調練が休みの日は正成の下に来て兵法のあれこれを聞き、それも叶《かな》わない時は七郎を相手に立ち合いの稽古《けいこ》に明け暮れていた。飛王丸の強さを求める姿には鬼気迫るものがあった。

そんな飛王丸を見て、正成は、

（いい傾向だ）

そう思う。飛王丸はよい指揮官になれそうな資質があった。頭も賢く、兵法の理解は砂地が水を吸い込むように早い。

（いずれは楠木軍を支える将になる）

そのことは確信してよさそうである。これから長く続くであろう戦いの日々が飛王丸を将として成長させていくはずだ。その成長が正成には楽しみで仕方ない。

「義貞はなんとも愛想の無い性格をしていたな」

七郎が、今度は己の肩を揉みながら繰り返した。

「お前と話をする時はな」

正成が、そんな弟をからかう。

「七郎が、しきりに立ち合いを求めるから面倒くさがられたのだ。俺と二人の時は、それでも幾らか会話にはなったぞ」

「幾らかは、ね。所詮《しょせん》その程度だ。義貞が笑っている姿など見たことがない」

「だが、お前と同じくらい強いぞ」

正成はいたずらっぽい目を七郎に向けた。

「そうかもしれぬな。義貞は確かに強そうだ」

七郎の返答を聞いて、藤助が興味深そうに目をやる。

「七郎でもそう思うのか？」

「立ち合いを挑んだのは確かだ。だが、誘ったら、断る、だった。楽しそうだろ、とさらに迫ったがやっぱり、断る、だ。理由もなにもない。そもそも人を寄せ付けようとしないのだ。己だけにしか興味がない男なのだな、あれは」

「あるいは興味が向くのは己を高めることだけか」

正成が付け加える。

「勿体《もったい》ない」

七郎が地団太踏んだ。

「強いことは確かだ。躰つきといい、身のこなしといい、そのことは十分に伝わってくる。だが、人としての面白味がまるでない。敵同士であれば楽しかったのかもしれぬが、味方同士となるとつくづく不満だ。なにより、立ち合えぬ。こんなことなら、森の中でやり合った時、無理にでも立ち合っておけばよかった」

悔しがる七郎を見て、

「お前でも馴《な》染《じ》めない人間がいようとはな」

正成は笑った。笑いながら考える。七郎が言うように、戦場で敵同士としてまみえていたら義貞はこの上ない脅威となっていただろう。

（その義貞が朝廷軍についた）

意味は大きかった。義貞は必ずや幕府を悩ませる存在になる。幕府は裏切者の義貞を全力で倒そうとするはずだった。だが、義貞が相手であれば生半可《なまはんか》な戦いでは勝てる見込みがない。義貞は、たとえ寡兵であっても幕府軍相手に奮戦するはずである。それほどの力を有している。

（義貞が朝廷軍に加わったことこそ、後の世で潮目が変わった瞬間と言われるかもしれぬな）

正成は思う。義貞は強力な武器である。持っているだけで敵を威圧し、味方を鼓舞する。新田義貞が味方にいるというだけで、普段以上の強さを発揮することができるようになる。

（これで倒幕の態勢が整ったな）

正成は顎鬚を撫でた。後は護良が京を攻めたのを機に、後醍醐帝を隠岐から脱出させるだけだ。

後醍醐帝が倒幕を宣言すれば流れは一気に朝廷側に傾くはずだった。西国の兵は大挙して後醍醐の下に集い、そのことに慌てた幕府は西国を鎮めるために新たな軍を起こすに違いない。そこに新田義貞の反乱が重なるのだ。西に軍を送って手薄になった東国は、新田義貞によって乱されていく。各地で呼応する者が現われ、幕府の混乱は時を経るごとに深まっていくのだ。仲間を募るために各地を回った正成はそのことを確信している。表面にはあまり現われていないが、幕府の弱体化は想像以上に進んでいた。人々の心が離れている。そんな幕府に立ち向かおうとする者は想像以上に多く現われるはずだ。

(各地で倒幕の火が上がってからが本当の戦だ)

護良が京を奪って後、後醍醐を迎え入れながら、集結した兵を護良の下で纏《まと》めていく。

(長くても二月《ふたつき》だ)

正成は計算していた。

二月の間に態勢を整え、朝廷軍と幕府軍で天下を分けた一大決戦を行う。そして、その戦は必ず勝つ。勢いは朝廷軍にあるのだ。

これが正成の戦略だった。義貞が東国に向かったことで、その戦略が想定通りに進む確かな手ごたえを得られることができた。後は護良に京を奪ってもらうだけである。朝廷の本拠である京を幕府から奪い返すことで、護良は名実ともに朝廷軍の武門の頂点に立つことになるのだ。

「油断はできぬがな」

正成は独《ひと》り呟いた。そんな兄に気づいた七郎が、

「どうしたんだ、兄者？」

顔を寄せてくる。

「足利高氏のことか？」

問いかけてきたのは藤助だ。彫《ほ》りの深い顔に夕暮れの影を張りつけ正成を横目で見やる。

「そうだな……。うむ、そうだ。足利高氏だ」

正成は藤助に答えた。

「やつがどう動くかで流れが変わる」

足利高氏はまだ下野《しもつけ》足利荘を離れていなかった。病の回復が遅れているとの理由からだ。それが嘘だということは藤助の調べで分かっていた。高氏がなにを狙っているのかは分からなかったが、とにかく東国から一歩も動こうとしないことは正成の気がかりの一つだった。

高氏が西国の戦に関《かか》わろうとしないのであればそれはそれで京を奪いやすくなるか

もしれなかったが、しかし、高氏にこのまま東国に留《とど》まられるのも今となっては厄介の種となっている。

新田義貞が挙兵した際、足利軍が出動する可能性があるからだ。

兵一人一人の強さは新田軍が勝っているかもしれない。それでも兵数では圧倒的に足利軍が有利だった。新田軍は集めてもせいぜい二千程度だ。一方の足利軍は少なくとも三万は用意できる。義貞がいくら軍神のような働きをみせようとも、足利軍が一度出てくれれば敗れる可能性が高かった。なんといっても、赤坂城で怒濤の突撃を仕掛けてきた足利高氏だ。いくら義貞といえども三万の足利軍であればひとたまりもない。高氏が東国に残っているということは、義貞の挙兵の時期や場所を考え直す必要があることを意味しているのだった。

「まだ高氏の動向は摑めておらぬぞ」

藤助が腕を組んで言う。

「相変わらず館から出てこぬか？」

正成が聞くと、藤助は眉を寄せて何事かを考えた後、

「そう言えば」

顔を上げてきた。

「足利荘では倹約が実施されているとの報告があった。米や野菜をできるだけ蓄えておくようにとの触れが出回っているそうだ。別に飢饉《ききん》があったというわけではないのにな。米は例年通りの収穫だったと聞いている。それでも、こうして食料を貯《た》めさせているところ、おかしいといえばおかしく思える」

「なぜ最初に言わなかった」

正成は藤助を睨みつけた。突如、己の中で凶暴ななにかが目覚めたような感覚に陥る。

「足利高氏のことはどんな些細《ささい》なことでも伝えるようにと言いつけていたはずだ」

「それはそうだ」

藤助は表情を硬くしたが、すぐに冷静な顔に戻って両腕を広げた。

「配下から報せが届いたのはつい先ほどのことだ。すぐにお前に伝えようとは思っていたが、なかなかその機会を見出すことができなかった」

藤助の言い訳に、正成は眉間に皺を刻む。

「少しの遅れで後手後手に回らされることもあるのだぞ。特に相手はあの足利高氏だ。なにを考えているのか分からぬ。警戒に警戒を重ねても足らぬかもしれぬのだ」

「以後、気を付ける」

藤助が冷たい声で答える。感情の変化は読み取れない。あるいは感情を押し殺しているところにこそ藤助の気持ちが表われているのかもしれなかった。藤助の瞳は凍《こお》り付いたように冷ややかだった。

「まぁまぁ、そんなにむきになるなよ」

正成と藤助の間に入って、七郎が両手を振る。

「藤助の気持ちも分からないでもないぞ。すぐに伝えたからといって、なにかが変わるとも思えぬ内容だ。俺でもなにかのついでに兄者に伝えようとしたに違いない。いや、俺ならきっとそうしたな。な、兄者もそう思うだろ？」

七郎が片目を閉じたりして、しきりに促してくる。正成は七郎を憮然《ぶぜん》と見つめた後、背を向けて腰に手を当てた。

「藤助、すまぬ」

背中越しに言う。次いで大きく息を吐き出し、己をなじった。

（分かっているのだ）

友だからこそ藤助は忍びとして助けてくれている。友だからこそ務め以上の役割を果たしてくれている。分かっているのに、足利高氏のこととなると、知らず知らず神経を昂らせずにはいられなくなってしまうのだ。

正成は足利高氏こそ最大の敵だと見込んでいた。初めてあの眼と視線を交わした時に感じた、躰の中を稲妻が走り抜けたような感覚は、

（生涯《しょうがい》、争い続ける相手だ）

そのことを正成に突き付けて来たのである。以来、正成の中で高氏の存在はどんどん大きくなっていった。なにを考え、どのように動くのか。気にし始めたら、他のことを考えられなくなるほどだ。

だからこそ、藤助に苛立ちを感じてしまったのである。本当に些細なことだった。些細なことなのに過敏《かびん》にならずにはいられなかった。

「藤助、悪かった。お前の働きに、俺はいつも感謝している」

正成はもう一度謝った。藤助は、

「それはもういい」

首を振った。熱のない声だった。

「楠木党からはちゃんと報酬をもらっている。その報酬がなければ、一座の者は食っていくことができないのだ。俺もお前に感謝している」

藤助と視線を交わす。相変わらず冷めた瞳だったが、いくらか険しさはほぐれたように見えた。

「よし。じゃ、そろそろ行ってもよいか?」

突然、七郎が手を叩いて言った。目を向けた正成に満面の笑みを投げかけて広場を指さす。

「調練を見ていると、うずうずしてきてしまった。俺も交じって刀を振ってくる」

七郎は言いながら右肩をグルグルと回した。正成は七郎を見て鼻から息を吐き出した。

「誰も俺たちの話に付き合えとは言っておらぬ」

先程のことだった。正成の下に藤助が近づくのを見つけた七郎は、嬉しそうに駆けつけてきて輪に加わったのだ。それまで七郎は飛王丸と一緒になって調練に励んでいたのである。

「あれ、そうだったかな?」

七郎が後頭部を掻く。正成は肩の力を抜き、次いで藤助と目を見交わして同時に苦笑を漏らした。

「待て、七郎」

歩き出そうとする弟を正成は呼び止める。訝《いぶか》しそうに振り返る七郎に、正成は片目を閉じて告げた。

「やはり俺も行く。少し汗をかきたい」

足利軍がなにを考えているかは分からなかった。食料を集めているのであれば、おそらく戦を想定してのことだろうが、後醍醐帝を敵としているのか、護良を敵としているのか、そこまでは見当がつかない。

見当がつかない以上、悩んでもしようがなく思えた。悩んで、今のように、揺らいでしまう方が危険だ。

（躰を動かして、一度、頭の中を空《から》っぽにしよう）

正成は思う。頭を空にすれば己等が取るべき行動が別の方面から見えて来るかもしれない、そんな気がした。

「どうした、兄者。久々に俺と立ち合いたくなったか？」

七郎がニッと口の端を持ち上げる。七郎はそのまま藤助を見て、

「藤助もどうだ？」

両手を広げて誘った。

「遠慮しておく。俺はそれほど武芸は得意ではない。必要も感じておらぬしな」

藤助は七郎にそう返したが、ふとなにかに気づいたように顔を上げると、辺りをキョロキョロと窺い始めた。

「どうした？」

正成が尋ねる。

「待て」

言うなり、藤助は塀の近くへと足早に進み、壁に躰をくっつけた。

「なにかな？」

七郎が藤助を目で追いながら聞いてくる。

「分からぬ」

正成は腕を組んで、七郎同様、塀に向かって何事かを囁き始めた藤助を見守った。傍《はた》から見れば藤助は一人で喋っているように見えた。だが、塀の外には藤助の忍びが潜んでいることを正成は知っている。その忍びと藤助は会話をしているのだ。

やがて話は終わったようだった。塀から離れた藤助は、正成たちのもとに足早に戻って来て、

「報せが来た。これこそすぐに伝えなければならぬ報せだ」

ひどく切羽《せっぱ》詰まった様子で告げてきた。

「護良様が京の六波羅軍と戦を開始されたぞ」

「来たか！」

　正成は手を打ち鳴らした。

「七郎、調練は後だ。直《ただ》ちに軍議に入る」

　キョトンとする七郎を置いて正成は歩みを進める。

「忙しくなるぞ。もう止まることはない。時代はどこまでも転がり続けていくのだ」

　正成が言うと、傍らに藤助が従ってきた。整った顔が、むしろ青ざめて見えるほど険しくなっている。

　二人を見て七郎が慌てた様子で追ってきた。

「よし、任せとけ」

　正成の前に回り込み胸を叩く。なにを任されたいと思っているのかは分からなかったが、それでも七郎がなにかを感じたらしいことは分かった。ぼんやりなどしていられない、そう思ったに違いないのだ。

「千早城の防備を固め次第、京に向かうぞ。六波羅を落とすのだ……いや、天下を奪うのだ！」

　正成は二人に向かって力強く告げた。

　夕暮れの陽射《ひざ》しが差し掛かる広場に、兵たちのかけ声が響いている。長く伸びる兵たちの影を正成は踏みしめながら歩いた。

朝廷軍の勢力もまたこの影のように日本という絵図の上を伸びていく。

その様子が正成には、はっきりと見える気がした。

八

護良が挙兵したことで、あらゆる物事が一気に動き始めた。

まず、山陽路を守っていた赤松円心が京の護良の軍勢に合流した。

これまで、山陽側を通って河内を目指す幕府勢力は夥《おびただ》しい数に上っていたのである。西国の御家人に、千早城を攻める幕府軍を援護するよう指示が出ていたのだ。そのほとんどを追い返したのが赤松円心である。播磨に籠った円心は近隣の諸勢力と連携して戦い、播磨の赤鬼と怖れられるほどの著《いちじる》しい戦果を挙げた。播磨をわざわざ避けて御家人が通過するほどの果断な戦いぶりであった。

こうして播磨を襲う者はいなくなったのである。情勢を見定めた円心は、すぐさま京へとはせ参じた。一族郎党のほとんどを引き連れての上京である。そのまま護良軍に合流した円心は、さっそく先頭に立って六波羅軍と戦い始めた。

赤松軍を加えた朝廷軍だったが、六波羅軍もさすが百年にわたって京を治めてきただけはある。都の地形を活かした戦法で護良の攻撃を弾き返し、いくら攻められても突破されることだけは許さなかった。兵の数も六波羅軍の方が勝っている。戦上手の護良と円心をもってしても、決定的な勝利を得るまでには至ることができなかったのである。京では一進一退の攻防が幾日も続いた。

そうした状況下で戦の趨勢《すうせい》を左右する出来事が起こったのである。護良が京を攻めてすぐのことだった。

後醍醐帝が隠岐を脱出し、伯耆国船上山《せんじょうさん》で挙兵したのだ。

伯耆の悪党、名和長年の先導で、遂に後醍醐帝は再び世に姿を現わした。

ちなみに名和長年は、己の船の積荷に後醍醐帝を潜ませ、夜半に隠岐から抜け出すことで脱出を実現させていた。陸に渡ってからは名和家の館へかくまおうと急いだが、途中で後醍醐逃亡の報を聞きつけた隠岐守護の佐々木清高《ささききよたか》が名和領を見張っていることを知って引き返す。長年は急遽《きゅうきょ》船上山へと上り、ここに己の家臣を呼び寄せて倒幕の兵を挙げたのであった。名和軍挙兵を聞いた佐々木勢は船上山に押し寄せたが、命を張って後醍醐帝を守ろうとする名和軍の気魄はすさまじく、佐々木勢は次第に押され気味になった。そして、遂に敵将の佐々木清高は味方の犠牲が甚だしいのを見て退いていったのである。

名和軍の勝利に接した後醍醐帝は直ちに全国に向けて倒幕の詔《みことのり》を発した。後醍醐の詔は日本中を駆け巡り、数日もせぬうちに、あらゆる人々が後醍醐帝の復活を知ることになったのである。

「帝が還《かえ》ってきた」

「幕府を倒す機会がとうとう訪れた」

幕府打倒を志す者たちは心を鼓舞された。

こうして後醍醐帝の復活は、日本中の人々の心を倒幕へと傾けることになったのである。

「時は来た！」

報せを受けた正成の胸は高く鳴った。船上山には朝廷軍に味方するという文が連日のように届けられていると聞く。護良に合流する兵も後を絶たなくなっている。まさに、日本中が倒幕を果たそうと沸いている状況になっていた。

「時代は今、変化を求めている」

武士の支配は終わり、民が自由を享受《きょうじゅ》できる新たな世を選ぼうとしているのだ。

「今こそ、護良様の下に向かい、共に京を攻め落とす時だ」

今、護良の軍は挙兵した頃の三倍ほどの数に膨れ上がっている。六波羅軍と比べれば、まだ劣《おと》っていたが、その数は今後もますます増えていくに違いない。勢いは完全に護良側にあった。このままの状況でいけば、直《じき》、京を落とすことも可能であろう。正成の知略を加えれば、さらに素早く勝利を手繰《たぐ》り寄せることができる。

　こうして正成は千早城を出のだった。

だが、大和の途中まで進んだところで急報を受けて立ち止まることになる。山の民に導かれて山中を進んでいた正成の下に一度離れていた藤助が戻ってきたのだ。

「足利高氏が近江《おうみ》に現われたぞ」

隣に並んだ藤助は手短にそう告げてきた。

「なに？　近江？」

思わず正成は藤助を振り返る。藤助は口を真一文字に結んだまま表情を消していた。それを見た正成は己の顔から血の気が引いていくのを覚える。

「数は？」

「三万」

　藤助が答える。

「東国ではなかったのか？」

「六日前までは確かに東国だった」

「六日で近江まで進んだと？」

「すまぬ」

突然、藤助が頭を下げてきた。唇を噛みしめ肩を震わせている。冷静な藤助がこれほどまでに感情を露わにすることは珍しい。

「どうした藤助。なにがあった？」

正成が問いかけると、藤助は悔しそうな顔を正成に向けた。

「俺に報せを届けようとした者が足利軍に捕まった。つけられていたみたいだ。他の者が引き継いで俺に届けたのが、つい先ほど。ほぼ同時に近江に高氏が入ったという報せが入った。この件に関しては捕まるという失態を犯した服部座の責任が大きい」

「そうか……」

正成は思わず立ち尽くした。

藤助の弁解は最後の方は耳に入っていなかった。足利高氏のことで頭がいっぱいになっている。

（どうして急に動いたのだ？）

並の進軍ではなかった。通常であれば倍はかかる距離だ。それをたった六日で進んだのである。昼夜関係なく駆けたに違いない。明らかな強行軍だ。

東国は幕府の勢力下であった。要所要所で兵糧を出させる用意を整えさせていたのかもしれない。その準備をするため足利荘に留まっていたとも考えられる。

（いや、今は、そのようなことは問題ではない）

目と鼻の先に現われた足利軍にどう対応するかを考えなければならないのだ。

「近江ということは、高氏が目指しているのは京で間違いないな」

正成は顎を摘まんで思案にふけった。歩みを止めた正成を見て、後ろから駆けてきた飛王丸が、

「止めますか？」

声をかけてくる。

「いや、先に行ってくれ。俺たちは後から追いかける」

飛王丸は正成と藤助を見比べると、それ以上何も言わず、兵を率いて木立の中を進んでいった。飛王丸には正成の考えを伝え、全軍を動かす役割を与えている。副将といった位置づけだ。

飛王丸を見送った正成は、杉の巨木の下に移って座り込んだ。そんな正成に藤助が声をかけてくる。平静を取り戻そうとしているのか、口調がいつもより早口だ。

「早ければ明日だろう。このまま夜も駆け続ければ、明日の未明には京に着く」

「護良様が危ないな」

正成は下唇を噛んだ。今、足利軍が京になだれ込めば護良率いる朝廷軍は敗けるに決まっている。まだ足利軍を相手にするだけの兵力は整っていないのだ。六波羅軍と足利軍が合流すれば、護良たちの倍以上の数に膨れ上がる。その指揮を執《と》るのは高氏で間違いない。攻められれば一気に瓦解させられてしまう。

（狙っていたのか？）

護良が京で戦いながら兵を集めることを高氏は予期していたのかもしれなかった。最初から、ある程度野放しにし、勢いが出始めたところで叩くつもりでいたのだ。勢いがついている分、敗れれば、朝廷軍が受ける衝撃は大きい。昂っていた心は折れ、倒幕は絶対に無理だとの諦めを抱かざるを得なくなる。それは幕府を倒す側に傾きつつある日本中の人々にも当てはまることなのであった。

「紙と筆を用意せよ」

正成は手を差し出した。すかさず藤助が紙の束と筆を渡してくる。藤助たち忍びは敵方の地形を紙に書き留めるため、常に筆記具を身につけているのだ。

（今はできる手を打つしかないな）

正成は筆に墨《すみ》をつけ、手早く文をしたためた。

二通だ。

まずは護良。

高氏が接近していることと、すぐに京を離れること。今は命を失わないことが最優先であること。正成が合流するまでは山中に潜んでいること、それらを端的にしたためた。

もう一通は赤松円心に向けてである。

護良の守りをお願いすること、足利軍を引きつけてもらいたいこと。こちらはできるだけ丁寧《ていねい》な言い回しで書いた。

（酷な要望だ）

己でも思う。

正成自身急ぎ京に向かうつもりでいたが、それまで赤松軍は足利、六波羅連合軍を相手に戦わなければならない。犠牲は想像を絶するほどの数に上るはずである。明らかに条理に合わない戦になる。

（飲んでくれるだろうか？）

正成の中に不安が芽吹く。赤松円心は、帝を心の底から敬っているわけではなかった。幕府の統治に憤りを感じたことが始まりで播磨に身を置き、己の勢力を拡大させることに人生の目的を見出した。播磨を富ませるために戦う円心は、朝廷軍のために身を挺《てい》して働かなかったとしても、なんら道義的な痛みを感じることはない。

(だが、円心は誓ってくれたのだ)

正成は文を読み返しながら思い出す。

「お主が描く夢に心惹かれてしまったしな」

円心は快活に笑って正成の前で己の腹を叩いてくれた。

あの時の円心に嘘はなかった。

本気で正成たちが描く夢を一緒に目指そうとしてくれていた。

円心の豪快な笑いに正成はしばし時を忘れたように見入ったのである。呆気にとられたように円心の前に座り続けてしまった。

(味方になると言ってくれた)

その心意気に正成は心打たれていた。円心であれば、一度交わした約束を反故《ほご》にするようなことはない、正成はそう信じている。

正成は書状を折りたたむと藤助に託した。

「鈴丸に渡してくれ」

尻の埃を払いながら言う。鈴丸は楠木軍を案内するため、先頭を駆けていた。そこには七郎も付き従っている。

「山犬か？」

藤助は紙を懐にしまうと、再び駆け始めた正成の横に並んだ。

「それが最も速い」

山の民は報せの伝達に山犬を使っていた。山中を駆けることができる山犬は、場合によっては馬よりも速く報せを届けることができる。今、山の中を行軍している状態であれば、山犬を用いる方法が一番速かった。京の近くに潜む山の民に届けてもらい、護良と円心に文を渡してもらう。

「楠木軍も明日までには京に着く」

本来であれば明後日の到着予定だったが、悠長なことなど言っていられない。たとえ敵に見つかる危険を冒すことになったとしても行軍を速める必要がある。

「分かった」

沈んだ声で返事する藤助の肩を正成は叩いた。

「まずは、文を鈴丸に渡すこと。護良様を守ることが今の俺たちにとっては最も優先すべき事柄だ。護良様を失えば、朝廷軍は柱を失ったも同然になる」

藤助は懐の文を触った後、小さく頷いた。藤助の顔が常の冷たいものに戻っていることに気づいた正成はフッと鼻を鳴らし、藤助の肩から手を放した。

「捕まった忍びはどうなった？」

正成が聞くと、藤助は驚いたように目を見開き、次いで地面に視線を落とした。

「聞いてはおらぬ。が、おそらくこの世にはおらぬだろう。忍びが捕まるとはそういうことだ」

「そうだな……」

正成は隣を駆ける藤助から視線を逸らした。

「服部座の最古参の一人だった。幼かった俺に忍びの技も、それから舞も、一から教えてくれた男だ。厳しかったが優しかった。皆から慕《した》われていた。俺も親のように思っていた」

「楠木党のために尽くしてくれたこと、感謝いたすぞ」

正成が慰《なぐさ》めを伝えても藤助はなにも答えなかった。代わりに洟《はな》を啜《すす》り上げ、吐息を短く漏らしただけである。

「先に行くぞ」

そう言い残して藤助が山の中へと消えて行く。先回りして鈴丸と合流するつもりのようだ。去り際に見せた藤助の横顔は忍びの厳しい顔つきに戻っていた。

九

「どういうことだ？」

京の西である。久我《くが》という田園地帯で赤松軍と落ち合った正成は、事態が呑み込めないまま、陣幕の内側で祝杯を上げていた赤松円心に詰め寄った。

「見ての通りだ。幕府軍を蹴散らしてやった」

勝利に興奮しているのか、円心が鼻孔を膨らませて答える。しかし円心は正成が憔《しょう》悴《すい》していることに気づくと、すぐに家臣を下がらせて自身も床几《しょうぎ》から立ち上がった。よく焼けた肌は黒光りしており、年齢よりも若々しく見える。

正成たちが京に着いたのは藤助から報せを受けたあくる日の昼過ぎだった。だが、その頃にはもう、幕府軍と赤松軍の合戦は終了していたのである。

赤松軍は正成が頼んだ通り単独で幕府軍と戦ってくれていた。陽が昇ると同時に始まった戦は、数に劣る赤松軍の方が怒濤の攻撃を見せ、幕府軍の大将の一人である名越高家《たかいえ》を弓で射て決着がついた。赤松軍の強さに怖れをなした足利軍は名越高家が討たれるとすぐに軍を退き、京を素通りして北の地へと去って行ったそうである。清々《すがすが》しいまでの快勝だった。円心が浮かれるのも無理はない。

だが、正成は足利軍の動きに腑《ふ》に落ちないものを感じているのだった。

赤松軍の健闘を汚すつもりはないが、足利軍がこんなにもあっさりと敗れるはずがない。確かに円心は、護良を逃がすため犠牲を顧みずに戦ってくれた。おかげで護良は無事に山中へ避難し、今日の夕刻、落ち合う手筈になっている。

だが、敵は足利軍だ。あの足利高氏なのだ。

正成の中には赤坂城で相まみえた高氏がいる。一直線に迫ってきた厳《いか》つい目の男。判断が一瞬でも遅れていれば、首を取られたところだ。他の武将とは格が違う、そう思わずにはいられなかった。

その高氏がたかだか赤松軍に敗れて、逃げ去ったというのだ。朝廷軍ではない。たかだか赤松軍である。にわかには信じられない事態が起きていた。

「なに浮かぬ顔をしておるのだ」

胴間声と共に背中を叩かれた正成は、前によろけた姿勢で後ろを振り返った。赤松円心の快活な笑みが目に飛び込んでくる。

「なんでもない……」

言うと、正成は円心から視線を俯けた。

「なんでもないとはどういうことだ」

円心が更に強く背中を叩いてくる。

「幕府の正規軍に勝ったのだぞ。これで朝廷方に味方する者は増えるに違いない。今に六波羅軍を超えるほどになる。そうなれば我等の勝利は確実だ」

「確かに、そうではあるのだが……」

「なんせ足利軍を追い払ったのだからな。戦には積極的に関わってこなかったとはいえ、俺たちの勝ちは、俺たちの勝ちだ。世間もそのように見てくれる」

「積極的に関わってこなかった？」

正成は円心を見返った。急に視線を向けられた円心は顔から笑みを消すと、

「そうだ」

目を鋭くして正成を見つめた。

「名越高家に戦わせるばかりで、足利高氏は遠巻きに見物しているだけでなにもしてこなかった。だから俺たちだけでも勝てた。俺たち赤松軍だけでも、な」

円心も足利軍の動きがおかしいと気づいていたようである。声が普段以上に低くなっているのは、思うところがあるからだ。

「名越が討たれた後、足利軍はどのような動きをしていた？」

正成が向き直ると、円心は顎を摘まんでしばし考えに耽《ふけ》った。

「名越軍を収容し、すぐに退いていったな」

やがて、思い出したと言った様子で、そう答える。

「足利軍はほとんど無傷、というわけか？」

「ほとんどもなにも。まったく傷など負っておらぬ。そもそも戦いに加わってはおらぬのだからな」

円心は腰をかがめて正成を覗き込んだ。目の底が光っている。正成がどのような反応をするか見定めようとしているようだ。

「もし円心なら……」

少し考えた正成は、円心にそう切り出した。

「京に敵を残したまま伯耆船上山の帝を討ちに行くか？」

「行かぬ。背後を襲われる恐れがある」

「だが、高氏は京の敵、つまり赤松軍を残したまま、北に向かったのだな？」

「丹波に向かったと聞いている。丹波篠村《しのむら》は足利の所領だ。もっと言えば、高氏の母御の実家は上杉《うえすぎ》家で、その上杉家の発祥は丹波だと聞いている」

「さすがは元六波羅役人だな。色々と詳しいではないか」

正成が告げると、円心は自身の坊主《ぼうず》頭をペシペシと叩いた。

「そうだろう、そうだろう。六波羅時代は土地の係争ごとを扱うのがほとんどだったからな。この係争というのがだな、祖先がなになにの戦で武功を立て、ここからここまでの土地を手に入れたなど、そうしたことを訴えてくる輩《やから》ばかりを相手にするのだ。それで人の経歴には自然と詳しくなったな。ま、今となっては昔の話だ。俺は幕府を見限った人間だからな」

「幕府を見限った？」

不意に正成は円心を見つめた。円心の言葉になにか引っかかるものを感じたからだ。

「今、見限ったと言ったか、円心」

「そうだ。俺は、幕府にいても先はない、そう思って幕府から飛び出したのだ。高い地位は北条一門が独占するばかりで、他の武士には一つも回ってこない。実入りの良い土地もだ。このままではどれほど働いても播磨より他に領地を得ることは叶わない、そう思った俺は幕府から出て、己の才覚だけで生きて行こうと決めたのだ」

「なぁ、円心」

正成は人差し指を眉間に当てた。ふとひらめいたことが頭の中で像を結びつつある。それが形になるまで意識を集中させたいと思った。

「幕府を見限る者はお前の他にも結構な数でいるのか？」

「いるぞ。北条の専横に嫌気がさしている者は多い。だからこそ、今、朝廷軍に味方しようとする者がこんなにも現われているのだ」

「それは幕府内部でも同じことが言えるか？　つまり、幕府上層部の連中でも見限る可能性があるか、ということだ。例えば北条と縁戚関係にある者の中にも……」

「どうかな？　離れてずいぶん経つから、そこら辺は分からぬかもしれぬな。だが、北条の治世に行き詰まりを感じている者は幕府の内部だろうと関係なくいるはずだぞ。世が乱れているのは、北条が武士政権の長としての役割をしっかりと果たせなくなっているからだ。口には出さぬがそう思っている者は結構いる、俺はそう考えている」

答えた円心は、

「まさか」

突然、口を開いた。そんな円心に正成は頷く。

「おそらくな。おそらくだが、まず間違いないだろう」

正成は全身の震えを抑えながら、円心に言った。

「高氏は幕府を見限ったのだ、そう考えるとすべてが繋がると思わぬか、円心？　幕府の遠征軍を従えて丹波に向かい、その兵をそのまま朝廷軍に寝返らせようというのであれば……」

だから名越を討たせたのだろう、そう考えながら正成は親指の爪《つめ》を噛んだ。北条一門の名越が生きていれば倒幕を宣言した際、反対される怖れがある。大将同士で意見が割れれば、兵もどちらにつくべきか惑うはずだ。

「高氏は六波羅探題を攻めることをあらかじめ決意していたのだ」

正成は食いちぎった爪を吐き捨てた。

「幕府遠征軍を倒幕の兵に変えた勢いそのまま、六波羅を落としにかかるつもりだ」

「だが、足利高氏の妻は北条家の出だぞ」

円心が反論する。

「一門に次ぐ格も与えられている。なにより北条に連なる多くの武士に高氏は慕われているのだ。よりによって高氏が幕府を裏切るなど……」

「天下を獲れるのであれば親兄弟であろうと躊躇《ちゅうちょ》なく殺す。それが武士の生き方ではないのか、円心？」

正成の言葉を聞いて、円心は言葉を飲み込んだ。顎を揉みながら何事かを呟き始める。

（そうだ。高氏は天下を奪うつもりなのだ）

正成は確信する。

幕府を裏切り、天下を摑むことを、虎視《こし》眈々《たんたん》と狙い続けて来たのだ。

「六波羅を落とし、まずは西国の武士の頂点に立つ。高氏はそう考えたのだろう」

呟いた正成は、途端に歯を食いしばった。

（それこそ護良様に担ってもらう役割だったではないか）

朝廷軍に加わりたいと集まる兵をまとめて六波羅探題を攻略する。そのままその兵たちを配下とし、東国の幕府軍との一大決戦に臨む。

その決戦では、六波羅攻略の功労者であり、数多《あまた》の兵を抱える護良が大将を任せられるに違いなかった。誰も文句を言えないはずだ。そして、幕府との戦には必ず勝ち、勝利した暁《あかつき》には、護良は日本を統一した男として武門の頂点に立つのだ。朝廷軍を勝利に導いた男として絶大な支持を得ることになる。

そうなれば、護良は新しい政権の中で厳然たる力を持ち、その存在は父の後醍醐帝でさえも排斥《はいせき》できなくなるほど巨大なものになる。そうした状況を作ることこそ正成は狙っていたのだ。誰も口出しできない状況を作り、護良に政治の実権を握らせる。

当然、後醍醐帝はただの象徴となるが、それでよい、と正成は思っていた。人から崇められ、同時に怖れられる後醍醐帝は象徴という位置こそ最もふさわしい。頂点に君臨する後醍醐帝の権威の下で護良と正成は理想の国創りを行うことができるようになるのだ。

（帝が動いたか……）

正成は後醍醐帝の鷹《たか》のような眼《め》を思い出す。同時に全身に寒気を覚えて身を震わせる。

後醍醐帝は正成の考えを見抜いていた。帝を飾《かざ》りだけのものにし、護良が実質的に政治を行える体制を創り上げる。そのことに気づいていたのだ。

気づいた後醍醐帝は、護良と正成の計画を阻止する手段として足利高氏に目を付け、手を組んだのである。

（高氏が東国から動かなかったのは……）

後醍醐帝と接触を図っていたからだ、正成は思う。

使者を遣わし、交渉を重ね、協議が整うのを待った。そして、いざ合意が成った途端、急ぎ京を目指し、一戦交えただけで丹波に退いていったのだ。高氏が強行軍で移動してきたのは護良に六波羅を落とさせる隙を与えないためである。

「誰かおらぬか！」

正成は顔を上げると、陣幕の外に声を張り上げた。

「いかがなされました？」

幕を上げて入ってきたのは飛王丸だ。後ろから七郎もついてくる。

正成の焦燥した様子を見た二人は途中で足を止め、息を飲んだ。そんな二人に、正成は急ぎ伝える。

「飛王丸は、すぐに護良様をお呼びしろ。七郎は戦の支度だ。六波羅を攻める」

「どうしたのだ、多門兵衛?」

口を挟んだのは円心だ。飛王丸と七郎の前にグッと踏み出すと、掌を正成に向け、立ちはだかろうとする。

「まだ我等の兵力は六波羅軍より劣っているぞ。今すぐに六波羅軍を倒すのは至難だ」

「それでも戦わねばならぬのだ。高氏が六波羅を攻める前に、護良様の手で京を取り戻さねばならぬ」

「どうしてそこまで急ぐ必要がある。足利高氏が朝廷側についたのなら、各地の勢力も我等に味方してくれるに決まっている。河内源氏の血を引く足利高氏は武士の間で大層人望があるのだ」

「だからこそ急がねばならぬのだ」

円心には護良が政治の実権を握ることまでは話していなかった。どこから漏れて後醍醐の耳に入るとも知れないからだ。朝廷が政権を取ったら銭による統治を日本中で行う。そこでは民が自由に暮らすことができ、今よりも物の取引が盛んに行われるようになるはずだ、そのことだけを伝えていた。

「円心、頼む。共に六波羅を攻めてくれ」

正成は腕を掴むと円心に向かって頭を下げた。それを見た円心は一瞬眉をひそめたが、すぐに目を閉じ、

「これ以上は聞かぬ」

低い声になって言った。

「共に戦うぞ、多門兵衛！」

そして、正成に伝えてきた。

「飛王丸。七郎。行け」

返事を聞いた正成は手を上げた。二人が身を翻して陣幕から飛び出していく。後に残った正成は、歯を食いしばりながら風にはためく陣幕を睨み続けた。

十

丹波篠村に入った足利高氏は篠村八幡宮《しのむらはちまんぐう》に兵を集結させ、後醍醐帝から賜った倒幕

の密勅《みっちょく》を掲げて朝廷軍として戦う旨《むね》を宣言した。詰めかけた兵は、高氏の、「源氏は代々朝廷のために戦ってきた。今、帝は民の幸福のために北条幕府と戦うことを決意されている。我々も義兵となり共に戦おうではないか」

との演説に感動し、こぞって高氏への協力を誓った。

名門足利家の当主高氏の挙兵は瞬く間に知れ渡った。

同時に、朝廷軍の圧倒的優位が決まった瞬間となる。

高氏に味方しようとする者は続々と現われ、今まで幕府寄りの考えを持っていた御家人までもが朝廷軍に参陣するようになった。

皆、高氏に従うことが目的である。

朝廷のために戦うのではなく、源氏の血を引く足利高氏のために戦おうというのだ。御家人たちの中ではそのような考えを持つことこそ当たり前と思われていた。朝廷軍につき幕府と戦うのであれば武士を裏切ることになる。そうではなく、あくまで新たな武士の棟梁《とうりょう》のために戦う。武士のために戦うことこそ彼等が動く理由になるのだった。

足利高氏の下に集う兵は増え続け、瞬く間に五万を超えるまでになる。六波羅探題だけではなく、東国の幕府軍本隊とも渡り合える戦力にまで膨れ上がった。

「押せ、押せ！」

その間、正成たちは京の六波羅を攻めることに全力を注いでいた。足利軍が来る前に落とすこと。その思いを胸に、一刻も早く、と気持ちを駆り立てていた。

「多門、右を任せる。余は左に向かう」

護良も共に戦った。親王としての品位などかなぐり捨て、一人の武将としてなりふり構わず攻め立てていく。

「護良様、大通りの橋です。一太刀で落ちるよう細工を施してあります。六波羅軍が攻めてくると同時に斬ってください」

敵を退けながら正成が叫ぶ。

「分かった」

「どうか、ご武運を」

「多門、ここが踏ん張りどころだ。ここを乗り越えれば、後々、胸の冷える思いがした、と笑って語り合える日が来る。今だけはなにがなんでも戦え！　全力をもって六波羅を攻めるのだ！」

「心得ました」

顔を血と泥で汚した護良は刀を掲げ、鬼鹿毛《おにかげ》と共に走り去って行った。余裕などどこにもないはずなのに、それでも護良は去り際に笑っていた。護良が残した笑みは正成と朝廷軍の心を更に奮い立たせた。

朝廷軍は怒濤の進撃を見せた。正成の知略も駆使され、防御を固める六波羅軍を次々と討ち破っていく。赤松円心も一軍を任されて戦った。朝廷軍は連勝に連勝を重ね、遂に六波羅探題の本拠に迫るまで進んだのである。

「ここだ。今こそ力を振り絞り、六波羅探題を落とすのだ」

休みを取らずに戦ってきた。兵の疲労は極限を超えているはずだ。だが、味方の兵は飢えた狼《おおかみ》のように目をぎらつかせるばかりなのである。この一戦がどれほど重要かを理解しているのだ。

「六波羅さえ落とせば勝利は我等のものだ！」

そう味方を鼓舞して一斉攻撃を仕掛けた正成だったが、さすがに守りは堅く、思ったようには進めなかった。斬っても斬っても守備兵の壁が立ちはだかり続けている。どうやら六波羅軍は館に立て籠る戦法を取ったようである。六波羅探題に続く通りを夥しい数の兵で塞ぎ、館の内は貝のように固く閉じている。

こうなってしまえば、いくら正成が知略に長けていようとも、なにも意味をなさなかった。

陽動をしかけたり、館内に流言を流したり、と考えられるすべての策を試みたが、六波羅軍は持ち場から離れないことを頑《かたく》なに守り続けるばかりである。窮地に追い込まれた六波羅軍は六波羅探題を死守することだけに全力を注ぐ覚悟を決めたようであった。

「突撃だ。とにかく、押せ！」

それしかなかった。時をかけていいのであれば、また別の戦い方があったかもしれない。だが、いつ足利軍が押し寄せて来るか分からない状況では、正面からの突破を試みるしかないのだ。

六波羅探題を目指す朝廷軍には人智を超えた凄味《すごみ》があった。敵兵の壁にぶつかり押し返される度、歯を食いしばって前に踏み出す。その気魄に六波羅軍は次第に退くようになった。少しずつ守備兵の壁がはがされていく。

本陣への突撃を開始して二刻が過ぎた頃だった。ようやく正成たちの目に六波羅探題の門が映り始めた。

「見ろ！　あと、一押しだ。もう一押しで門に辿り着くぞ！」

正成は声を張り上げて叱咤した。自身も土埃にまみれながら刀を振っている。もう、どれほどの敵を斬ったかは分からない。腕も足も、もう上がらないのではないかと思えるほど重たくなっている。それでも、門を見た瞬間、躰の奥から力が湧いてきたのだった。どこに眠っていたのかと思えるほどの強い力であった。

その時、正成は見たのである。

幻だと己でも分かっていたが、それでも確かに見えたのだ。

正成の目の前で門が開かれていく。

門の向こうは光で満たされていて、そこに己たち朝廷軍がなだれ込んでいく。光は正成たちを優しく包み込み、朝廷軍の一人一人をまるで自ら発光しているかのようにまたたかせ始める。

（夢が叶う）

その時、正成は思った。門を破った今、それは実現されるのだ。

まだまだ途上だった。これからいくらでも乗り越えていかなければならない壁は待ち受けている。そもそも六波羅探題を落としたところで幕府を倒したことにはならないのだ。幕府との決戦は、その先に控えている。

それでも夢に手をかけることはできたのだ、と正成は思った。

手をかけたということは、後は摑むだけでいい。

そして、それを俺たちは必ずや行うだろう。

そのために今まで戦ってきたのだ。

夢は今、確かに俺たちの手の届くところに現われているのだ。

「行け！　日本を変えるのだ！」

うつつに戻った正成は腹の底から叫んだ。

「おう！」

兵たちの声が背中を押す。

護良も、七郎も、飛王丸もあの門を目指していた。赤松円心も死力を尽くして戦っている。

あの先に、確かにある。

俺たちの夢。

あと少し。

あと少しだ。

正成は奥歯を噛みしめ、力強く前へ踏み出した。

その時だ。

どこからか喚声が聞こえてきた。京という都そのものが吠えているような巨大な喚声が辺りを包んだのだ。

「うおおおお！」

　耳をつんざく大音声。正成たち朝廷軍からではなく、北の方から聞こえてきたのだった。

それは、最も聞きたくない声だった。

その声が、こんなにも響いている。地面が揺れるほどに響いている。力強く、胸の奥を騒がせる咆哮《ほうこう》が、今、京中に響いている。

「うぉおおお！」

再び雄叫びが上がった。更に大きくなっていることに、正成は愕然とする。

「あぁ……」

正成は一声嘆いた。

(光が遠ざかっていく)

その様子を正成ははっきりと見た。

光は確かに正成から離れ、徐々に小さくなっていく。

それでも正成は刀を振り続けた。目の前には門が見えているのだ。あそこに辿り着けばなんとかなる。そのことだけを信じて足を進め続ける。

そうして六波羅兵の群れを突破した正成は、遂に門の前に進み出たのである。

己の背丈の三倍ほどもある門を見上げた正成は、息を飲み、無言で立ち尽くした。そのままそっと、その表面に手を触れる。

「冷たい……」

あまりに冷たかった。

誰も受け付けようとしない冷厳さを門は纏っていた。

瞬間、手足の動かし方を忘れたように正成は崩れ落ちた。膝をつき、目を堅く閉じる。瞬間、目の奥に今までの戦いの日々が蘇って来た。

「くっ……」

数々の苦難を乗り越えて辿り着いたのが、この場所だ。

そこで、己は受け入れてもらうことができなかった。

正成は肩を震わせ始めた。

無念だった。

口惜しかった。

正成は、激しくむせび泣いた。

「多門……」

後ろから声をかけてくる者がいる。西側を攻めていた護良だ。護良もまた、僧兵と共にこの場所に辿り着いていたのである。正成を見つけ、戸惑いと悔恨《かいこん》を抱えながら静かに手を差し伸べて来る。

「兄者、中から声が……」

歩み寄って来たのは七郎だ。普段の明るさはどこかに消え、悄然《しょうぜん》と声を沈ませている。

「くそっ……」

正成は拳を門に打ち付けた。門はびくともしない。毅然《きぜん》と目の前に立ちはだかり続けるばかりだ。

七郎の言う通りだった。

声は門の内側から聞こえていた。歓喜に沸く声は京の空へと駆け上り、日本中に轟きそうなほど高らかに響いていた。

足利軍が上げる声に間違いなかった。足利兵の勝利の雄叫びだ。

北から押し寄せてきた五万の足利軍は、都中に展開した六波羅兵を瞬く間に蹴散らし、北門から館になだれ込んだのである。そして今、六波羅探題の制圧を完了し、歓声を上げているのであった。

館の中の勝鬨《かちどき》が耳の奥で響き続ける。勇《いさ》ましく雄々《おお》しい、時代の変わり目を告げる鬨の声だ。

正成は、両拳を握り締め、力いっぱい門を殴った。

「くそっ！　くそっ！　くそっ！」

正成の叫びは足利軍の声にかき消されて誰の耳にも届かず消えていった。渾身《こんしん》の力を込めて叩いた門は、やはり微動もすることなく立ち続けている。堅く閉ざしたまま、正成の前を塞ぎ続けている。

十一

足利高氏が六波羅探題を攻略したことで西日本における戦は終息に向かった。

六波羅探題の長官だった北条仲時《なかとき》は足利軍に攻められた際にかろうじて館を抜け出したが、近江へ落ち延びている間に佐々木氏の手によって攻められ、麾下もろとも自害した。

幕府の西国統治機関である六波羅探題はここに滅んだのである。

千早城を取り囲んでいた幕府兵も散り散りになって逃げていった。六波羅軍が敗れた以上、このまま河内に留まるのは無謀だった。朝廷軍に取り囲まれる恐れがあるのだ。逃げた幕府兵がどこに向かったのかは、はっきりとは分からない。あるいは東国の己の故郷に帰ったのかもしれなかったし、あるいは西国の村々に逃げ込んだのかもしれなかった。幕府軍滞在の痕《あと》だけが千早城の周囲に残された。

京が足利高氏によって制圧されて後、伯耆の船上山にいた後醍醐帝は悠々と兵を引き連れて入京を果たした。

朝廷軍が支配する京の都である。

六波羅探題を落とした殊勲者《しゅくんしゃ》で、今や、朝廷軍の実質的な指揮官となった高氏は臣下の礼をもって帝を迎え入れた。

こうして後醍醐帝の凱旋《がいせん》は熱狂の中に果たされたのである。

御所へ向かう後醍醐帝は町々で歓声を投げかけられ、それは、この世の頂点に誰が君臨するのかを明確に示すものだった。

こうして後醍醐帝は京において、幕府の圧力など微塵《みじん》も受けない唯一無二の覇者となったのである。西国に関しては後醍醐帝が思うままに動かせる体制がこの時築かれたのであった。

足利高氏が六波羅探題を落とした日と前後して、東国で別の事件が起こった。

新田義貞が上野新田荘で幕府打倒の兵を挙げたのである。

その三日前、正成は義貞に宛《あ》てて挙兵を先延ばしにするよう求める文を送っていた。

六波羅軍の厚い壁に苦戦を強いられている最中のことである。

正成としてはなんとしても護良を武門の棟梁に据えなければならないと思っていた。朝廷内で確固とした地位を得なければ護良が政治に携《たずさ》わることができなくなる。足利軍がいつ京に攻め入るか分からない今、朝廷軍が先に六波羅を落とさなければ、護良に残されている道は鎌倉幕府を直接倒すことに絞られる。西と東に分かれた一大決戦ではなく、護良が護良の手によって倒幕を成し遂げるのだ。

東国で戦うためには新田軍との合流が不可欠だと正成は考えていた。精強な新田軍と共に当たれば北条得宗家とも十分渡り合うことができるはずだ。東国に地盤のない正成や護良にとって、今や新田義貞だけが唯一の頼みの綱になっていた。

護良が東国に向かうまで義貞には挙兵を待ってもらおう、そう正成は考えた。護良が東国で挙兵し、そこに他の兵が従ったという形にするのが一番だ。あくまで護良によって鎌倉幕府は倒れたという形を作り上げなければならないのである。

正成は文を書き、それを急ぎ義貞に送った。

だが、文は届かなかった。

いや、届きはしたのだ。ただ、その時、義貞は既に戦場に発っていたのである。文が届かない内に兵を挙げていたのだ。

こうして正成の思いは届かず、東国でも倒幕の火が灯ったのである。そしてこの火は、正成が想像さえしなかった勢いで燃え広がっていくこととなる。

上野周辺で小さな勝利を積み重ねた新田軍はいつしか東国の兵を吸収して一大勢力を築くようになり、遂に鎌倉に迫るまでになってしまった。

正成は千早城の森で、いくらか戦うだけでいいと義貞に伝えていたのである。東国で新田軍が蜂起し、何度か勝利することで幕府を揺るがす。幕府の威厳は地に落ち、御家人の心も離れていくことだろう。そうなれば朝廷軍と幕府軍が決戦をした際、調略も仕掛けやすくなる、そう考えていた。御家人の中には寝返る者も出てくるはずである。そう戦術を立てていた正成は、義貞に適当な勝利を重ねた後、すぐに京に引き返すよう伝えていたのだった。

その新田軍が、あれよあれよという間に鎌倉まで進撃したのだ。

実はここにも足利高氏の影がちらついていた。高氏は鎌倉に息子の千寿王《せんじゅおう》を残して京へと発っていたのである。幼い千寿王は高氏が丹波で幕府に反旗を翻した後、家臣と共に鎌倉を脱出している。その千寿王が新田軍に加わったのであった。

千寿王の参陣は足利高氏がかねてより計画していたことだったようである。東国で反乱が起きた際は相手が誰であろうと加われ、そう千寿王を支える家臣に言いつけていたのだ。東国でもいずれ反旗が翻る、そう予測していた高氏は、その勢力を足利軍に吸収しようと考えたのである。

千寿王が新田軍に加わった時、高氏が六波羅を破ったことは既に東国各地に伝わっていた。西国の御家人のほとんどが高氏に従う状況だと知った。東国の武士たちは、己等も乗り遅れるわけにはいかないと次々に千寿王の下に馳《は》せ参じるようになった。

今や武家の棟梁は足利高氏をおいて他にいなかった。

高氏の名代《みょうだい》である千寿王が新田軍に加わったのであれば、己等も加わらなければ高氏の敵とみなされてしまう。

そう思う御家人が続出した結果、新田軍はみるみる膨れ上がったのである。皆、足利家に味方することが目的だった。自然、新田軍の中で千寿王の地位は高くなる。千寿王は陰の大将という形に納まるようになった。義貞の挙兵から始まった東国の反乱は、いつの間にか千寿王をいただく倒幕戦へと変わっていった。そうした状況の中、遂に義貞は幕府の本拠鎌倉の近くまで迫ったのである。

反乱軍を指揮する義貞は、その時になって、正成と打ち合わせていた戦いが困難になったことを悟った。兵の考えは鎌倉の打倒で一致し、その思いは日に日に高まるばかりである。ここで東国での戦を放《ほう》り出して京に向かってしまえば己の名に傷がつくことになる。裏切者、臆病者とそしられ、さらに東国の武士すべてを敵に回すことになる。

行きつくところまで行かなければならない。

義貞は覚悟を決めた。

なにがなんでも鎌倉を落とさなければならないと思った。

戦ではやはり鬼神そのものの働きを見せる義貞は群を抜いて強かった。幕府軍がいたる所で戦を仕掛けてきたが、それを悉く破って突き進む。そして稲村ケ崎《いなむらがさき》を経由した義貞は、遂に五月二十一日、鎌倉への乱入を果たしたのである。

そのまま北条得宗家を追い詰めた義貞は、当主の北条相模守高時《さがみのかみたかとき》を自害に追い込む。高時の側近、幕府の高官も後を追ってその時に果てた。総勢八百七十名とも言われる一斉自決が行われたのであった。

元弘三年五月二十二日のことである。

百年を超えて続いた鎌倉幕府は、ここに、呆気ない最期を迎えたのであった。

それは、正成が開戦と同時に練り上げてきた戦略が破綻した瞬間でもある。

護良と共に描いた壮大な夢は、一旦、正成から離れて遠くへ霞んだ。

(だが、まだ護良様はいる)

正成は鎌倉幕府の崩壊を耳にしながら、己に向かって言い聞かせていた。
幕府も滅んだ。今こそ新たな策略を、新しい己が再び練るのだ。
冷たい門を背に、新たな先へ。
死ぬまであきらめない。
敗けても次に勝つ。
それこそ、悪党なのだから。
正成は前をジッと見据え続けていた。

（下巻へ続く）

時代小説文庫
い 30-3

悪《あく》党《とう》㊤

著者 稲《いな》田《だ》幸《ゆき》久《ひさ》
2024年9月18日第一刷発行

発行者 角川春樹

発行所 株式会社 角川春樹事務所
〒102-0074 東京都千代田区九段南2-1-30 イタリア文化会館

電話 03(3263)5247[編集] 03(3263)5881[営業]

印刷・製本 中央精版印刷株式会社

フォーマット・デザイン&シンボルマーク 芦澤泰偉

ISBN978-4-7584-4664-8 C0193
http://www.kadokawaharuki.co.jp/[営業]
fanmail@kadokawaharuki.co.jp[編集] ご意見・ご感想をお寄せください。